I0738094

DOITEADIÓS

EL HONOR Y LA ESPADA

Roberto Casín

Copyright © 2019 Roberto Casín

Todos los derechos reservados.

Queda prohibida la reproducción total o parcial de esta obra por cualquier medio o procedimiento sin la autorización previa del titular del Copyright.

Esta es una novela de ficción histórica que se ajusta con la mayor fidelidad posible al ambiente de la época. Algunos acontecimientos descritos en ella son hechos reales; varios personajes de referencia también. El resto es obra de la imaginación del autor.

ISBN: 978-0-578-54213-3

Imágenes de portada: PLRANG ART Artur Furmanek, y Richard Peterson/ Shutterstock.com

Book Layout © 2017 BookDesignTemplates.com

A mi esposa, Ana, por su pupila crítica.

La libertad, Sancho, es uno de los más preciosos dones que a los hombres dieron los cielos; con ella no pueden igualarse los tesoros que encierra la tierra ni el mar encubre; por la libertad así como por la honra se puede y debe aventurar la vida.

Miguel de Cervantes

(Don Quijote de la Mancha, Capítulo LVIII)

ÍNDICE

Introducción

No mataba por matar. Ni robaba por codicia. Era un hombre osado, justo con los valientes y fiero con los cobardes. Manejaba la espada como un demonio y tenía un juramento de sangre. Se llamaba Álvaro. Pero el destino le dio otro nombre.

CAPÍTULO I

EL PATACHE SAN GABRIEL

La Centella hendía los rizos de mar como un pez espada. Un barco había sido avistado a sotavento y la tripulación demoró en ponerse a la generala los mismos segundos que el capitán empleó en dar la orden de largar el foque y subir a trancos al castillo de popa, donde a vivo pulmón dio la segunda voz.

—¡Puente!

Al capitán Álvaro «Doiteadiós» López Duarte, hombre de mucha porfía y temeridad, no le gustaban las sorpresas. Tenía enfocado el catalejo más allá de la proa cuando un repentino viento torció el rumbo a la nave, que empezó a cabecear dando bandazos en la marejada.

—¡Botad a estribor! —ordenó al timonel, que en un abrir y cerrar de ojos consumó la maniobra. Theo el Holandés no era bueno con el arcabuz, pero a la hora de navegar donde el capitán ponía el ojo él ponía la Centella, un ágil galeón capturado a la Armada española y salido de una prodigiosa atarazana vasca de Lezo, en Guipúzcoa. Con unos noventa pies de eslora, manga de treinta, popa de espejo plano, dos cubiertas, arbolando tres palos, con menos de cuatrocientas toneladas de desplazamiento, y el castillo de popa modificado para reducirle peso, la Centella volaba sobre las olas. Visto a distancia daba la impresión de ser un barco inofensivo. Y podía parecerlo más porque quienes lo veían acercarse a toda velocidad estaban abanderados con igual enseña, la española.

Pero Doiteadiós, que debía el alias a la rapidez con que despachaba al otro mundo a sus adversarios, se disponía a dar fe de que su barco, artillado con seis falconetes y catorce medias culebrinas, un adecuado pertrecho de espadas, metralla, pólvora y chuzos, no era tan manso como aparentaba. De modo que tan pronto se acercaron a unos ciento cincuenta pies del patache San Gabriel —a tiro de mosquete y abordaje seguro— el capitán ordenó arriar el falso pabellón que ondeaba en el pico de la latina e izar un gallardete rojo en el palo mayor, inequívoca señal de que de no rendirse los perseguidos por la nave pirata encaraban una muerte segura.

Asido a un obenque por estribor el segundo de a bordo, el maestre Donald Hawkins, volteó la mirada hacia el castillo de popa y alcanzó a ver recortado a contraluz el sombrero chambergo del capitán en el momento en que este daba la cuarta orden.

—¡Apocad velas!

La Centella redujo un tercio el avance y cuando se emparejó con el San Gabriel el timonel del patache, que navegaba a sabiendas de lo que se le venía encima, dio un giro para ponerse de través tratando de huir. Para cubrir la fuga, sus artilleros dispararon una primera andanada con cuatro cañones que solo levantó agua a unos veinte pies delante de la proa pirata. A Doiteadiós no le gustó el amago y desenfundó la espada. La señal no pilló desprevenido al condestable, el Lobo Ducrot, que ya la esperaba con los botafuegos humeando.

—*¡Feu!* —se oyó su orden en sonoro francés.

Dos de los tres falconetes de estribor de la Centella retumbaron al unísono e hicieron blanco directo en el palo mayor del San Gabriel. Un nuevo golpe de viento los apartó de la presa. Pero el Holandés meneó las muñecas y los puso otra vez en posición ventajosa. El Lobo dio la voz de fuego para las cinco culebrinas de la banda derecha, que para imponer respeto dispararon con balas encadenadas y dañaron el trinquete a la embarcación fugitiva, lo que quedaba en pie de la vela del palo mayor, y astillaron parte de la tablazón y la regala. Inmovilizados, y con la desventaja de que habiendo sido un bajel de guerra el patache era ahora una nave negrera mucho más pesada, los ocho hombres de mar y diez de guerra a bordo tenían solo dos alternativas: rezar y alzar bandera blanca o resistir y ganarse una entrada al cielo con honor, de manera suicida.

El capitán Doiteadiós alzó el catalejo y reparó en que los arcabuceros apostados en la crujía del patache no habían apagado las mechas. «Tozudos», se dijo, y ordenó a su timonel colocarse justo sobre la estela del patache para pegarse a la popa y reducirle aún más las posibilidades defensivas, un ardid naval arriesgado por la pericia que se requería para realizarlo bajo fuego enemigo. Un error de cálculo podía hacer astillas parte del casco de la Centella a la hora del abordaje. La maniobra era sumamente arriesgada. Pero él no lo pensó dos veces. Con aquel apellido impronunciable: Van del Meijdenseel, el Holandés era el mejor piloto de altura visto en aquellas aguas. Así que minutos después, cuando no esperaban escuchar el chasquido de los chuzos hincando la borda, y todavía creían distantes a los piratas, los tripulantes del San Gabriel alcanzaron a oír el grito:

—¡Abordaje!

El Lobo Ducrot repitió a viva voz la orden, lógicamente en castellano imperfecto, arrastrando la ere y pronunciándola como ge. Entonces los otros vieron aproximarse lo ya inevitable. La Centella se abarloó con el patache el tiempo necesario para que sus hombres saltasen al otro barco. Coselete de cuero ajustado y alfanje en mano, el maestre Hawkins se aferró a un obenque calculando con su único ojo en servicio, el derecho, el sitio propicio para saltar. Fue el primero en hacerlo y caer sembrando el terror con el sable. Le siguió Doiteadiós, con la espada ropera de lazo y la daga vizcaína ceñidas a la cintura, disparando con puntería letal sus dos pistoletes catalanes. La batalla era cuerpo a cuerpo y tirando a degüello. Abrumados por la rapidez del asalto, el griterío y la faz de los atacantes, los arcabuceros del San Gabriel retrocedían en grupo. La recarga era lenta y casi imposible a tan corta distancia. Uno de ellos desenfundó el acero y le tajaron el tórax de un solo corte. Su compañero, un bisoño con más pecas que un perro perdiguero, esgrimió el sable y un golpe de cazoleta lo puso fuera de combate, con la cara rota y seis dientes de menos; otro cayó junto a la escotilla del combés, largando tres varas de tripa con el vientre abierto de lado a lado. A un oficial un chuzazo le cortó el brazo por el codo, y lo dejó doblado sobre la regala desangrándose a cuajarones por el muñón. Otro fusilero cayó de bruces con un puñal encajado en la garganta. Algunos treparon por las jarcias tirando con sus pistolas y terminaron abatidos a arcabuzazos. Cuando ya eran pocos los valientes que cruzaban estocadas vendiéndose caros en cubierta, la dotación de mar del San Gabriel se vio finalmente perdida y se replegó. Los ocho sobrevivientes depusieron las armas de común acuerdo, y se agruparon neutrales en el cuartel de proa. Viéndolos rendirse, Doiteadiós, que además de valiente era hombre de pundonor, paró el combate y se acercó a los vencidos en compañía de su paje de lidia y faenas, Polvorilla. El mulato cubría la espalda a su amo con espada y daga, empujando a todo el que viese muy cerca. Los vencidos miraban asustados la pata de conejo blanca que le colgaba del cuello al mulato, acentuada por la piel oscura y sudorosa de su torso desnudo.

El piloto del patache reafirmó con palabras la capitulación.

—Vuecelencia —expresó, obsequioso.

Doiteadiós le alzó el mentón con una mano y lo observó con detenimiento.

—A lo hecho, pecho —dijo de pronto —. ¿Quién es su capitán?

Una sonrisa resignada se dibujó en el rostro del hombre, que además de timonel se presentó como capitán del patache. A su derecha yacía en cubierta el cuerpo del maestre, despatarrado sobre un charco de sangre y con una honda herida en el cuello.

—Lo mío es el mar. La carga y la defensa del barco eran cosa de ese —repuso, señalando con una mano el cadáver.

La carga a la que se refería el piloto eran piezas de Indias, eufemismo con que la Corona denominaba a los esclavos traídos de África. El San Gabriel navegaba entre Santiago de Cuba y San Cristóbal de La Habana con más de medio centenar de bozales a bordo, hacinados en tres pañoles que hedían a infiernos.

—¿Quién era el dueño? —preguntó Doiteadiós.

—Oí decir al maestre que los esclavos los compró un tal Don Diego de Rivera, del corral Los Güines —dijo el piloto, a quien los modales y la estampa de aquel pirata le parecían más los de un caballero—. Mi encomienda era llevarlos a La Habana. Juro a vuecelencia que no sé más.

La respuesta no le hizo sonar ninguna campana a Doiteadiós. Primera vez que escuchaba aquel nombre.

—Hugo Valdés de Villafranca y Menéndez —preguntó con lentitud, mirándose la pierna que le molestaba—. ¿Le dice algo ese nombre?

El piloto frunció el entrecejo y una gruesa gota de sudor le bajó de la frente.

—En algún sitio lo he oído.

—¿Lo ha oído —preguntó, calzándose bien la bota a medio muslo—, o sabe algo más?

—Si no me equivoco es capitán de mar en la flota de la Carrera de Indias —dijo el otro luego de una pausa—. Pero nunca le he visto la facha. —Un leve temblor le recorrió ahora la espalda.

Doiteadiós se quedó mirándolo, inquisitivo. Toda su gente estaba al corriente de que, desde que era quien era, perseguía a Valdés de Villafranca por el Caribe para vengarse. Nacido en Sevilla en 1571, hijo de un carpintero de ribera en el Guadalquivir, a los trece años Álvaro López Duarte se enroló como grumete en el galeón San Felipe, que zarpaba en su segunda singladura entre Sanlúcar de Barrameda y las Indias, al mando de Villafranca. Pero sus sueños de servir en la Armada española se los echó al agua el golpe de una ola cerca de los bajos de Bimini, cuando una fuerte marejada lo lanzó por la borda. Muy a tiempo, el vigía de guardia dio la voz de hombre al agua. Pero despiadado como era, de un menosprecio atroz a sus subordinados, el capitán no se inmutó, y el San Felipe mantuvo el rumbo dejando atrás al novicio, sin auxilio ni misericordia. Desde entonces no lo dejaba en paz el resentimiento de haber sido abandonado a merced del mar por su propia gente, desamparado en medio del océano sin más defensa que el miedo. Y en eso seguía dieciséis años después, tomándose muy a pecho y estoque el asunto, decidido a obsequiarse una venganza particular, porque confiar en la justicia procesal o divina era creencia de necios; y perdonar canalladas de semejante calaña, cosa de débiles.

—Entonces... —repitió la pregunta, ahora afirmando—: Está usted seguro de que no lo conoce.

—Solo de oídas —reiteró el piloto. Y esta vez fueron dos las gotas de sudor que le bañaron las sienes.

El grumete Álvaro López Duarte estuvo tres días y tres noches aferrado a un barril, que también había caído del galeón arrojado por la borrasca, luchando contra el oleaje, un sol abrasador y los peligros que suele haber en el agua. Hasta que, suerte entre todas las suertes, cuando ya toda esperanza parecía ilusoria, un navío capitaneado por el corsario Sir Francis Drake le largó un cabo, lo rescató y le dio nueva vida. Entonces ya no fue más Álvaro, aquel ingenuo aprendiz de ojos dóciles y pardos, sino el *Boy*, un pirata de aguda mirada que primero de adolescente, y ahora de capitán, nunca se dejaba arrastrar por las primeras emociones ni perdía la cabeza como los demás por el oro. Su desprecio al peligro y osadía sin límites tenían un móvil: llegar a toparse algún día, frente a frente, con quien le había torcido el destino y los sueños.

Doiteadiós se alisó con una mano la barba y con la otra dejó reposar con suavidad el filo de la espada sobre la bota.

—La Flota de Indias —quiso saber—. ¿Cuándo parte de La Habana?

—Se dice que en unas dos o tres semanas.

—¿Solo dos o tres?

—Es lo que se comenta —repuso el piloto, prudente, temeroso de cada palabra que pronunciaba.

Doiteadiós se cambió de mano la toledana, un obsequio de Sir Drake. La espada ropera fue parte del botín capturado por los ingleses durante el saqueo a Santo Domingo y luego su mejor compañera en batallas, desde la ocupación de Cartagena de Indias y el ataque a San Agustín hasta el fallido asedio en 1595 a Puerto Rico, pocas semanas antes de la muerte del célebre corsario.

—¿Cuántos barcos?

—Veinte, quizás.

El piloto reparó en la bien recortada barba de perilla del capitán y en su camisa limpia con cuello a la valona. Estaba muy interesado Doiteadiós en los movimientos de la flota española, cuyos barcos provenientes de Cartagena de Indias, Portobelo y Veracruz se daban cita en La Habana para de ahí zarpar entre los meses de mayo y junio de regreso a la península, cargados de oro, plata, piedras preciosas, cacao, tabaco, maderos, marfil, seda, porcelana, lana de alpaca, especias y algodón traídos de los Virreinatos de Nueva España y del Perú, así como del Lejano Oriente.

—¿Y las defensas? —inquirió, enfundando la espada.

—Reforzadas, supongo —Por primera vez el piloto del patache levantó la vista y lo miró fijo—. España se ha recuperado. Los ingleses están perdiendo la guerra.

—Y los españoles la ganan —apuntó él con un dejo de ironía.

—Parece —comentó el otro, mesurado.

Desde que se separó de la escuadra corsaria para tener su propio barco y su propia gente, sin sometimiento a ninguna bandera, dejando de ser el *Boy* para ser el capitán Doiteadiós, estaba muy al corriente de los reveses ingleses luego de la desastrosa derrota de la Contra Armada. Pero vivía mucho más atento a las normas estrictas por las que se regía el convoy de las Indias, con una nao capitana a la cabeza y la almiranta que lo cerraba, ambas verdaderas fortalezas flotantes, cada cual con cuatro cañones de hierro, ocho de bronce, veinticuatro piezas menores y todo un ejército a bordo. De noche, el galeón guía prendía a popa un enorme fanal para que los demás barcos lo siguieran. A barlovento de la flota navegaban los barcos artillados que la protegían de ciclones, piratas e ingleses. Si algún capitán o piloto incurría en la negligencia o la estupidez de separarse del grupo, las penas eran severas. En un inicio, la muerte. Luego, viendo que una cosa era pastorear corderos y otra muy distinta aproar barcos en alta mar, las autoridades militares españolas redujeron el castigo a la pérdida del cargo y a una multa de cincuenta mil maravedís, suma que para la época seguía siendo un dineral. La expedición navegaba todo el tiempo con un ojo en Levante y otro en Poniente, al acecho del más repentino zarpazo. A prudente distancia, Doiteadiós había calibrado más de una vez los pros y los contras, sopesando acercarse a hurtadillas al abrigo de la noche y apenas clareara atacar a la oveja más descarriada del rebaño. Pero su conclusión fue siempre la misma: las probabilidades de encontrar lo que buscaba eran casi nulas, y las de hacerse con un botín que valiese la pena dependían de una incierta contingencia: que alguna tormenta alejara a una de las naves o que algún piloto descuidado o idiota lo ayudara en el empeño, una posibilidad entre mil. Lo suyo —y sus hombres lo sabían—, no era tanto el oro y la plata que pudiese trincar de uno de aquellos galeones como echarle garra a Valdés de Villafranca. Y daba por hecho que si en algún lugar podía hallarlo era allí, en la flota.

Mientras Doiteadiós interrogaba al piloto, el Holandés había estado hurgando en el cuarto de derrota del patache en busca de cartas náuticas, y el maestre Hawkins se daba a la tarea de subir a crujía los esclavos encadenados en los pañoles. Todos tenían herrada en el pecho la marca de la coronilla real. El mal olor que traían hizo volverse al capitán.

—Que los baldeen —ordenó a Polvorilla—. Y tráeme al Lengua.

Puñales, que escuchaba atento, contuvo el comentario que le saltaba a la boca. «Esta pobre gente merece mejor trato», se dijo. Pero ya el Lengua estaba donde debía estar, entendiéndose con los bozales, entre los que venían mandingas, congos, zapes y jolofes, estos últimos famosos por indóciles. Advertido, el capitán los conminó por medio del intérprete a que se comportaran con obediencia bajo la promesa de que tan pronto tocaran tierra los dejaría en libertad. De lo contrario, les sucedería lo mismo que a los soldados cuyos cuerpos dos de los piratas estaban tirando al mar por la borda. Los esclavos se miraron perplejos, preguntándose si habían escuchado bien. La amenaza de que si no se conducían con propiedad les troncharían el gaznate no era algo que les sorprendiera. Algo muy diferente, a lo que aún rehusaban dar crédito, era la promesa de que quedarían libres en cuanto desembarcasen.

—Cimarrones. Eso es lo que viene —les dijo Doiteadiós con una mano en el pomo de la espada y una autoridad tal que los negros, que hasta entonces se mantenían cabizbajos y entre cadenas oyendo al intérprete, osaron alzar la mirada y el bullicio se generalizó.

El tuerto Hawkins venía a notificar del botín a bordo, pero el capitán quiso saber primero el estado de sus hombres.

—¿Algún daño irreparable? —preguntó a su segundo.

—Ninguno —reportó el maestre—. Tres heridos por arcabuzazos al sesgo y uno con un plomazo en el hombro. Eso es todo.

Hawkins se quitó el tricornio, se acomodó la melena que le caía sudorosa sobre la frente y esbozó una fiera sonrisa. Aquel gesto oscuro y torvo del inglés quería decir que el resto de los tripulantes estaban ilesos, incluidos el Lobo con sus artilleros; Theo el Holandés, su segundo timonel, los marineros y grumetes; el calafate Dal Corso; el cirujano Míster Blood; el grueso de los arcabuceros y espadachines del trozo de abordaje, y por supuesto, como su merced ya corroboraba, Puñales, el Lengua y Polvorilla. Luego el maestre pasó a detallar el arrumaje en los pañoles y el contenido de los talegos capturados: tres arrobas de bizcocho ordinario, un quintal de carne de cerdo salada, otro de carne de res, una cántara de aceite, diez azumbres de vino, una fanega de habas —un poco picadas por los gorgojos—, una arroba de aceite, otra de azúcar, dos ristras de ajos, seis pipas de agua y poco más de cuatrocientos reales, o sea, una minucia. Lo más importante no era eso sino lo confiscado en cubierta y en la santabárbara: centenar y medio de balas de doce libras para culebrinas, diez arcabuces, cinco mosquetes, dieciocho espadas, cuatro pistolas, seis dagas, dos puñales, doce medias picas, y tres quintales de plomo y pólvora. Abundante pertrecho. Y eso que era un barco negrero.

—No traen ni gota de tafia —precisó Polvorilla.

—¡Rediez! —dijo alguien a la espalda del capitán, que se rascó la frente y se caló el sombrero.

Esa era la noticia que más incomodaba a la tripulación. El aguardiente de caña era tan apreciado a bordo como la pólvora, en especial por el cirujano, que lo empleaba con generosidad como desinfectante a la hora de extraer balas, curar mataduras y coser heridas con hebras de jarcias ya en desuso. Pero también lo consumía a raudales a título personal, sin necesidad de que hubiese alguna urgencia clínica.

Apurando el asunto, el capitán mandó transbordar armas y bastimento, adujar cabos y enmendar con premura todo lo que se pudiese de la arboladura del patache para emprender viaje de regreso a tierra. Una vez que estuviesen zurcidas las velas y enclavijados los palos, dos de los más avezados marineros del Holandés y otros cuatro hombres se ocuparían de llevar a puerto al San Gabriel siguiendo la derrota de la Centella. Los ocho prisioneros serían abandonados en el mar, no lejos de la costa, repartidos a bordo de un esquife y un batel, llevando como provisiones cinco azumbres de agua y media arroba de bizcocho, suficientes para sobrevivir varios días.

—Dejadlos a la deriva —fue la orden del capitán—. Que el mar los salve o los mate.

Al subir a uno de los botes, el piloto español fijó la mirada en Doiteadiós y lo que vio le confirmó lo que hacía rato pensaba: rudezas del oficio a un lado, aquel no parecía un pirata cualquiera. Su tono sonaba muy de mando pero con templanza, con una serenidad y gallardía de esas que le granjean respeto a cualquier adversario. Así era siempre. En las duras y en las blandas. Y gracias a ello muchos le debían la honra, como el capitán de un galeón español que tras ser abordado estuvo a punto de morir ahorcado en manos de la turba. Con tal de no entregar su barco, el oficial había tratado de hacerlo estallar y morir con decoro antes que rendirse. Impresionado por esa muestra de coraje, Doiteadiós mismo le cortó las amarras de pies y manos con su daga; entonces ordenó que le diesen una espada para que se batiera con dignidad por su vida. Y terminó derrotándolo en un duelo que alargó ex profeso todo lo que pudo hasta ver en los ojos del oficial un destello de agradecimiento. «Corajudo el compatriota», dijo para sí tras la estocada final, cuidándose de que alguien pudiera leerle los labios o descifrarle el pensamiento, porque los que lo rodeaban, gente de otra ralea, otros credos, lenguas y cunas, eran los camaradas que le deparaba el azar, no los que habría tenido si otra hubiese sido su estrella.

La ruta de vuelta a la costa la hicieron navegando de bolina contra el terral, y con los bozales sentados y apiñados en la proa para que los rociones acabaran de lavarles la mugre. Recostado sobre la barandilla del alcázar, el condestable iba rezongando por lo bajo sus desavenencias. No por desacato, porque en sus largos años de contiendas marinas creía no haber tenido nunca un capitán más respetable y cordial. Pero el Lobo era el típico gruñón, testarudo y de humor avinagrado desde su bautismo de fuego, muy joven, en la época en que Felipe II se lanzaba a forjar en España un imperio más grande que el de su padre bajo el lema *El mundo no es suficiente*. La suerte de su carácter se selló el 26 de Julio de 1582 en las Azores durante el combate naval de Terceira, cuando nada se sabía de grandes batallas entre galeones y los estrategas previeron que el desenlace lo decidiría la artillería. Una imponente escuadra francesa de sesenta y cuatro navíos, de la que Mon Loup Ducrot formaba parte como cañonero, se enfrentó a solo veinticinco barcos españoles. Y a pesar de su notoria superioridad, los franchutes sufrieron una vergonzosa derrota. Conociendo el hecho y a sabiendas de los fastidios hepáticos que aquejaban a su condestable, el capitán sobre-llevaba su mal carácter, y era el único de sus subordinados al que no llamaba por el apodo, mostrándole cierta deferencia. De manera que cuando el maestre Hawkins le informó de los refunfuños del Lobo, él hizo un aparte y fue hasta el alcázar a sosegar al jefe de sus artilleros.

—Mesié Ducrot, ¿qué le atormenta?

La pregunta sorprendió al francés, que estaba de cara a popa anudándose con firmeza el pañuelo negro de la cabeza.

—Ninguna a la vista —repuso, dándose vuelta y en pose marcial, tomando el asunto por donde no era.

—No me refiero a la mar sino a usted, mesié. ¿Qué le preo-cupa?

El Lobo parpadeó tres veces con el ojo izquierdo, un tic nervioso que arrastraba desde la infame debacle de la Tercei-ra.

—Según mi cuenta —dijo, quedo— son cincuenta y cuatro bozales, a cien ducados por cabeza hacen más de cinco mil. Buen dinero, mi *capitaine*. —Le molestaba pensar que los esclavos no fuesen vendidos por una suma razonable a cual-quiera de los negreros que merodeaban por aquellas aguas.

Crasa torpeza. El Lobo sabía que Doiteadiós no era hom-bre de oro ni alhajas. Tampoco dado a ninguna apetencia extrema que no fuese ordinaria. Su universo se estructuraba de manera simple y sin zigzagueos. Tanto eres —no tanto tie-nes—, tanto vales. Había matado lo suficiente para saber que nada es eterno en este mundo y que por grande que fuese cualquier riqueza podía venirse abajo de un solo golpe de es-pada.

El capitán se sujetó con una mano el ala del chambergo y el aire batió el cabello que le caía sobre los hombros.

—Según la mía, la aritmética es otra, mesié —dijo—. Son ciento ocho brazos menos para el adversario, y una retaguardia útil para nosotros. Esa es la cuenta.

El condestable no sabía de las intenciones del capitán de liberar a los negros para que establecieran un palenque en el monte, donde por fuerza mayor tendrían que cultivar y criar animales para subsistir. Eran en potencia una fuente segura de provisiones, en adición a las que pudiesen rapiñar ellos en sus correrías marinas. «Los cimarrones comen y nos darán de comer», fueron exactamente sus palabras. El Lobo lo pensó mejor unos segundos, y con un movimiento pendular de cabeza se reprochó su falta de visión.

—*Permission* de mi *capitaine*— dijo, dando media vuelta con el mosquete aún terciado a la espalda. Y se fue al pañol de municiones a poner orden en los medios de guerra.

El capitán no le explicó que un factor importante de aquella extraña lógica pirata de liberar a los esclavos era la venganza, porque su enemigo mayor, el principal depositario de todos sus resentimientos, don Hugo Valdés de Villafranca y Menéndez, era todo lo ruin que se podía ser en este mundo y en cualquier otro; la cobardía le rezumaba por los poros. Era arrogante y grosero, un déspota abyecto que se jactaba de no permitir que sus hombres llevasen mujeres a bordo —como exigía el reglamento—, pero él surcaba los océanos con tres negras al retortero, que le cocinaban, lavaban la ropa y acicalaran las uñas y el cabello. «Son mis bestias», decía. De día las golpeaba y vejaba sin conmiseración a la vista de todos, trazando unas fronteras raciales que de noche desaparecían en el lecho de su cámara. Nada más incompatible con Doiteadiós, que medía a los hombres no por el color de la piel sino de sus asaduras. Y aunque a los veintinueve años era tan viril como el que más, solo acudía al llamado de la carne cuando la oportunidad y la confianza se lo permitían. Porque si algo no violaba el capitán era la cautela, desde que a cada paso, por su oficio, la muerte le pisaba sin falta los talones.

Antes del atardecer, la Centella navegó con soltura por entre arrecifes que eran como garfios ocultos a la caza de timoneles desprevenidos. En los albores del siglo, empezando el diecisiete, no había peor enemigo para los españoles además de los bajos de Corrientes y los de Bimini que aquellos cientos de islotes al norte de la parte central de Cuba, que servían de escondite a los hombres de Doiteadiós y a cuánto pirata incursionara por esos parajes. Cuando algún bajel audaz se atrevía a perseguirlos, el Holandés metía la quilla por un estrecho canalizo entre los cayos Cristo y Esquivel, torcía a estribor en la Punta la Gata hasta Rancho del Cojo, para escapar por un imperceptible estrecho por el que apenas cabía una nave del calado de un galeón. Si a esas alturas el enemigo aún coleaba, lo más seguro era que quedara entrampado en una ensenada que no por azar llamaban el Rincón del Infierno. Para salir con vida de aquellos traicioneros bajos era necesario hacer un pacto con el demonio, o lo que era lo mismo, rendirse a los piratas. Pero ese no era el caso ahora. Así que tan pronto remontaron Cayo Cristo y Punta la Gata, poniendo proa a la desembocadura del Undoso, Hawkins dio la voz de soltar escotas. Luego navegaron un tramo río adentro entre márgenes cubiertas por una densa vegetación. El destino: un punto de la ribera cercano a los Mogotes de Jumagua, un sistema de colinas repletas de cavernas que los piratas solían usar como refugio durante huracanes. Llegados al sitio de recalada, el San Gabriel y la

Centella echaron anclas, y por intermedio del Lengua el capitán indicó a los bozales cómo llegar a las grutas; les entregó en anticipo tres sables, un par de arcabuces, pólvora, municiones, y a cambio les anunció que regresaría por provisiones.

—Trueque en buena ley —dijo.

Ololó, uno de los negros más corpulentos y a todas luces caudillo del grupo escuchó atento al Lengua. Después fue a decir algo pero calló, dio dos pasos al frente, mostró su blanca dentadura, y libre de reservas estrechó de un apretón la mano que ya le extendía Doiteadiós.

El San Gabriel fue dejado fondeado río adentro para su eventual desguace en caso de que hubiese que hacer una reparación mayor a la Centella, o fuese necesario utilizarlo como brulote para atacar un barco de superior porte, cargándolo con explosivos y otros materiales deflagradores. Cosas del oficio.

Esa noche el Lengua se esmeró en su otra función a bordo, como cocinero. Prendió el fogón bajo un cielo estrellado y todos comieron caliente: habas, tasajo y bizcocho.

El maestre Hawkins engullía su rancho chupándose ruidosamente los dedos, ajeno al parloteo de la tripulación mientras la mortecina luz de un fanal le iluminaba la mitad del rostro ceñudo, guarnecido por una barba hirsuta, negra y tan cerrada en los carrillos que en el derecho se le pegaba al ojo y en el izquierdo se confundía con el parche. Un trozo de cecina le colgaba trabado del bigote. Doiteadiós lo miró y su dura expresión le recordó la del padre, Sir John Hawkins, un renombrado corsario muy odiado entre los súbditos españoles por haber sido tercero al mando de los ingleses cuando la debacle de la Armada Invencible. «De tal palo tal astilla», pensó. Pero nada que ver con los modales del difunto ni con los de su hermano, Richard, que a la sazón llevaba tres años prisionero en España, y a quien, como a su padre, se le atribuían rasgos gentiles. El maestre era un hombre de escasas palabras, hosco, capaz de matar de solo cruzarse con una mirada algo sospechosa. Un perfecto animal de batalla con cuello de mastodonte que contabilizaba el botín, metía en cintura a los alborotadores y aplicaba la disciplina a bordo con una meticulosidad que infundía respeto. Por la aspereza de su rostro el segundo de a bordo daba la impresión de ser un hombre de tenebrosas cavilaciones. Pero nada más lejos de la realidad. Todos sus actos estaban guiados por raciocinios simples, primigenios. Y profesaba al capitán una lealtad a toda prueba.

—¿Cuántos se cargó hoy, maestre? —Doiteadiós le clavó la vista en el entrecejo para no sucumbir a la tentación de mirarle al parche, impulso que solía traicionarlo cada vez que hablaban.

—Tres —respondió el inglés sin apartar la vista de la escudilla—. ¿Y vuestra merced?

—No llevo la cuenta —dijo, y detuvo la vista ahora en los gregüescos de color gualdo y negro de Hawkins. No entendía por qué este se empeñaba en vestir esos calzones, que siempre le parecieron anacrónicos para un pirata.

—Fatal —comentó el otro, escueto, mordiendo el bizcocho.

—Dese a entender —el capitán no comía, pero lo observaba con atención voraz.

Todavía con la boca llena, Hawkins explicó que según una vieja superstición inglesa era presagio de mal agüero no saber cuántos adversarios uno despachaba a ultratumba. Si en un solo día sumaban siete eso era augurio de buena fortuna.

El capitán lo escuchaba absorto cuando Theo el Holandés los interrumpió. Venía con una carta náutica.

—Una joya —dijo, mostrándoles el mapa.

El pergamino, hallado a bordo del patache San Gabriel, señalaba en detalle las mediciones marinas de la ensenada de Matanzas y la topografía de sus alrededores, incluidos los puntos exactos donde los españoles tenían emplazados vigías para proteger la villa, a unas sesenta millas al este de La Habana. La embocadura de la rada era bien abierta, casi media milla, por lo que la Armada enemiga no podía emplear allí una treta a la que recurría con frecuencia en las bahías con un canal de acceso angosto. La estratagema consistía en tender una cadena sobre el agua que obstruía el paso e impedía las incursiones nocturnas de los piratas. El capitán se ladeó para aproximarse más al fanal y fue deslizando el índice sobre cada una de las atalayas dibujadas en la carta. Cuando las identificó todas se rascó la cabeza.

—Tres. Y ninguna fortificación —dijo.

—Ninguna —repitió el Holandés, dando una chupada a la pipa y dejando escapar el humo por la comisura de los labios.

Hawkins se reclinaba sobre el mapa.

—Hum —fue su expresión gutural.

—¿Vos, qué pensáis? —preguntó el capitán al piloto.

Con su indudable talento para los eufemismos, el Holandés abrió la escarcela y echó más picadura en la pipa ennegrecida por la nicotina.

—¡Un regalo! —respondió.

—¿Y vos! —dijo en alta voz el capitán en dirección al contramaestre Puñales, que estaba a pocos pasos de ellos recostado sobre la mesana, limpiándose las uñas con la punta de un estilete.

El vizcaíno se acercó presto, echó una rápida ojeada al pergamino y dijo con cierta cadencia:

—Carajonudo.

La expresión, auspiciosa, era una de las tantas acuñadas por Silvestre Astaburuaga, el segundo oficial a cargo de velas, aparejos y limpieza en cubierta, un hombre dado a los dichos y merecedor del mote porque cuando se agotaban las cargas de arcabuz era más certero en las arremetidas con los puñales que con las balas.

—Esta vez están arreglados —apostilló el Holandés, lanzando al aire una bocanada y haciendo una seña hacia el Lobo, que cerca de ellos ensebaba el mosquete.

El capitán alzó la carta, hizo un gesto de agrado y se la mostró al condestable.

—Mesié Ducrot, si no me equivoco este es un regalo en bandeja de plata para los muchachos. —Así llamaba el francés a sus artilleros, con un orgullo y dejo de afecto tan filial que más que piratas parecían hijos suyos, los que a causa de su procelosa vida de mar nunca logró tener. Al menos que él supiese.

El Lobo observó cachazudamente el pergamino.

—*Merci* —respondió al rato.

Dicho esto se quedó mirando receloso al Holandés como si esperase alguna de sus habituales pullas. Pero no, el piloto no tenía esta vez ningún interés en provocarlo. Matanzas era una presa muy apetecida. Intentaron asaltarla hacía un mes, después de llegarles el aviso por unos traficantes de cuero de que el gobernador de la isla, don Ambrosio Machuca Traña, había decidido reforzar la protección de la rada y enviar un galeón cargado de pólvora, arcabuces, cañones y otras artes de fuego para pertrechar a un cabo al mando de una treintena de soldados apostados en la bahía. Los contrabandistas ingleses, que hacían comercio de rescate con la villa, conocían de atrás a Doiteadiós y tenían comprado un infidente en el atracadero que les indicó dónde estaban almacenados los pertrechos. La información tenía todas las trazas de ser digna de crédito. Según los cálculos, solo con la mitad de aquel cargamento tendrían abasto artillero para todo un año de brega. La seducción era grande. Así que se jugaron el albur. Desconociendo el sitio, a pleno día y navegando como una pava, la Centella se adentró en la anchurosa ensenada, inadvertida de que el caserío quedaba distante de la embocadura, y de que entre el poblado y el sitio donde estaba guardada la pólvora había emplazados cuatro cañones, que tan pronto divisaron el veloz bajel con toda la pinta de ser lo que era abrieron fuego con mucho estruendo, aunque por suerte con muy mala puntería. Alertado el capitán de que no era ocasión ni manera, y convencido de que las circunstancias no se mostraban favorables, entre sonoros carajos decidió cazar a poniente y huir de lo que se le convirtió en una encerrona. Desde entonces estaban a la espera de una oportunidad. Y aquel mapa era eso, un obsequio caído del cielo.

—Hum —el segundo sonido articulado por el maestre Hawkins fue de complacida aprobación.

—A buen tino —puntualizó el Holandés— en doce horas nos ponemos a tiro de culebrina de Matanzas.

—Dios ponga tiento en tu lengua —dijo Puñales, persignándose.

—¿Estáis seguro? —indagó el capitán, acariciándose la barba.

—Tan seguro como que dos y dos son cuatro.

Theo no era de los que alardeaban de sus habilidades. Y jamás erraba en sus predicciones. Para sus cofrades del gremio era un hecho fidedigno que la sirena que llevaba tatuada en el torso le servía de talismán. Y que pilotando la Centella, que en su mascarón de proa tenía tallada una nereida, navegaba con buen tino en todas las aguas. El capitán volvió a tomar el mapa en sus manos y estuvo un rato en silencio. Movió un poco la cabeza, pensativo, y luego paseó la vista alrededor. El Holandés se quitó el sombrero de *capotain* con hebilla de plata y sacudió un enjambre de guasasas que atraídas por la luz del fanal se abalanzaron sobre cubierta. Los otros se miraron de reojo, conocedores de que el capitán era de esa variedad de hombres que no andan con mucho palabreo. Y que a la hora del cuajo en vez de hablar actúan.

—¿Algo que objetar? —preguntó Doiteadiós, enarcando las cejas. Y como nadie puso reparo, enrolló el pergamino y dio por zanjado el asunto—. Mañana zarpamos.

CAPÍTULO II

ENCAMISADA EN MATANZAS

Una franja de luz delineó el horizonte. El grumete giró la ampolleta y dio la voz de que llegaba la aurora.

Bendita sea la luz y la santa Veracruz,
Y el Señor de la verdad y la Santa Trinidad.
Bendita sea el alma, y el Señor que nos la manda,
Bendito sea el día y el Señor que nos lo envía.

Ya para entonces el capitán estaba en pie en la toldilla dando la orden de achicar agua. En la proa, Puñales indicaba a un bisoño cómo acotejar las gúmenas. El Holandés, sentado sobre la bita frente a un espejo de mano esperando claridad para afeitarse, vio tan flaco al contramaestre que se preguntó adónde iban a parar todas las carnes y menestras que Puñales comía. El vizcaíno hacía rancho y medio al día, mientras que los demás solo tenían derecho a uno, un privilegio concedido por el capitán para reponerle energías, porque su contramaestre —aducía para callar a los envidiosos— se la pasaba de sol a sol lidiando muy duro con los aparejos. Luego se entregaba a la guasa como buen chacotero, dando palique para diversión general. Y cuando la cosa se ponía fea en batalla no remoloneaba lanzando aceros.

Una vez que el primer rayo de sol blanqueó el velamen, el Holandés se recogió la melena rubicunda en una coleta, se rasuró con esmero el hoyuelo que le dividía en dos el mentón y de cuatro pases con la navaja barbera se dejó impecable el rostro. El rito lo repetía siempre que se pudiese antes de cada incursión, costumbre que además incluía darle brillo al zarcillo de plata de la oreja. Con no menos ceremonia, el capitán se puso su camisa a la valona, se acordonó las mangas, envainó la toledana en el talabarte, se ajustó la casaca negra, y con el índice y el cordial se tocó la frente como un militar de escuela para indicarle al maestre Hawkins que levara ancla. Concluida la maniobra, tricornio y jubón puestos, el primer oficial dio una ronda en cubierta para echar un ojo a la marinería, que terminaba de baldear las arrumadas y el combés con agua de mar y ramilletes de romero, remedio tenido por infalible contra los piojos.

La Centella cortó la superficie mansa y verdosa del río Undoso rizando espuma, y en menos de quince minutos el agua que surcaba era azul. Una bandada de gaviotas los sobrevoló varias veces hasta mar afuera. A las tres millas, el Holandés fijó sus ojos glaucos en la aguja y posicionó el timón. El aire hinchió las velas, y la mesana y el trinquete crujieron. La gozosa sonrisa que se dibujó en su semblante fue la señal de que al fin estaban en ruta. Si todo iba bien y su estimado era certero, las ciento veinte millas las harían en una sola jornada, larga. El capitán repasó una vez más el derrotero. Hizo un leve gesto de conformidad y bajó a su cámara. El cirujano Thomas Blood estaba tan metido en la lectura que no reparó en su presencia.

—¡Míster Blood! —dijo él, quitándose el chambergo.

El cirujano era un viejo fígaro de pelo gris abundante, cabeza leonina, aficionado a los cuellos de lechuguilla, que siempre llevaba sucios, y que en materia tanto de cabelleras como de traumatismos se las sabía todas. O casi todas.

—Licencia —solicitó al capitán con voz aguardentosa, incorporándose a medias.

Doiteadiós le puso una mano en el hombro, autorizándolo a que se quedara sentado.

—Licencia —dijo.

El inglés releía una versión facsimilar de manuscritos titulados *Anatomy*, del famoso médico italiano Gabriel Falopio. Como de costumbre, tenía rociada en sangre la camisa de seda que una vez fue blanca. No acababa de habituarse a ciertos rigores del oficio, entre ellos el de tener que ponerse ropa lavada con agua de mar, que para él era como vestir escamas.

—¿Qué tal sus reservas? —preguntó el capitán, sonriente.

La cara del cirujano fue de si hay alguna oportunidad esta es la mía.

—Muy pobres —repuso, chasqueando la lengua.

Las reservas de marras eran la cantidad de tafia de que disponían a bordo, que el barbero se recetaba a sí mismo para no perder el pulso y usaba para sus principales menesteres, que iban desde rasurar barbas, extirpar miembros y remediar descalabraduras hasta sacar muelas, recortar guedejas y sajar diviesos. Doiteadiós lo tenía bien calado: el miedo que unos hombres disimulaban con coraje y otros manifestaban con lágrimas, Míster Blood lo adormecía con aguardiente. Fuera de eso, nada era más importante en el pañol de sangres del sollado —el quirófano de a bordo— que el serrucho, las pinzas de herrero y un afilado cuchillo de cocina que el inglés utilizaba como escalpelo. Su caso era típico en los anales de la piratería. Siendo barbero de renombre en Plymouth, tuvo que poner pies en polvorosa para librarse de una larga condena en prisión tras rebanarle de cuajo una oreja a un reputado almirante. Las malas lenguas decían que en el desliz de la navaja, supuestamente accidental, había una mujer de por medio. Desde entonces vivía refugiado en su exilio de mar, empeñado en desentrañar los insondables misterios de la anatomía humana, y en prevenir los estragos que en adición a la artillería española hacían entre los piratas la sífilis y la gonorrea en cada recalada a puerto. Por eso en cuanto el capitán le infundió tranquilidad mencionando la existencia de trapiches de caña en la zona de Matanzas, lo que les permitiría apoderarse de algunos toneles de tafia, él dejó a un lado el facsímil de Falopio que tenía en las manos, lo puso sobre la mesa junto a los portulanos, el compás y la regla de navegar, y entró en materia. El cirujano extrajo de la faltriquera un trozo de tripa de cerdo, y mostrándoselo comentó que se trataba del último invento del famoso médico italiano para proteger a los hombres de las enfermedades venéreas. El pellejo, sellado por uno de los extremos se asía al pene con una cinta. El capitán estudiaba sentado cada uno de sus movimientos, tamborileando con los dedos en la mesa.

—Funciona de perillas —proclamó el barbero.

Doiteadiós alzó el índice y se lo llevó a la sien.

—¿Está usted en sus cabales, Míster Blood?

Titubeó el cirujano, pasándose la mano por la melena.

—Simple profilaxis —dijo.

—En nuestro caso eso es como tratar de ponerle bozal a un tigre —Movía la cabeza el capitán, escéptico—. ¿No se da cuenta de que es un disparate?

—Profilaxis muy efectiva, mi capitán —insistió el otro.

Doiteadiós moduló sin mucho éxito la paciencia.

—Mire. Mejor deje usted las cosas como están.

El cirujano parecía no advertir que se pasaba de rosca.

—Además de efectiva, factible —perseveró.

El capitán no salía de su asombro. Míster Blood estaba sordo.

—¡Es que no me habéis escuchado?

—Ordene vos. Le escucho —recapacitó al fin—. Soy todo tímpanos.

—Ahora mismo tire al mar ese pellejo. Y ahórrese lamentaciones.

Dicho esto Doiteadiós se incorporó de un tirón, apartó con una mano los papeles del tal Falopio y mandó al cirujano de vuelta al pañol de sangres. Hasta ahí llegó su tolerancia. No podía decir que Míster Blood fuese el subordinado perfecto. Pero tampoco era peor que el resto de los hombres bajo su mando.

Un golpe de brisa entró por la celosía y balanceó el coy, que colgaba en un rincón flanqueado por un mosquete. La cámara del capitán, espaciosa, servía también como cuarto de derrota. En torno a la mesa además de una silla de caderas de patas curvas, vestida de cuero y con incrustaciones de hueso, había otras tres guarnecidas de tela. Sobre los mapas reposaban el sombrero, la daga y sus dos pistoletes de chispa de pedernal. El mobiliario lo completaban un armario con dos candiles, una mesita para la damajuana, y un abultado cofre de roble con cerradura de diseño renacentista, junto a la que estaba echado Perseo, su gato desde hacía tres años. Lo rescató cuando flotaba dentro de un cofre de madera entre los restos de un naufragio. La Centella era quizás el único galeón de la época que no viajaba por norma con una dotación felina a bordo para lidiar con las infectas ratas. Perseo se las valía por sí solo para mantenerlas a raya. Porque también en alta mar eran una plaga, un flagelo que podía liquidar en cuestión de pocos días las pretensiones más ambiciosas de cualquier expedición, como habría de dejar constancia el fraile carmelita Antonio Vázquez de Espinosa tras uno de sus viajes por las Indias, al dar fe de que las ratas les devoraron en los pañoles *más de doce quintales de pan, arroz, haba, garbanzos y demás menestra,* y los obligaron a acortar la ración *a medio cuartillo de agua hedionda,* por la gran cantidad de roedores que se ahogaron en las vasijas.

Doiteadiós repasaba la carta de marear y los escollos y bajíos alrededor de Matanzas, reflexionando sobre la vida y la muerte. No buscaba gloria. Tampoco fama. Y la buena suerte por lo visto no lo abandonaba, porque de lo contrario sus huesos habrían estado desde hacía rato en el fondo del mar. No se lamentaba de nada. Vivía a su aire, sin amarras de ningún tipo, salvo las marineras. Su madre había querido para él un futuro de libros, pero se sentía muy a gusto con el que tenía. A su corta edad ya era un perro viejo de mar, ducho en armas y en lides propias de hombres de fuste. Qué más pedir. Cada día de vida era un pequeño triunfo. Y llegado el momento de poner a prueba el honor, lo mismo le daba un rey de copas que cargarse a dos o a diez. Sus reflexiones eran tan profundas y a simple vista tan vivas, que cuando el calafate se detuvo en la entrada de la cámara para pedir audiencia creyó estar a punto de escucharlas. Su sombra se proyectó en el suelo junto a la mesa. El capitán reconoció a contraluz el gorro frigio que le daba un toque inconfundible a la silueta espigada del calafate. En tiempos de travesía lo del veneciano era el achique y el cuidado de roda, codaste, cuadernas, varengas y baos. Llegada la época de carenar entonces lo suyo era dar estopa de cáñamo y brea, para dejar como nuevo el casco de la Centella.

—¿Qué pasa? —inquirió Doiteadiós.

El calafate dio cuatro pasos y la luz sacó de las sombras su rostro. Santino Dal Corso era un tipo flaco de barbilla hundida. Su boca era apenas una breve línea perdida entre su desproporcionada nariz, surcada de várices, y la gorguera.

—Con todo respeto —dijo, mitad seguro mitad con duda—. ¿Ha notado vuesa merced que singlamos con viento en popa cerrado, y a pesar de eso vamos a la tortuga?

Doiteadiós, que hasta ese momento tenía la mente en otra parte, echó una ojeada a través de la celosía, midiendo tiempo y desplazamiento. En efecto, el paisaje era como un dibujo, estático. Algo andaba mal. Apenas si se movían.

—¡Rediez!

Lo normal hubiese sido que el calafate respondiese con aquella tristeza vaga que llevaba por dentro desde que no veía su adorada ciudad, Venecia, quebranto que ya iba para seis años. Pero reaccionó ecuánime.

—Sereno, mi capitán —dijo—. Lo peor no ha sucedido. No hay ninguna rotura.

La Centella se balanceó y la luz que entró por el enrejado le dio de lleno en el rostro a Doiteadiós, que en ese momento se hacía muchas preguntas, todas sin respuesta.

—¿Qué es?

El veneciano se remangó la camisa y dejó al descubierto el ancla tatuada en el antebrazo. Luego se le plantó en actitud de reproche con una mano apoyada en la cazoleta de la espada.

—Tenemos el casco sucio —dijo con áspera franqueza—. Eso es todo.

Dal Corso se lo había advertido. Ya iba para tiempo que no despalmaban el barco, que pedía a gritos el raspado de las bromas y crustáceos incrustados bajo su línea de flotación. Así que por falta de aviso no era. Un casco limpio y bien calafateado era crucial a la hora de un ataque relampagueante. Y también en la defensa, cuando la lentitud podía ser fatal en caso de que hubiese que salir chaqueteando. El capitán lo sabía. Ahora lo padecía. De modo que molesto consigo mismo movió la cabeza a izquierda y derecha, recriminándose.

—Se lo prometo, calafate —dijo, ciñéndose las dos pistolas—. A la vuelta carenamos. Delo por hecho. La Centella será toda suya.

De momento el asunto requería que fuese al puente a cerciorarse de que no hubiera retrasos adicionales en la travesía. Pero antes de salir a cubierta empinó la damajuana y bebió un largo sorbo de vino para mitigarse la incomodidad. Los descuidos no eran su pasatiempo favorito.

El maestre Hawkins se desabotonaba el jubón a la sombra de la mesana para aliviar el calor que ya a esa hora quemaba como el aliento de un dragón cuando vio al capitán asomado sobre el antepecho del alcázar, observando el panorama alrededor, casi estacionario, luego mirando las velas, otra vez examinando con los párpados entonados a ambos lados y de nuevo arriba. La gavia del palo mayor flameaba titubeante.

—¡Velocidad, maestre!

Lo mejor del maestre era que nunca había que decirle las cosas dos veces. Y moviendo rápido los pies sin hacer preguntas uno de sus hombres ya lanzaba la barquilla desde la popa mientras otro medía el tiempo, reloj de arena en mano. Transcurrido medio minuto recogieron la cuerda y se oyó el veredicto: ocho nudos al agua. El capitán y Hawkins cotejaron el dato con el Holandés, y en efecto iban más lento de lo previsto.

—Nada grave —dijo el piloto, con la seguridad del que sabe lo que dice.

El crepúsculo empezó a ponerse violáceo cuando de acuerdo con la estima del timonel ya estaban a unas seis millas del destino, una distancia razonable para quedar al acecho. Hawkins dio la voz de ponerse a la capa, y la Centella redujo la marcha. El plan era no aproximarse demasiado a la ensenada mientras hubiese luz, y esperar al filo de la medianoche. Los tripulantes tenían órdenes de llevar camisa blanca al momento del ataque para no confundirse con el enemigo en la penumbra. En cuanto cayó la noche el viento amainó y arriaron velas. Con mar apacible y el cielo estrellado, el Holandés sacó su astrolabio bereber e hizo las mediciones pertinentes. Luego se fue al cuarto de derrota y trianguló sobre la carta para determinar con exactitud la posición. Estaban a la distancia aconsejada de la costa. Pero aun así el capitán temió que al empezar a soplar el terral y romper la bajamar la corriente que salía por la embocadura ayudase a derivarlos muy lejos mar afuera, lo que retrasaría el inicio de la encamisada. En consecuencia, midieron profundidad con la sonda.

—¡Quince brazas! —gritó Puñales desde la proa.

La voz del capitán se oyó desde el castillo de popa:

—¡Echad ancla!

Cuatro horas más tarde, gran parte de la tripulación dormía a pierna suelta en sus coyes, en pañoles o en cubierta. Solo el capitán, el hombre de guardia y el contramaestre no pegaban un ojo desde el ancoraje. El vaivén de una ola puso fuera de balance a Puñales, que se agarró de una cornamusa.

—¿Llevas puesta la cruz? —preguntó Doiteadiós.

—¡Sálveme Dios! —dijo Puñales, santiguándose. Desde sus años de capellán jamás se quitó el crucifijo del cuello. Lo llevaba bajo el hábito el día que un oficial lo sorprendió robando vino a bordo del galeón Santa Teresa, le recetó veinte azotes, diez por cada botija hurtada, y puso fin a su corta profesión como sacerdote en la Armada española. Luego, privado de la clerecía, la cruz de plata fue su único compañero los dos años que estuvo purgando el pecado en una mazmorra de Cartagena, hasta que el mismísimo Drake le abrió el calabozo y lo alistó en sus filas. Más tarde su encuentro con el capitán fue fortuito. Se batía este en una taberna de Tortuga contra los aceros de tres holandeses cuando el vizcaíno, sin conocerle, rogó a los bucaneros que emparejaran la trifulca. Tres veces los exhortó, advirtiéndoles que a él le gustaban las peleas niveladas. Y como lo ignoraron, metió mano a un par de puñales que diligentes como saetas en menos de un pestañazo dejaron tiesos a los dos que deslucían el combate. Así trabaron amistad. Casi tres lustros después, Silvestre Astaburuaga, de ojos celestes, locuaz y jaranero, esmirriado de carnes pero no de mente, era un consagrado en las artes marinas sin menoscabo de las devotas, y un hombre sobradamente letal con el acero en la mano.

El capitán sonreía, y en la oscuridad solo alcanzó a distinguir las protuberantes sienes de Puñales.

—Más te vale llevarla —dijo.

Según su cuenta, ya debían ser cerca de las doce cuando dio la voz de levar ancla y largar velas. El maestre Hawkins se caló bien el tricornio y se situó en su puesto de mando, cerca de la serviola de babor. Los mástiles crujían con el balanceo de la nave. Iban con todos los fanales apagados. El Holandés se abstuvo de prender la pipa para que el fulgor no fuese a delatarles. Y el Lobo mandó abrir con anticipación las portas por ambas bandas para tener listas todas las culebrinas. Francés precavido valía por medio inglés, y dos españoles, según decía.

—Va usted deprisa, mesié —susurró Doiteadiós, para que nadie más lo oyese y no magullarle la autoridad al condestable a oídos de la tropa.

—En modo alguno, *capitaine* —repuso—. El que se prepara de antemano da primero y da dos veces.

El capitán miraba pensativo al Lobo, discurriendo sobre su respuesta cuando un codazo en el brazo lo hizo volverse. Polvorilla le traía la daga que por olvido dejó en su cámara. El mulato era además portador de un problema. Más entonado de lo común Míster Blood estaba junto a la escotilla mayor brindando tafia de su botija a todo el que veía, con aire de celebración y amenazas de que la fiesta empezaba. Doiteadiós era de los que pensaban que un pirata podía desafiar la muerte repetidamente y de muchas maneras, pero nunca harto bebido. Sin embargo, para sorpresa de todos el incidente en vez de enfadarlo le hizo reír.

—Que lo encierren en el pañol de sangres hasta que acabe la sarracina —dispuso.

Fue entonces que alguien divisó a estribor una luz parpadeante, lejana, que bien podía ser de un apostadero de vigilancia. Jugándose a la buena de Dios que aquella fuese la lumbre del vigía más cercano, o el de más adentro de la bahía, el capitán ordenó acuartelar el foque para aproximarse a la costa. La noche estaba tan oscura que si los centinelas no dormían tampoco podrían verlos a ellos. Entre una cosa y otra estuvieron alrededor de una hora navegando casi a ciegas hasta que el viento empezó a soplar fuerte y en dirección nociva, amenazando con arrimarlos antes de tiempo a la orilla. Los peligros inminentes eran tropezarse de súbito en las tinieblas con una embarcación pesquera fondeada cerca del litoral, o que algún lugareño trasnochado los viera acercarse de manera sigilosa. De pronto un relámpago iluminó el horizonte y reveló el contorno de la embocadura. Un segundo destello casi inmediato les dibujó el atracadero, donde solo había un bajel de mediano porte fondeado, casi seguro un mercante. Ya más cerca, vieron la silueta de una edificación de piedra al fondo de una explanada que daba al surgidero. De acuerdo con la descripción dada por los contrabandistas, ese debía ser el depósito de la pólvora. La Centella se deslizó como un fantasma por las quietas aguas de la dársena. Un pirata estaba a punto de saltar al muelle para amarrar el cabo de proa cuando se dieron de bruces con la primera sorpresa: a la derecha de la explanada había un pequeño reducto del que sobresalía la boca de un cañón. El Lobo dirigió la mirada hacia el capitán esperando que este blandiera su espada en el aire, la señal para que sus muchachos hicieran tronar las culebrinas de las miras de proa. Pero no, Doiteadiós no desenfundó la toledana. No fue necesario. El artillero de la pieza estaba en el quinto sueño. La segunda sorpresa —tampoco incluida en la información suministrada por los contrabandistas— los pilló desprevenidos a todos, excepto al contramaestre Puñales. Después de frotarse con un puño ambos ojos, albergando la esperanza de que lo que veía fuese una ilusión óptica, un centinela de ronda entre el reducto y el muelle ya prendía la cuerda del arcabuz a unas cuarenta varas de ellos con intención de dispararles cuando un estilete revoloteó en el aire y la hoja lanzada por Puñales le atravesó la garganta. Antes de que el centinela cayera al suelo sangrando a borbotones, un segundo acero fue a clavársele en medio del pecho.

—Cada quien con su cada cual —se jactó el vizcaíno.

—¡Vive! —exclamó a media voz el capitán.

Era la orden de saltar a tierra. Avanzando a buen recaudo en medio de la penumbra atravesaron la explanada hasta el reducto, donde el artillero dormía con placidez al pie de la cureña, y antes de que pudiese desperezarse dieron buena cuenta de él con un par de estocadas. Ya en la puerta del arsenal, viendo que la única forma de forzar la entrada era disparando un arcabuzazo al candado y que el ruido alertaría a la guarnición de la plaza, Doiteadiós dio a Polvorilla la misión de irse con dos marineros a poner una carga de pólvora en el cañón español, para inutilizarlo y estar cubiertos en caso de retirada. Debían hacerla estallar solo después de que oyeran el disparo de arcabuz contra el cerrojo, y de inmediato unírseles. Nada a destiempo, para que la sorpresa obrara a favor de ellos. El Lobo debía quedarse en el barco con tres de sus muchachos, bien atentos. Cuando ellos coparan el sitio, si necesitaban apoyo artillero el maestre Hawkins haría arder con antorcha el lugar hacia el que debían concentrar el fuego de los falconetes de estribor.

El arcabucero metió mano en la escarcela, sacó pedernal, prendió la mecha, la fijó en el serpentín, puso pólvora en la cazoleta, apuntó, y la onza de plomo que salió por el ánima descerrajó la puerta. Ocho hombres al mando del Holandés entraron al depósito para cargar con los barriles de pólvora mientras Hawkins, Puñales y el capitán se adentraron en el caserío con el resto de los piratas. No dieron veinte pasos cuando de entre las sombras salió un guardia empuñando una pica. El maestre Hawkins, mañoso, se adelantó y le hizo un envite, descubriéndose el torso para trampearlo. Cuando este lo atacó por el punto en apariencia vulnerable, un tajo brutal de sable le desprendió el hierro de la mano al soldado; de un porrazo con la empuñadura el maestre lo tiró a tierra, y la espada del capitán se encargó de inmovilizarlo pinchándo-le un costado.

—¿Dónde están las barracas? —inquirió Doiteadiós.

El soldado tragó en seco y señaló con los ojos hacia su iz-quierda, de donde ya se escuchaba venir la tropa.

El capitán apuró el interrogatorio.

—La casa del regidor, ¿dónde está?

El guardia vaciló un instante. Doiteadiós le pinchó más fuerte las costillas con la punta de la toledana, y el dolor lo hizo voltear con rapidez la cabeza hacia la derecha. Apenas el soldado identificó la vivienda el sable de Hawkins finiquitó de un corte el asunto.

—Ocúpate de los del tercio —dijo el capitán al maestre —. Yo me las veo con el regidor.

En lo que él echaba abajo la puerta de la casa con Polvori-lla y Puñales, Hawkins se adelantó un trecho para dar fuego a una carreta de heno a mitad del angosto camino por el que se acercaban los piqueros y arcabuceros. La paja ardió abrasa-doramente y cerró el paso a los del tercio, cuya vanguardia se paró en seco y reculó chamuscada. Hawkins retrocedía hacia la línea de fuego formada por sus tiradores cuando alertado por las llamaradas el Lobo pegó el botafuego a la recámara del cañón e hizo retumbar uno de los falconetes de la Centella. Dos soldados saltaron con las tripas por el aire y el resto de sus compañeros se miraron desconcertados, preguntándose de dónde les caía aquello. El otro fogonazo se llevó sin retorno a un arcabucero más, y el cabo que los comandaba decidió replegarse. Ese fue su primer error. Ni lerdo ni perezoso, el maestre Hawkins había dispuesto que parte de sus hombres avanzaran por un callejón aledaño para sorprender desde la retaguardia al enemigo, que los doblaba en número pero atrapado ahora entre dos fuegos las tenía tan negras como una bandada de cuervos. Salidos de las sombras a sus espaldas, el Holandés y media docena de piratas los embistieron repartiendo estocadas. Al otro lado, aún envuelto por la humareda y pensando que el adversario cambiaba de posiciones para diezmarlos por sorpresa, lo que era solo una verdad a medias, el oficial de tropa giró en redondo para contraatacar a fondo de revés, desguarneciendo por completo la vanguardia, donde permanecía el grueso de los piratas. Ese fue su segundo y último error. Vociferando ¡España! trató de adelantarse por un costado para infundirles coraje a sus hombres, pero estos peleaban tan pegados que hasta sus arcabuceros tuvieron que desenfundar hojas y batirse con los aceros porque era imposible disparar a unos y no darles a otros, quienes en tales circunstancias muy bien podían ser los suyos. Enfrascado en el cuerpo a cuerpo, con la sangre agolpada en las sienes, el fragor del combate impidió al desdichado escuchar la risa corta, seca y estridente que vino de atrás, un viejo hábito de Hawkins cada vez que ponía a un adversario en trance de viajar a otra parte del universo. El inglés —cosa aprendida de su capitán— no solía matar por la espalda si el adversario mostraba coraje, por lo que antes de descalabrarlo con el alfanje le dio vuelta para verle el rostro. El cabo creyó que era uno de sus soldados quien lo halaba, pero al volverse en vez de morrión vio un tricornio negro y un solo ojo entre sombras, enrojecido por el resplandor de las llamas. Y no tuvo tiempo para más porque un inesperado destello le sesgó el gaznate. La noche, la sorpresa y la suerte obraron en provecho y ventaja de los asaltantes, que remataron la refriega con solo un herido por rozadura de bala y tres por piquetes de arma blanca, de su parte. Los soldados, en cambio, tuvieron ocho bajas. El resto, una docena y media, luchó inútilmente echando el bofe con arrojo y dignidad, por lo que el maestre Hawkins, en un desusado gesto de cortesía, les ofreció rendirse a cambio de respetarles la vida. Y ahora los tenía liados espalda con espalda, sin botas y en calzas, encerrados dentro de su propio barracón, en cuya puerta para impedir fugas fueron apostados dos piratas.

Ya en control de la plaza y de la guarnición, Hawkins, el Holandés y el Lobo Ducrot se ocuparon de vaciar de pólvora el almacén, del que cargaron además ocho arcabuces y una buena provisión de balas y cuerdas. Repuesto de la borrachera, Míster Blood y dos ayudantes acarrearon a lomo de mula hasta el barco más de una decena de cuarterolas de tafia halladas en un viejo galpón, contiguo al barracón de los soldados. En esas estaban cuando el capitán ya había tomado posesión de la mansión de dos plantas donde residía el amo y señor de la villa. La parte baja estaba destinada a almacén, y la alta, donde ahora se hallaban, a vivienda. Gracias a una real cédula su propietario, don Guillermo Caso Menéndez, poseía una vasta merced de tierras dedicada a la cria de ganado vacuno. No tenía título pero sí autoridad, y en la práctica oficiaba como regidor de la villa.

Doiteadiós dio pasos firmes hacia el prisionero, sentado en la cama. El hacendado, a quien Polvorilla y Puñales ataron de manos, no apartaba la vista de la espada del pirata con el pánico dibujado en el rostro. Junto a la puerta de la recámara yacía el cuerpo exangüe de un sujeto con todas las trazas de haber sido un guardián de la familia, sacado con premura del lecho por los gritos de alarma de los amos. El capitán lo abatió de un pistoletazo en la frente cuando el sujeto, aún camisa en mano y un terciado en la otra, se les interpuso. La hija del hacendado, Beatriz Caso Pinzón, lo miraba desde un rincón de la habitación con ojos muy abiertos y expresión de ira contenida. Doiteadiós pidió a Puñales el candil que ardía en una mesa junto al armario. Cuando lo tuvo lo aproximó a la cara del prisionero para estudiarlo. La luz dejó ver con mayor claridad la cabeza y los hombros de un individuo con un mechón de pelos peinado al lado que le cubría parte de la calva, de semblante rosáceo, lampiño, hocico porcino y papada fofa por la que corrían delgados hilos de sudor. Como era rutinario, aun en coyunturas apacibles como esa —hombre cauto vale por dos, era su divisa—, el capitán tenía el pulgar colgado del talabarte a un palmo de la empuñadura de la daga. Polvorilla había hecho un fardo con las joyas y otros valores encontrados en la casa, envolviéndolos en una sábana que puso en el piso a los pies del prisionero.

—¡No tenemos nada más! —espetó la joven aún si reponerse de la cólera, viendo que su padre enmudecía— ¡Lléveselo todo y déjenos en paz!

Doiteadiós la miró con el rabo del ojo y sin inmutarse acercó más el candil al rostro de don Guillermo Caso. La luz de la lámpara proyectaba sombras difusas sobre Puñales, que con desacostumbrada quietud estaba cruzado de brazos como una estatua junto a la puerta.

—¿Cuántos barcos frecuentan la villa? —preguntó el capitán, sereno.

El hacendado, que ahora sudaba de manera copiosa, alejó instintivamente el rostro de la llama. Miraba a Doiteadiós con ojos extraviados. Y el miedo terminó por soltarle la lengua.

—Pocos.

—¿Número?

—Dos en lo que va de año.

—¿Todos mercantes?

La pregunta era de lazo corredizo. Si el prisionero respondía afirmativamente mentía. Pero no lo hizo.

—Solo uno.

—El otro fue el que trajo la pólvora y los soldados —dio por sabido el capitán e hizo una pausa intencional, como paladeando la pregunta— ¿Quién lo capitaneaba?

Puñales y Polvorilla cruzaron una mirada cómplice, a sabiendas del nombre en pos del cual iba el interrogatorio.

—Don Íñigo... —contestó el hacendado al cabo de los segundos que demoró en recordar el nombre—. El capitán de guerra don Íñigo Mendieta.

—Y a vos, ¿qué le importa el nombre? —alzó su voz con insolencia la joven desde un extremo de la habitación.

Por un momento Doiteadiós pensó seguir ignorándola, pero le picó la curiosidad. A pesar del tono soberbio de la mujer, había un acento peculiar en aquella voz que le resultaba agradable. Levantó la lámpara y se acercó a ella. A diferencia de lo que veía entre sombras, a la luz del candil la señorita no era tan niña como suponía. Tendría unos veinte años, y aquellos dos ojos color miel que lo miraban con dureza, y podía decirse que hasta con desprecio, brillaban como dos fulgurantes citrinos. Su hermosura lo dejó de una pieza. Por un rato estuvo contemplando el cabello negro de Beatriz, sus labios carnosos, el blanco destello de sus dientes y la tersura de su piel. Pero su mente estaba en otra parte. No iba a dejarse atrapar ahora por los embrujos de una mujer. De cualquier manera la desnudó con la mirada, y la furia de la joven restalló como un látigo en el aire.

—Vos debe ser el pirata ese del que se dicen atrocidades —dio ella por seguro—. Doitedós. Doitevós. O llámese como se llame.

El capitán alzó la lámpara para examinarle con más detalle el semblante.

—¿Qué la hace estar tan segura? —preguntó, recobrando el dominio de la situación que por un instante había visto írsele de las manos.

—Vuestra facha, los modales... Todo lo que veo —repuso ella exagerando los gestos, con esa capacidad nata de las mujeres para dramatizar.

Segundos antes, se había sentido incómoda por fijarse con tanta atención en los ojos color café del pirata y en sus rizos enrubiados por el mar. Le atrajo su gallardía. Y ahora trataba de sepultar bajo insultos, con un manto de ira, aquel instante de debilidad.

—¡Sois la estampa de un salvaje, un patán! —añadió, desviando la mirada con agitación y una dudosa mueca repulsiva.

Viniendo de una dama la ofensa era más injuriosa. Pero optó por ignorar el agravio, aparentando no darle importancia. Hacerle ascos a una joven hermosa no era propio de caballeros, así que le dedicó una amable sonrisa. Cuando se volvió a un lado, la macilenta luz del candil iluminó varios papeles sobre la mesa. Arrimó la lumbre y entre ellos había un sobre lacrado, abierto, y al lado una carta. «Preciosa oportunidad para que vean con quién tratan», se dijo. En otras palabras, para que ella supiese que él no era un vulgar iletrado, ni una bestia incivilizada. Así que empezó a leerla a media voz. Estaba fechada en La Habana un mes atrás, dirigida al señor don Guillermo Caso Menéndez: *El Ilmo Sr. Regidor del Cabildo de La Habana y Caballero de la Orden de Santiago, Don Alonso Caso Toledo, suplica a S.S. se sirva favorecerle con su asistencia y la de su hija, la Señorita Beatriz Caso Pinzón, el día doce de junio a las siete de la noche para acompañarle a la cena...* Doiteadiós se tomó unos segundos, tragó saliva para aclararse la garganta y tras echar una ojeada a Puñales y otra a Polvorilla a fin de reponerse de la sorpresa, y asegurarse de que ambos no pasaran por alto la noticia que aquel pedazo de papel les tenía reservada, prosiguió la lectura: *en honor a S.S. el Capitán de Navío Don Hugo Valdés de Villafranca y Menéndez, que será ofrecida en la residencia de S.S. Don Sebastián Bobadilla...*

Leída esta última línea —al fin tenía una pista— toda su atención se centró en la dirección donde tendría lugar el convite en La Habana: calle de los Oficios número 8, entre Amargura y calle del Barranco. Su memoria era infalible, de modo que solo tuvo que leerla una vez más para no olvidarla. Así como la fecha: seis días exactos a partir del corriente. Otros detalles relacionados en la invitación, como que a la fiesta acudiría la crema de la alta sociedad habanera, entre ellos los hombres más ricos de la ciudad, le tenían sin cuidado. Pero siguió leyendo de corrida y a media voz los nombres citados a continuación sin dar la más mínima muestra de interés, para no despertar suspicacias. Luego puso la misiva en su lugar y dio unos pasos hacia la cama para seguir interrogando al hacendado. Entonces ella le salió con otra de las suyas.

—¿Os incumbe también la vida privada de las personas decentes?

Doiteadiós detuvo el paso y amagó darse vuelta, pero decidió no hacerlo.

—¡Os hice una pregunta! —insistió Beatriz.

El capitán hizo una seña a Polvorilla para que se llevara a la joven de la habitación. Tras ver la manera en que la había mirado su capitán, Polvorilla no sabía si amordazarla y encadenarla o asirla con la mayor suavidad posible por un brazo. Avispado y sagaz, el mulato optó por la última fórmula, aunque con mil tropiezos y sudando la gota gorda debido a la indocilidad de Beatriz, que salió forcejeando y blasfemando.

El hacendado se veía de pronto frente a dos grandes problemas, su miedo y la insurrección de la hija.

—Ruego a vuestra merced que no dé calor al insulto —pidió, suplicante—. Mi hija es muy joven, y puntosa con los asuntos de familia.

La palabra familia lo turbó y le viró al revés el estómago a Doiteadiós.

—¿Es vuestra merced pariente del tal Villafranca? —preguntó, torciéndose una punta del bigote.

—No.

La respuesta, aunque rápida y concisa, lo dejaba igual: bogando en la incertidumbre.

—Pero, algo los une.

—Nada. Apenas conozco a su señoría.

El apenas hizo presumir al capitán que se trataba de un engaño. Y sin más levantó la lumbre y extrajo la daga.

—¿Abusáis de mi buena sangre? ¡Algo ocultáis!

El hacendado trepidó de miedo.

—¡Voto a Dios! —exclamó, bajando la cabeza en espera de la cuchillada.

—Haga votos a quien le plazca —dijo el capitán, pegándole al cuello la daga—. Pero dígamelo todo de una vez. ¡Rediez!

Al punto don Guillermo Caso empezó a hablar por los codos. El asunto era que la única heredera del regidor de La Habana y prima de Beatriz, Evangelina, ya estaba entrada en años y seguía solterona. La cena de gala obedecía a que el buen varón tanteaba la posibilidad de casarla con el capitán Villafranca. De modo que ellos dos, padre e hija, estaban invitados. El no haría el viaje a la ciudad, pero Beatriz sí, dentro de tres o cuatro días.

—Al parecer se trata de un hombre rico y de buena solera.

La fría mirada que Doiteadiós le clavó entre ceja y ceja lo aconsejó rectificar.

—Eso he oído —añadió, presto—. En verdad no me consta.

El semblante del capitán no daba señales de ablandarse, por lo que el hacendado agregó a su defensa un ruego desesperado.

—¡Imploro a vuestra merced que no malinterprete mis palabras! ¡Tenga piedad!

La expresión de carnero degollado que puso don Guillermo Caso pareció tener efecto, porque retorciéndose la otra punta del bigote Doiteadiós hizo un ademán a Polvorilla. Cuando el mulato se acercó, obediente, el capitán no estaba pensando en el guiñapo de hombre que tenía delante sino en la joven.

—Que no se excedan —le dijo—. Carguen con todas las provisiones que encuentren en la villa. En especial agua y vino. Y anden ligeros que a poco nos vamos. Pero, os aclaro, no toquen ninguna pertenencia de la señorita.

—¿Y las joyas?

—Tampoco. Las de ella se quedan en la casa; incluidas las que hayas metido ahí —precisó, señalando el fardo en el piso.

Puñales escuchó la orden y resolló.

—Quien comió las maduras que coma las duras —dijo, entre dientes.

Fingiendo no haber oído bien, Doiteadiós se volteó molesto.

—¡Decíais?

El contramaestre gozaba de la extrema confianza del capitán, pero el destello helado que vio en sus ojos lo petrificó. Aquella era una mirada de pocos amigos.

—Quise decir... —apostilló como mejor pudo—. Que con nosotros estos fulanos de aquí se las han visto duras.

A despecho de sus notorias disparidades, a Doiteadiós y Puñales los unía una afinidad especial. El capitán era un hombre de pocas palabras, frío ante el peligro, con una flema no común en los hombres de su edad. En el contramaestre primaban la impaciencia y la fogosidad. Pero los enlazaba un sentido del honor y la amistad tan acerado como el filo de sus espadas. Compartían lengua, religión y tierra de origen. Las vidas de ambos habían dado un brusco vuelco tras un golpe de la fatalidad. Y los dos profesaban el mismo desprecio irreverente a la muerte.

Tan pronto Polvorilla salió del aposento, Doiteadiós desató las amarras al hacendado, que se le echó a los pies sollozando, no muy seguro aún de que fuese a salir ileso de aquello.

Al capitán no le gustaban los hombres cobardes. De modo que lo apartó con el pie. Había logrado desembarazarse de él cuando Puñales traía de vuelta a la joven, que regresó bastante sosegada pero con la expresión en los ojos de quien espera lo peor.

Empuñando la daga el capitán miraba al hacendado.

—Dele gracias a ella —dijo, apuntando el arma hacia la joven.

Entonces cruzó una última mirada con Beatriz, que no sabía qué hacer, desconcertada, rehusando dar crédito a lo que sucedía. Luego Doiteadiós dio media vuelta y se marchó, alisándose el ala del chambergo con los dedos. Puñales y Polvorilla bajaron tras él. Dos arcabuceros enviados por el maestre Hawkins los esperaban en la puerta de la casa para escoltarlos hasta el surgidero. Las estrellas comenzaban a apagarse en el cielo, y las siluetas iban escapando de las sombras. El tenue rumor de las olas se confundía con las voces de algunos en la Centella que preguntaban por el capitán, o hablaban en voz baja para matar el tiempo. El último en trepar por la escala fue Puñales, que tropezó en cubierta con un racimo de plátanos dejado allí por alguien. Y blasfemando, supersticioso, lo arrojó por la borda.

—No son santos de mi devoción —dijo, la expresión torcida.

El dueño del racimo corrió con intención de pescarlo en el aire pero solo alcanzó a oír el chapoteo del agua.

—Los plátanos traen mala suerte en el mar —adujo Puñales.

Una vez estibados los bastimentos en el galeón, incluidos cuatro barriles de carne de vaca en salmuera y varias gallinas, Doiteadiós y sus hombres soltaron cabos, alzaron velas ciñendo el escaso viento que había por la amura de babor y se hicieron de nuevo a la mar. En tierra, todavía perpleja por el asalto de los piratas y pensando que a esa hora ella y su padre muy bien podían estar muertos, Beatriz abrió de golpe la ventana de su alcoba. Miró al atracadero desafiante y maldijo a gritos, hasta que con el semblante enrojecido de ira y de impotencia los sollozos le sofocaron la voz.

La Centella partía como una sombra de la dársena, perdiéndose entre la bruma que ya empezaba a clarear por levante con la primera luz del amanecer.

CAPÍTULO III

DESPUÉS DE LA TORMENTA

El catalejo de latón relucía bajo los destellos de un sol abrasador, aplacado solo por la tenue frescura del mistral. No había velas en el horizonte, solo una línea de nubes blancas que en la distancia se fundían con el mar. El capitán paseó un rato la vista de un extremo a otro de la lejanía, más atento a sus pensamientos que al paisaje. De pronto cerró el anteojo con un chasquido, y de camino al cuarto de derrota dio la voz.

—¡Virad por avante!

La orden sorprendió al Holandés, que al oírla metió el timón de arribada para portar todas las velas. El maestre Hawkins, que bostezaba a mitad de camino entre el cansancio y el sueño luego de una noche tan ajetreada, mandó aflojar las escotas. El barco quedó casi de frente al viento y cayó por fuerza a babor. Una vez concluida la lenta y habilidosa maniobra, el Holandés, Hawkins, Puñales y el Lobo se dirigieron a la cámara del capitán, que los convocaba. Puñales, que intuía por donde venía el asunto, entró al cuarto desanudándose el pañuelo de cabeza para enjugarse el sudor que le bañaba las patillas. Sus ojos brillaban, pícaros.

—Sardina al gato —dijo.

El capitán le echó una ojeada glacial. Luego cogió una carta náutica y la puso sobre la mesa.

—Supongo que no esperaban esto.

El más sorprendido con el cambio de rumbo era el Lobo Ducrot.

—Para nada —dijo, enfatizando enseguida en su gabacho habitual—: *Par surprise.*

El Holandés prendió la pipa y echó una bocanada al aire mientras reconocía en el mapa el punto sobre el que se había posado el índice del capitán.

—¿A qué vamos? —preguntó.

El humo de su pipa hizo toser al maestre Hawkins, que lo abanicó con la palma de la mano pero no dijo nada. Por costumbre recibía primero instrucciones y luego, si lo creía necesario, preguntaba.

—Donde el corazón se inclina, el pie camina —encajó Puñales, a quien otra fría mirada de Doiteadiós lo dejó esta vez sin deseos de seguir en la chanza.

—Un compromiso —precisó el capitán—. Tengo fecha y sitio en esa ciudad para saldar una vieja deuda con el capitán Villafranca, de quien vos ya sabéis.

Su voz sonó firme, sin inflexiones. Ninguno de sus hombres ignoraba lo que el jefe era capaz de hacer —o de dar— con tal de vérselas cara a cara con aquel individuo. Pero el asunto no era tanto ajustarle cuentas a Villafranca como colarse en La Habana, algo así como meterse en una ratonera, si es que la idea del capitán era entrar en la ciudad.

El Holandés frunció los labios, escéptico, echando la pipa a un lado de la boca.

—No es cuento liviano tomar una villa tan fortificada —dijo.

—¡Eso! —señaló también con reserva el Lobo, conocedor como viejo artillero de las defensas militares que guarnecían la bahía. Desde que la Corona fortificó La Habana como sitio de concentración de las naves españolas procedentes de sus virreinatos en el Nuevo Mundo, la ciudad se tenía por inexpugnable.

Doiteadiós cruzó las manos a la espalda, molesto de que juzgasen sus intenciones tan a la ligera.

—¿Quién habló de tomar La Habana? —preguntó a los cuatro, de una vez.

Ahora daba pasos alrededor del piloto.

—¿Se le ocurrió a vos?...

Luego encaró al condestable.

Tal vez a vos, ¿mesié?...

Por último se detuvo a la espalda de su segundo oficial y guardó silencio. Sus hombres sabían de sobra, por los comentarios de numerosos corsarios y filibusteros, que la entrada de la bahía habanera era literalmente infranqueable.

Hawkins lo sintió respirar cerca de su nuca y consideró oportuno terciar en la reprimenda.

—Claro que es descabellado —dijo, virándose—. La pregunta es ¿cómo arrimar la sardina a la brasa? ¿Hay forma de llegar hasta Villafranca?

El capitán aspiró en cámara lenta y exhaló el aire de golpe. Luego desanduvo sus pasos y pidió al Holandés que extendiera sobre la mesa la carta que en el ínterin el piloto ya examinaba. Con un gesto brusco de la mano se sumergió en el estudio del mapa. La boca de la bahía tenía poco más de doscientas varas de ancho, y para impedir la entrada de barcos piratas los españoles tendían una cadena de un lado al otro. De modo que incluso si lograban acercarse a la orilla lo más que conseguirían sería meter un poco de miedo, al precio de unos cuantos agujeros en las velas y en el casco si salían bien parados.

—Ni de cerca ni de lejos —dijo el Lobo—. Es una locura intentarlo.

El condestable sabía que en un lado del canal iban bien adelantadas las obras de un castillo donde los españoles ya tenían emplazada una pequeña guarnición. Y en la otra orilla cobraba tamaño por día una fortaleza nombrada el Morro, que ya disponía de cinco piezas de artillería y guardia de día y de noche. Además, la villa, enclavada media milla bahía adentro, estaba protegida por una imponente ciudadela, la más portentosa de España en todas sus posesiones de ultramar.

—El Castillo de la Real Fuerza —fijó Doiteadiós, sin levantar la vista de la carta.

Sonrió el Lobo como si hubiese sido él quien completara la frase.

—*Effectivement* —acotó.

El capitán corrió el dedo sobre el mapa siguiendo la línea del litoral al oeste de la bahía.

—Esta costa de aquí —dijo— tampoco es accesible.

Eran más de tres millas de litoral infranqueables, por el arrecife y por lo bien custodiadas, a lo largo de la Zanja Real que llevaba el agua desde el río de la Chorrera hasta la ciudad. En la desembocadura, además, había un fortín.

—¿Entonces? —insistió Hawkins con el tricornio bajo el brazo, impaciente por saber cuál era el plan.

—Nuestra única posibilidad es esta —dijo Doiteadiós—. La ensenada de Cojímar.

Todos los ojos se posaron en el sitio que indicaba su dedo. La caleta se hallaba a unas cinco millas cortas al este de la ciudad. No había constancia de que estuviese poblada, pero de ser así el capitán pensaba que a lo sumo habría un pequeño caserío de pescadores.

—Si hay gente, hay que pasarlos a cuchillo —dijo Hawkins, que todo lo resolvía a filo de sable.

Mesié Ducrot halló ocasión para repetir su frase favorita.

—¡Eso!

Se sentía eufórico de que el maestre le diese dinamismo al asunto.

—La pólvora callada —añadió—. Un solo fogonazo y *au revoir! Nous emmerdons!*

—¿Qué dijo? —El Holandés no entendió. Y como solía hacer en tales casos masculló un par de maldiciones en flamenco.

—Qué si prendemos la mecha y disparamos estamos jodidos —tradujo Puñales.

El capitán alzó una mano para disciplinarlos. Solo él podía mantenerlos en regla.

—Recalaremos en noche cerrada —dijo—. Y a la sorda.

—¿Y luego? —preguntó Hawkins.

—Bajamos a tierra —Hizo una pausa—. El contramaestre y yo.

—¿Yo? —preguntó Puñales, confuso, apuntándose con los pulgares al pecho.

—Sin más sombras que las nuestras —dijo Doiteadiós, mirándolo fijo, apoyado en las dos manos sobre el borde de la mesa.

Ellos dos desembarcarían en la caleta. El resto se quedaría a bordo. Su plan era infiltrarse con Puñales en La Habana y que ambos pasaran por un par de forasteros más, de los tantos que por esa época frecuentaban la ciudad debido al tránsito de la flota de la Carrera de Indias. Nadie más de su plana mayor hablaba de forma fluida el español. De modo que eran ellos dos o ellos dos. Una vez en tierra buscarían la forma de llegar hasta un caserío nombrado Casablanca, en la margen norte del puerto. Desde allí sería fácil cruzar en bote la bahía y poner pie en La Habana sin llamar mucho la atención. Daba por hecho que debía haber algún tráfico frecuente entre las dos orillas. Su intención era hospedarse cerca de la casa a la que Villafranca acudiría la noche de la cena, familiarizarse con el lugar y aprovechar la ocasión para vengarse. Si todo salía bien, el día trece, una noche después de saldada la deuda, al caer el sol ellos estarían de vuelta en la caleta de Cojímar, en espera de que sus compañeros los recogiesen. Para identificarse, estos prenderían en la Centella dos fanales, el de popa y otro en la proa. La señal convenida para avistarlos desde el galeón serían dos fogatas en el litoral, separadas unos veinte pasos una de otra. El esquife que fuera a buscarlos debía recalar en medio de las dos hogueras. Ellos se asegurarían de que fuese un sitio seguro.

—¿Si algo falla?... —El maestre Hawkins dejó la frase en el aire.

—Lo intentan de nuevo dos noches más —repuso el capitán.

—¿Y si hace falta una tercera? —preguntó el Holandés.

—Es porque algo salió mal —dijo Doiteadiós—. En cuyo caso nos venderemos caros.

Después de que el francés Jacques de Sores tomó la ciudad en 1555 otros piratas asolaron la villa, pero ninguno se había aventurado a visitarla de incógnito. Podía pensarse que era un acto suicida. Pero a pelo y por honor él estaba dispuesto a correr el riesgo. Llevaba años calentando la idea y no iba a desperdiciar aquella oportunidad por muy disparatada que pareciese, o porque alguien creyese que la estaba encarando a tontas y a locas.

Hawkins aún tenía sus reservas acerca del plan. Sin embargo, su sentido del decoro, muy a la inglesa, le impidió poner objeciones.

—Okey —dijo, abriendo bien el ojo como para que valiese por dos—. Si algo no sale bien, dé por seguro que habrá quien pague con el pellejo... Sea quien sea.

Los demás asintieron y el capitán echó una ojeada de afecto al maestre. Su fidelidad era incuestionable desde el primer día que empuñaron aceros juntos bajo las órdenes de Sir Drake. En cuanto a su arrojo personal sobraban ejemplos para atestiguarlo. Lo había visto desafiar a cinco fragatas españolas con solo un puñado de hombres a bordo de una frágil tartana. Y cuando le asestaron la estocada que lo privó del ojo, y el inglés todavía sangraba profusamente de la cuenca, lo vio zafarse del fatídico cerco que le tendían quebrándoles a mandobles las espadas a tres adversarios, que incautos lo dieron por servido sin imaginar que serían ellos los finados.

Terminaban de discutir los detalles de la operación cuando Polvorilla entró a la cámara trayendo una garrafa de tafia, detrás de la cual —como era de suponer— venía Míster Blood cual sabueso olisqueando el hueso. El ambiente se animaba.

—¡Brindemos! —alzó la jarra el capitán— ¡Por la oportunidad!

—Más nos vale —dijo el Lobo, y bebió un largo trago.

—¿Qué entiende, mesié Ducrot —quiso saber el capitán—, por más nos vale?

Apenado, sin noción exacta de lo qué decía puesto que su español era a menudo de una irreverencia disparatada, el condestable se encogió de hombros. Sus habituales e indescifrables frases en gabacho irritaban sobremanera al piloto, que no le quitaba la vista de encima. El Holandés no aceptaba que al cabo de años de navegar en un barco en su mayoría tripulado por españoles e ingleses, sin otro francés que no fuese él, Mon Loup Ducrot siguiese empeñado en hablar aquella jerga incomprensible, un motivo adicional para que ellos dos conviviesen a bordo como perro y gato desde el día que, queriendo hacerse el gracioso, el Lobo preguntó al Holandés si la sirena que tenía tatuada en el pecho era un retrato de familia.

—Otra burrada —comentó el piloto.

El capitán vio venir al punto la vieja rencilla y desvió el foco de atención a Puñales.

—Te pelas al rape —dijo— y te afeitas las patillas.

El vizcaíno arrugó la boca. Qué más iba a pedirle.

—¿También me quito el pañuelo? —protestó, agrio.

—No sé —repuso Doiteadiós—. En todo caso no quiero que ninguno de vuestros viejos fantasmas os reconozca en La Habana.

—Joder.

Con casi cincuenta años en las costillas, Silvestre Astaburuaga tenía el temperamento juvenil, intranquilo, pendenciero, fogoso, guasón. Hacía una década que lo conocía y al vizcaíno solo le envejecía el pellejo. Las canas que tenía no eran suficientes para transfigurarlo a la vista de quienes lo trataron cuando oficiaba misa en la Armada española o cuando estuvo en la cárcel, ya privado de los hábitos. Fácilmente podían reconocerlo. Pero el capitán lo miraba de una manera que le resultó incómoda, y para librarse de aquel peso ladeó el rostro y echó una ojeada a popa a través de la balconada. Había señal de tormenta.

—Norte claro y sur oscuro, aguacero seguro —predijo.

Un soplo de brisote se coló por el enrejado y tiró al piso los mapas. A poco el mar se picó y amorató. Cada cual se fue a ocupar su puesto en cubierta. El viento empezó a soplar con fuerza, a silbar en la arboladura, y Doiteadiós dio la orden de navegar solo con el trinquete por si arreciaba el mal tiempo. Antes de que atardeciera, la Centella fue adentrándose en una mar revuelta. Excepto los que aseguraban barricas en los pañoles y ponían a buen recaudo pólvora y municiones, los tripulantes se movían de una banda a otra aferrándose a las regalas, esquivando los embates de las olas, trincando jarcias y evitando dar un mal paso sobre la resbaladiza tablazón que los lanzara por la borda a las turbulentas aguas, de las que en tales circunstancias —ver para creer— no había ni la más remota posibilidad de salvación. Una lluvia recia y fría vino a empeorarlo todo. Cada quien trataba de concentrarse en lo suyo, guarecido de la mejor forma que pudiese, entre ellos el capitán, agarrado a un arbotante en la toldilla sin perder pie ni pisada a la marinería, atento a que el galeón navegara en la bordada debida y que cada hombre hiciera su parte. De repente, la mar gruesa escoró de manera peligrosa el barco a estribor. Alertada a grito limpio por el maestre Hawkins, la tripulación trasladó con premura a la banda contraria el mayor peso de la carga para compensar la escora y evitar que una excesiva inclinación de costado los hiciese zozobrar. Con el agua chorreándoles de la cabeza a los pies, el Holandés y su segundo se amarraron por la cintura con sendos calabrotes, precaviendo que la marejada fuese a arrebatarles de las manos el timón y el bajel quedase sin otro gobierno que el de la borrasca. Y lo hicieron a tiempo, porque segundos después un golpe de ola barrió la cubierta de trinquete a mesana, y entrando con furia por una porta desamarró la cureña de una culebrina. De no ser por el Lobo Ducrot y tres de sus hombres, que a la brava lograron frenar la mole de hierro con cadenas, el impulso con que se abalanzó el cañón sobre la otra banda habría bastado para abrir un enorme boquete en el costillar de la Centella. Por momentos se creyeron perdidos. Cada vez que la quilla se hundía en el cuerpo de una ola, se elevaban dos cortinas de agua que luego caían con estrépito sobre la crujía, mientras el galeón trepaba entre espumas para precipitarse después en el vacío que venía tras la cresta. Por instintos del oficio, que en tal coyuntura podían significar el paso o no de la vida a la muerte, hasta que la luz se los permitió y sin un minuto de reposo, el contramaestre Puñales y su cuadrilla controlaron que los aparejos estuviesen bien protegidos y los imbornales libres de obstáculos, a fin de que los rociones y la lluvia que caía a raudales sobre cubierta rodaran sin impedimentos por babor y estribor. Toda la que no se deslizara por las escotillas hacia el sollado era agua mansa. Pero la que se filtraba hacia las entrañas del barco, no. Era mucha, y antes y después del anochecer el calafate y seis ayudantes se turnaron en las bombas de achique, sudando hieles entre los hedores de la sentina, rezando y blasfemando unos para que la suerte, y otros para que la mano de Dios, los librase del naufragio. Por fortuna no hubo necesidad de auxiliar a ningún lesionado durante la borrasca, porque Míster Blood estuvo casi cuatro horas de arcada en arcada purgando la borrachera, y cuando la tormenta amainó antes de la medianoche el cirujano nadaba en vómitos, echado sobre un jergón y con la cabeza dándole vueltas como un tiovivo.

Amanecieron sumidos en una bonanza que parecía celestial luego de aquella noche de infiernos. Con el cuerpo molido de agotamiento y la ropa aún empapada, el Holandés abrió primero un ojo y luego el otro, creyendo estar todavía en sueños. La inusitada quietud que notó era solo posible en tierra; de modo que alarmado se incorporó de un salto, y el tirón que le dio el cabo asido a la cintura le confirmó que permanecía firmemente sujeto al pinzote. Ya consciente de que estaba despierto, se desamarró y comprobó que en efecto el barco estaba inmóvil. La mar era un plato, plomizo. Cuando entró en la cámara del capitán este desayunaba un trozo de queso y daba tientos a un odre con medio azumbre de tinto. Perseo se frotaba el lomo ronroneando entre las piernas del amo con el rabo enhiesto.

—De siete vidas nada —dijo el Holandés—. Este gato tiene más de cien.

El piloto se dejó caer exhausto en una silla, respiró profundo y soltó:

—¿No cree que se expone demasiado vuestra merced? —tenía esa espina clavada desde la víspera—. La Habana no es Matanzas.

El capitán lo miró inexpresivo.

—No más de lo necesario —dijo, entre bocado y bocado.

—Sé cuánto le importa liquidar ese asunto —matizó—. Ponerle punto final.

—No sabéis. Suponéis.

—Supongo —admitió el Holandés—. Pero de cualquier manera es un lance muy arriesgado.

La expresión de Doiteadiós decía que en este mundo por peligrosos que sean hay trances inevitables.

—¿Cuál no lo es?

—Lo que me preocupa —aclaró el piloto— es que sois solo cuatro manos.

—¿Tanta importancia dais al número?

—Cuando la cuenta es muy dispareja, sí.

—Dos espadas bien embozadas valen por seis —recalcó el capitán, mirándolo con detenimiento.

El Holandés había prendido la pipa y echaba humo por la nariz.

—No lo dudo, tratándose de vuecedes —dijo.

Doiteadiós liquidó el queso, bebió del pellejo y adelantó una sonrisa.

—Ya os expliqué las razones. ¿No?

El piloto se encogió de hombros.

—Sí —confirmó—. Pero sigo pensando que sería mejor que fuesen cuatro aceros y no dos.

El capitán opinaba que añadir más hombres al grupo era, además de innecesario, inoportuno.

—No hay necesidad —dijo.

—Para mi tranquilidad —demandó el Holandés, rascándose el mentón con la boquilla de la pipa—. ¿Podéis convencerme?

Doiteadiós negó despacio con la cabeza, pero concedió.

—Si veis pasar en la ciudad a dos forasteros siempre juntos..., podrían ser un par de buenos amigos. ¿No?

—Sí.

—Y si fuesen cuatro... ¿No os llamaría la atención? ¿No os parecería sospechoso?

Al Holandés se le desdibujó el rostro.

—Si el propósito es que yo cruce espadas con Villafranca —prosiguió el capitán—, con justeza solo hace falta una blanca, la mía. El asunto es simple y el cálculo prudente, por insensato que os parezca.

Las explicaciones que le dio Doiteadiós terminaron por convencerlo de que la decisión era inflexible. De modo que el Holandés se acomodó mejor en la silla y, resignado, echó una voluta de humo al aire que estuvo un rato suspendida entre los dos.

—Aquí todos venimos y nos vamos por el mismo camino —concluyó el piloto—. Así que no se hable más. ¿Cuándo es la jugada?

—Ahora estamos en fase —aludía el capitán al novilunio—. Lo que quiere decir que en muy pocos días las noches serán claras. Eso nos obliga a andar deprisa tan pronto salgamos de esta calma chicha. Tengo el tiempo contado para desembarcar en tinieblas.

El piloto se quedó observándolo con una duda dándole vueltas en el magín.

—La noche del trece, la señalada para recogeros en la costa —dijo en tono de alerta por si el capitán no había reparado con exactitud en las fechas—, habrá luna. La claridad puede ser un contratiempo.

—Me basta con que nos envuelvan las sombras a la entrada —repuso él con un guiño de ánimo—. A la salida ya veremos qué luz nos alumbra.

Esa misma tarde, cuando levantó el viento, acuartelaron velas y pusieron proa a poniente con sigilo, para no ser avistados por algún galeón enemigo y se les fastidiara el plan. La travesía era corta. Con buen aire como el que estaba soplando bastarían unas ocho horas de navegación. Antes de caer el sol el cielo se cubrió de nubes, pero sabiéndose próximo a Cojímar el capitán ordenó apocar velas y no encender ningún fanal, previendo que algún buque de la flota o un mercante en tránsito al puerto pudiese divisarlos. Cuando el último reflejo rojizo se apagó al pie de los nimbos sobre la línea del horizonte, el Mozo, un vigía con vista de águila, subió a la cofa del palo mayor. El zagal era capaz de detectar a seis millas el más imperceptible relieve de costa, la más mínima señal que revelara la presencia del litoral.

Pero la naturaleza obró en su contra porque la noche se metió pronto en agua. Sin embargo, como dote adicional, el chico poseía además un olfato de elefante, sensible al menor aroma o pestilencia, fuese el efluvio de las marismas y rompientes del litoral o el tufo a mugre de la chusma que solía alistarse en los galeones. Para diferenciar uno de otro voceaba dando género y ubicación: «¡Vive!», en caso de tierra, y «¡Muere!», si se trataba de gente. En noches de lluvia y de bruma como aquella, cuando la visibilidad era cero incluso desde lo alto, el Mozo dependía solo de su nariz, que una vez más demostró ser un instrumento infalible, porque al poco rato de estar subido a la cofa se oyó su voz: ¡Amura babor! ¡Vive!

Luego de dar un discreto vistazo a la brújula a la luz de una lumbre, acuclillados en la arrumbada y confiados en la pericia olfativa del vigía, el capitán, Puñales y Polvorilla bajaron por la escala, subieron al esquife y remaron a tientas hacia la costa, guiándose solo por el sexto sentido que orienta a los hombres de mar cuando no se columbran estrellas en el firmamento.

—Vive Dios, que daría cualquier cosa solo por verme las manos —dijo en voz queda Puñales, como si lo estuviesen oyendo desde la orilla.

Iban a pocos palmos uno de otro, Doiteadiós en la popa y Polvorilla y el contramaestre bogando. Todo estaba tan negro y silencioso que solo escuchaban el acompasado tirar de los remos y su propio resuello. Así avanzaron hasta que oyeron el inconfundible rebalaje de una playa. Una cuantas paladas más y encallaron en la arena. El primero en saltar del bote fue el capitán, que en el acto desenvainó la toledana. Puñales hizo otro tanto con su espada, y examinaron el litoral hasta donde alcanzaban a ver, que era bien poco. Todos los indicios hacían pensar que se hallaban del lado correcto, la parte oeste de la ensenada, de modo que no tendrían que cruzar el río, lo que Doiteadiós había previsto hacer a nado si era necesario. Transcurrido el tiempo acordado, desde la Centella hicieron la primera señal con el fanal de popa para indicar la ruta de vuelta. De manera que, sin más demora, Polvorilla remó de regreso al barco. En ausencia del capitán, el maestre Hawkins tenía permiso para navegar a discreción por el área sin acercarse más de lo debido a la costa. El asunto era no ser vistos por los vigías del Castillo de la Punta ni del emplazamiento del Morro. La orden fue estar más al acecho que a la arremetida, pero asaltar cuanto navío se pusiera a tiro siempre que tuviesen clara ventaja. Cuando la silueta de Polvorilla se desvaneció en la bruma, el capitán envainó el acero y se adentró entre los uveros con Puñales. Una vez rebasada la franja de uvas caletas que bordeaba el litoral, caminaron alrededor de media hora atravesando matorrales hasta que dieron con un trillo, que presumiblemente conducía a lo largo de la costa hasta la margen norte de la bahía. La llovizna había cesado, pero el camino estaba en extremo enlodado. Llegados a un punto oyeron voces, y procurando no hacer ruido se apartaron de la senda para ocultarse detrás de unos arbustos. Eran dos piqueros del tercio, reconocibles por la indumentaria: lanza, morrión, peto, espaldar, escarcela, y espada al cinto.

—Tercio de Nápoles —susurró Puñales al oído del capitán, dándoselas de conocedor.

—No —corrigió él—. Tercio de la Armada.

Doiteadiós conocía de sobra a los soldados del tercio porque había tenido que enfrentarlos cuatro años atrás a raíz de la muerte de Drake, cuando estos se desfogaron en coraje a bordo de veintiún navíos españoles comandados por Avellaneda y el almirante Juan Gutiérrez Garibay, ahora supremo general de los galeones de Indias, y diezmaron frente a la Isla de Pinos los remanentes de la escuadra del corsario inglés. Tal importancia le daba la Corona a Cuba que había enviado a protegerla a los infantes de uno de sus regimientos más aguerridos, fogueado en batallas como la de Lepanto y en otras más cercanas y recientes, aquende el Atlántico. Por espías ingleses se sabía que alrededor de un centenar de soldados, muy mal pagados por cierto, integraban a la sazón las defensas de La Habana, aparte de los que zarpaban con la flota.

Cruzaron muy cerca de ellos y Puñales hizo ademán de echar mano a uno de sus aceros, pero el capitán lo paró en seco agarrándolo por un brazo. Ni te atrevas, decía su mirada. Los dos guardias pasaron de largo chachareando, y ellos estuvieron quietos un tiempo antes de reemprender la marcha. Más adelante advirtieron una luz parpadeando en la penumbra. Parecía ser la cima de un acantilado, por lo que dedujeron que podría tratarse de la guardia en el Morro a cargo de la custodia de la bahía.

—Huele a azufre —acotó Puñales, y el capitán se mordió los labios para no soltar una carcajada.

A medio camino emergió de las sombras un arcabucero, por lo que tuvieron que echarse sin demora a tierra cubriendo con ambas manos espada y dagas para que no sonaran, esta vez sin malezas donde esconderse. El soldado casi los pilla, y hubiese sido el peor momento para que los descubriesen, quedándoles ya tan cerca la ciudad. Los salvó la total oscuridad, confabulada con el sueño del fulano, que se les aproximó bostezando, se abrió la bragueta y por solo un par de pasos no llegó a mearlos. Pasado el mal trance, Doiteadiós se puso de pie, Puñales se incorporó persignándose y ambos torcieron el paso de lleno hacia la izquierda, con gran tino porque al rato estaban entrando por una calle estrecha, en pendiente y mal iluminada, de cuyo extremo oyeron venir un ruido de cascos de caballo. La amarillenta luz del farol que pendía de la pared de una casa les impedía ver más allá de unos pocos pasos lo qué se acercaba. El capitán cruzó la diestra bajo la capa y agarró la empuñadura de la espada. Puñales desenfundó con disimulo una de sus dagas y ocultó la hoja tras el antebrazo. El ruido se fue acercando hasta que, a poca distancia, bajo el farol apareció primero la silueta de una mula y luego la de un hombre en el pescante de una carreta, cargada de costales. Se adelantaron y Doiteadiós se llevó dos dedos al ala del chambergo.

—Buenos días —dijo.

—Con Dios— respondió al paso el sujeto, al que no pudieron ver el rostro porque se perdió calle arriba de la misma manera que había llegado, con la cabeza gacha, el sombrero de paja bien calado y envuelto por las sombras.

Ya amanecía cuando se toparon con una construcción de paredes blancas, semejante a una pequeña fortaleza, con todas las apariencias de ser el depósito que fungía como uno de los almacenes de la Flota de Indias mostrado en todos los portulanos de La Habana, y que evidentemente daba nombre al lugar.

—Casablanca —susurró Puñales.

El soldado de guardia yacía repantigado en la puerta con un mosquete sobre las piernas y roncando como una morsa. Los dos le pasaron por delante con aire de aquí vamos y descendieron por una empinada y larga escalera de piedra hasta la orilla de la bahía, donde había fondeadas dos barcas. Sentado a los remos en una de ellas un hombre descalzo y desaliñado parecía dormitar, pero cuando los tuvo cerca mostró el rostro.

—Por dieciséis os cruzo —dijo.

—Ocho —replicó el capitán.

El individuo lo pensó un rato, estudiándolos.

—Vengan ocho —convino, devolviéndoles una sonrisa de la que asomaron solo dos dientes.

—Presto, antes de que me arrepienta —dijo Doiteadiós, sacando dos monedas de a cuatro maravedís de la faltriquera—. Que os pagamos buen cobre.

Al otro lado del canal, los primeros albores dejaban ver la majestuosa silueta del Castillo de la Real Fuerza, una joya de fortificación para la época, y al frente, atracado en el muelle, descollaba un galeón de tres puentes, con toda seguridad uno de los navíos de escolta de la Armada. Más a la izquierda, en el centro de la ensenada que los mapas identificaban con el nombre de Marimelena, había fondeados más de una docena de galeones.

—Lindo bajel —comentó con toda intención Puñales.

—El San Julián... —apuntó el botero—. Llegó anoche de Veracruz. Si van por tragos, mejor se apuran. Todavía no ha desembarcado la marinería.

El arribo del barco venía como anillo al dedo, porque les daba el subterfugio ideal para justificar la presencia de dos extraños en la ciudad. Solo tendrían que falsear el propósito de la visita. El San Julián proporcionaba lo demás, el asidero para decir que habían llegado con la tripulación. Por decisión del capitán, fingirían ser veedores de la Casa de Contratación, apoderados para el registro de navíos, la concesión de licencias de embarque y la supervisión de determinados gravámenes sobre el tráfico, entre ellos el derecho de avería, fondos con los que se sufragaba la protección de las naves mercantes. Era muy arriesgado pasar por simples marineros, que a la legua podía identificárseles por la pinta de gentuza que arrastraban. Mucho más peligroso era fingirse soldados, que en adición a la vestimenta de regla, de la que carecían, eran los que llegados a puerto solían armar más trifulcas y escándalos. Ellos, en cambio, tenían que pasar lo más inadvertidos que pudiesen. Entre más de doscientos hombres de la dotación de mar y de guerra del San Julián, pensaba Doiteadiós, sería difícil identificarlos, a menos que se les sometiera a escrutinio directo con un alto oficial del galeón.

Pasaron a lo largo de un costado del foso del castillo camino a una pequeña explanada, a cuya izquierda se abría la que parecía ser la calle principal, en la que a pesar de ser tan temprano ya hormigueaban algunos viandantes, gente llevando y trayendo cestos con mercaderías. También dos soldados, uno de los cuales se acercó y les cerró el paso con la alabarda.

—¿Sois del San Julián? —preguntó.

El capitán miró fijo y frío al cabo, a quien le bajaba de la frente una fea cicatriz que truncaba en dos la ceja izquierda sobre el párpado inerte y entornado. Puñales se separó unos pasos midiendo cómo despachar al otro piquero si por alguna razón había que desenfundar aceros.

—¿Sentís curiosidad? —inquirió Doiteadiós.

El cabo asintió y levantó la pica con naturalidad.

—Va y lo conocen —dijo—. Espero a un deudo en la tripulación.

—Pues lo veréis pronto, porque ya bajan. —señaló Doiteadiós, disponiéndose a proseguir.

Se había acomodado la capa sobre los hombros sin percibir que Puñales adoptaba una pose defensiva, que despertó suspicacias. Los dos militares se miraron desconfiados y de una volvieron a cerrarles el paso. Impávido, el capitán se caló el chambergo, dio un paso al frente y heló con los ojos al cabo.

—Si vos no sabéis con quién tratáis, por vuestro bien debéis informaros —dijo. Y con la naturalidad de quien sabe lo suyo los apartó con la mano, y siguió su camino como si tal cosa. Los soldados no hicieron el menor intento por detenerlos.

Anduvieron un corto trecho discutiendo sobre la conveniencia de matar la sed y el hambre que traían antes de seguir ambientándose con el escenario, cuando les saltó a la vista un cartel de madera con el nombre de una taberna pintado en gruesas letras de almagre que terminó por darle mayor argumento a Puñales, quien insistía en que primero era necesario llenar la panza para familiarizarse mejor con el terreno. Olía a refritos y a leña quemada cuando entraron en La Jutía, a esa hora con solo tres parroquianos. Colgaron el chambergo y las capas de una percha en la pared con cuidado de no tropezar con las horcas de ajos y cebollas que colgaban del techo. Luego se sentaron cerca de la puerta. En un extremo del local, bastante espacioso, había mesas cuadradas y bancos sin respaldar. Del otro lado las mesas eran un poco más amplias y con sillas. En una de esas se sentaron. El tabernero, un hombre en sus cuarenta, nervudo, ágil, trigueño y de pelo rizoso, vino silbando, puso dos jarras sobre la mesa y se quedó mirando con cierto barrunto la cabeza rapada de Puñales, como si tuviera delante a un turco.

—¿Tafia? —preguntó.

—Vino —repuso Puñales con acento castizo deliberado para que no quedasen dudas de su procedencia—. Y condumio.

—Asado de jutía y cazabe —dijo el mesonero—. Es la oferta. ¿Os cuadra?

—¿No hay pan? —El capitán lo prefería a la masa de harina de yuca que horneaban en la isla.

—No, no tenemos —Chasqueó la lengua el Chifle—. A cada rato escasea.

—Pues cazabe —concedió Doiteadiós.

El tabernero se fue directo a la cocina, oportunidad que el capitán aprovechó para pasar la mano sobre la gruesa costra de grasa de la mesa, echar al piso los residuos de velas y de comida que la cubrían, y aconsejarle a Puñales que mejor se cubría el cráneo con el pañuelo.

—¡Chifle! —gritó alguien al fondo. Y el mesonero acudió diligente a atender el reclamo de un cliente con cara de ir ya por el quinto o sexto trago de tafia. Sirvió al sujeto y después regresó, trayéndoles una damajuana de vino que colocó sobre la mesa.

Por la pinta y el seseo, Puñales hizo su propia deducción sobre la ascendencia del tabernero.

—¿Andaluz o canario? —indagó.

—Andalú —respondió el otro con gracejo—. Más que ná.

Al capitán se le había quedado rondando en la mente el mote del cantinero.

—¿Cuál es vuestro nombre? —quiso saber.

—Alejandro Romero Gómez para serviros, hasta la sepultura —repuso—. Pero me dicen Chifle. Ya sabréis por qué.

Dicho esto se fue silbando una tonada flamenca. Afuera se iba avivando el bullicio de la ciudad, por la que pasaban en escala obligada las grandes rutas comerciales que llevaban hasta la Península la plata y el oro de la Nueva España. Muchos de sus habitantes, si acaso unos cinco mil a la sazón, se ganaban el sustento a costa de la flota de la Carrera de Indias, dando hospedaje y comida a tripulantes, pasajeros, soldados y comerciantes de paso. Menos el ganado, muy abundante en la isla, casi todo se traía de lejos: harina de trigo, vino, sombreros, calzado, tejidos y otros enseres. La Corona pretendía controlar el comercio con mano de hierro pero la isla estaba muy mal abastecida por medios legítimos, y siempre había bajeles furtivos a lo largo de la costa provenientes de Inglaterra, Francia y Holanda con mercaderías de todo tipo, incluidos tintos, harina, vinagre, artículos de vestir, especias, aperos agrícolas, productos de ferretería y hasta esclavos. Pero pobre del barco de traficantes que se pusiera a tiro de la Armada, que tenía en alta consideración la cacería de contrabandistas como una ocupación de exterminio muy lucrativa.

—Esto sabe a gloria —dijo Puñales, relamiéndose.

—Es el vino, supongo —opinó el capitán.

Calle abajo pasó un fraile con capucha y hábito gris ceñido por una cuerda, y un anciano en harapos entró al bodegón vendiendo un par de gallinas. Junto a la puerta un comprador le manoteaba a un mercader concertando el precio de un esclavo. Pero no lograban ponerse de acuerdo.

—Vuestra merced debería sacar más provecho de este asunto —dijo Puñales, remojando un trozo de cazabe en el caldo del asado—. Las buenas oportunidades nunca se dan dos veces.

El capitán lo miró con un destello de curiosidad.

—¿De qué provecho habláis?

—El honor no tiene por qué estar reñido con el oro.

—¿De qué oro habláis? ¿Qué decís?

Puñales cortó una lonja de carne.

—Me explico. Todo peligro viene aparejado de riesgos. Y cada riesgo reclama su recompensa... ¿No?

—Así es.

—Cualquier escudo, doblón o congénere inesperado que nos alumbre el camino sería bienvenido. ¿No?

Doiteadiós hizo una pausa para servirse más vino y saboreó la jutía

—Joder —demandó—. Si fueseis más claro.

—Que lo cortés no quita lo valiente, y encima de darle una zurra a ese Villafranca...

—Zurra no —rubricó él—. Sepultura.

—Despanzurrarlo, eso es —se corrigió Puñales—. Pero adonde iba. Creo que además de adelantarle el obituario podemos de paso ganarnos unos reales.

El capitán se ladeó en espera de una explicación.

—Supuestamente —prosiguió el otro— estamos aquí porque somos veedores de la Corona, título que nos sirve de máscara pero que también podríamos usar de abre tesoros.

Doiteadiós creyó entender, bebió de la jarra y se secó la barba con la manga de la casaca.

—Os recuerdo lo obvio si lo habéis olvidado —apuntó—. No tenemos documentos.

—Imaginaos —dijo Puñales.

—¿Qué?

—Es tanta la riqueza que circula por esta ciudad —prosiguió— que debe estar de funcionarios y correveidiles corruptos hasta aquí —Se tocó el cuello con la mano y abundó—. Tíos habituados a sobornar y también a dejarse ensebar las manos; ansiosos por embarcar su mercancía y ahorrarse cientos de escudos a cambio de untar de trasmano a las autoridades con un puñado de monedas.

—¿Qué os hace pensar —se interesó el capitán— que sea fácil conseguirlo sin una real cédula en nuestro poder?

—El ladrón se delata a sí mismo solo cuando tiene miedo. Nadie va a cuestionar la autenticidad a dos complacientes veedores que obran con mano suelta. En este mundo, vuestra merced, el que no corre vuela.

Doiteadiós balanceó la cabeza como sopesando la oferta.

—Si se presenta la ocasión nos serviremos con cuchara —concedió—. Pero os debo recordar que el motivo de que estemos en esta ciudad, no la excusa, es el juramento que me hice hace años —El rostro se le endureció—. Todo lo demás es un aditivo de interés minúsculo. No suelo ponderar la honra en la balanza del dinero.

Puñales parpadeó y su voz se redujo a un hilo. Conocía muy bien aquel tono.

—No he dicho ni pensado lo contrario —dio fe.

Terminaron de comer sin cruzar más palabras. Cuando en la torre del convento de San Francisco de Asís la campana repicó para la misa del mediodía, el capitán pagó la pitanza y dejó sobre la mesa dos reales para el tabernero.

—Hay que tenerlo de amigo —resolvió.

Puñales asintió con una leve inclinación de cabeza mientras se sacaba con la uña un trozo de carne de una muela.

Acto seguido los dos salieron a la calle de los Oficios.

LA TABERNA DEL CHIFLE

Antes de que los arreboles del crepúsculo tiñeran de rojo la ciudad, ya ellos habían estudiado el terreno lo suficiente para sentirse confiados en su propósito. La casa de Sebastián Bobadilla, donde tendría lugar la cena del capitán Villafranca, se hallaba en la esquina de las calles de los Oficios y Amargura (o de las Cruces). Era muy parecida a la que servía de sede al cabildo, situada cruzando la calle a un costado. Aunque de menor tamaño también estaba hecha de cal y canto, muy cerca de un espacio destinado a embarcadero junto al que descollaba la Aduana, uno de los pocos edificios de dos pisos en la ciudad. Al frente se levantaba la iglesia y convento de San Francisco de Asís, aledaña a un perímetro que iba tomando forma de plazoleta. La casa era de dos plantas con muros, techo de terraza, balcones y portales. La vida fluía a partir de la zona del convento hasta la iglesia mayor, junto a la Plaza de Armas. Alrededor se esparcían algunas viviendas de piedra torreadas, y otras de madera con techos de tejas o de guano, que para su seguridad estaban rodeadas de tunas. Una de ellas, la del hombre considerado más rico de la vecindad, don Juan de Rojas, tenía de frontispicio cuatro piezas de artillería. La arteria principal, de los Oficios, estaba repleta de menestrales: carpinteros, alarifes, herreros, orfebres, sastres, zapateros, toda la multiplicidad imaginable. El hecho de que fuese una ciudad abierta, aún no amurallada, podía facilitarles las cosas si sus planes de alguna manera se frustraban. En otras palabras, les hacía más fácil la escapatoria dada la posibilidad de que aquello no saliese como ellos pensaban. La idea de llevar a cabo cerca del convento la celada que tenían previsto tenderle a Villafranca no les agradaba mucho, porque de día era un lugar muy concurrido, y al parecer algunos mendigos lo elegían para pernoctar. Así que decidieron esperar a que cayera la noche para examinar palmo a palmo los alrededores y fijar el sitio más apropiado.

La casa en la que se alojaron, la Hostería del Buen Sueño, se hallaba relativamente cerca de la residencia, separada de ella por más de una veintena de moradas de vecinos y algún que otro mesón, almacén o taberna de mala muerte. La esquina que ocupaba, en las calles de la Obrapía y Mercaderes, era de tránsito moderado, no tanto como para considerarlo un inconveniente. De muros decrépitos, tampoco era muy llamativa, y su apariencia no se diferenciaba mucho de las que la circundaban. En los bajos había una tienda y un diminuto cuarto accesorio; y en los altos, dos habitaciones coronadas por un techo de armadura, una de las cuales ellos alquilaron.

—Techo, jergón, bacín, jofaina con agua para el aseo, y algún piscolabis... Dos doblones por adelantado —dijo el posadero, echándoles el ojo para estudiarlos.

—¿Cuántas noches? —preguntó Doiteadiós.

—Veinte.

El tipo, de guedejas grasientas y rostro mal rasurado, les explicó que la flota debía de zarpar en veinte o treinta días, según anduviesen los aprestos para el tornaviaje a las arenas del Guadalquivir y ningún ciclón repentino los retrasara. Tratándose de un lugar tan conveniente por la cercanía a la plaza principal, a la casa del convite e incluso a la taberna La Jutía, de la que distaba solo una cuadra, el capitán ni chistó. Puñales se quedó con los deseos de regatear el precio, que le pareció en sumo abusivo, como era usual en esa época del año cuando los propietarios de inmuebles y mesones inflaban los alquileres. El atardecer lo pasaron en la habitación, en la que tuvieron que refugiarse porque una nube de mosquitos invadió las calles con furia apocalíptica y los dejó acribillados de picaduras. Cuando se disipó la plaga salieron a proseguir la ronda y de paso reconciliarse con el estómago. El alumbrado de las calles era escaso. Solo había hachones de sebo en algunos cantones. La casa del tal Bobadilla poseía uno en la esquina, y su fachada estaba iluminada además por dos antorchas. El detalle radicaba en saber de antemano en que dirección abandonaría la residencia Villafranca para ellos escoger el sitio ideal de la emboscada. Había que pensar que con los faroles tan pobretones que tenía la ciudad y el aspecto tan lóbrego de sus angostas calles era difícil, si no imposible, que el aludido fuese solo a la cita. En resumen, que al menos uno de sus hombres lo acompañaría, lo que estaba en los cálculos. Y viéndolo con ética profesional hasta era loable porque emparejaba el duelo. Si eran dos los custodios ya verían cómo saldrían de la urgencia. De modo que lo que necesitaban saber ahora sin margen a equivocaciones no era la composición de la comitiva sino la trayectoria. Era probable que el invitado llegase y regresase desde la zona del castillo, recorriendo a pie o a caballo el tramo que lo separaba de la casa: cuatro cuadras, unas doscientas varas. En el trecho solo había un punto confiable para la celada, cerca de la esquina de la Obrapía, en un recoveco a la salida de un pasaje entre dos casas. Pero estaba demasiado próximo a la fortaleza, y con toda certeza el rechinar de las espadas alertaría a los guardias. En suma, que la perspectiva no era muy alentadora. El otro trayecto posible era el del embarcadero, en el área del cabildo. Quedaba a poca distancia de la residencia, pero se trataba de la peor de todas las variantes puesto que les dejaba muy poco espacio para obrar, y en adición era el escenario más iluminado. La tercera opción, la cuadra que daba a un costado por Amargura hacia Mercaderes, era una boca de lobo ideal. La reducida luz de velas y lámparas que se filtraba a través de las ventanas de las viviendas se la tragaban las sombras. Un recodo en la esquina junto a una tapia parecía el sitio perfecto. Allí podían ocultarse hasta el último instante, cuando ya les resultase demasiado tarde a los otros escapar del torbellino que se les encimaba. Asimismo, era el camino más directo entre la casa y la Hostería del Buen Sueño. Más fácil ni a pedir de boca. Pero sin duda una opción improbable. ¿Qué iba a hacer un capitán de galeones a esa hora de la noche por semejante calleja, expuesto a los peligros de un asaltante, los perros jíbaros que merodeaban la ciudad o algún cimarrón deambulando en busca de comida? Si algo quedaba claro era el próximo paso: tenían que tratar de averiguar dónde moraba Villafranca, y despejar a tiempo todas las interrogantes.

El calor era tan denso que casi podía tocarse cuando llegaron a la taberna, que estaba muy animada para ser tan temprano. Acababan de dar solo las ocho y apenas había mesas libres. Soldados, marineros y un fulano con aspecto de oficial charlaban al fondo y vociferaban, bebiendo y hartándose, disfrutando a sus anchas de la velada y de las putas, un par de españolas y el resto negras y mulatas esclavas echadas a ganar por sus amos, a pesar de las prohibiciones al comercio carnal prescritas en las ordenanzas urbanas. El tabernero los vio sentarse y se les acercó risueño. En esta ocasión su trato fue más afable y abierto que por la mañana.

—Dispongan vuestras señorías —dijo, haciendo una reverencia con la mano—. Lo que se les ofrezca.

—¿Ya tenéis pan? —preguntó el capitán.

—Todo el que demande vuestra merced.

Puñales lo miró, sarcástico, sin recato.

—No hay mejor blasón que doblón sobre doblón —murmuró.

—Entonces pan, salpicón de tortuga, alguna verdura y vino —pidió el capitán.

—¿Aljarafe o Cazalla?

—Cazalla —precisó Doiteadiós, atusándose el bigote y la perilla.

—Buen gusto —dijo el Chifle—. Se ve que conoce vuestra merced.

El tabernero lo observaba ahora con atención.

—Paisano, ¿verdad? —preguntó.

Lo miró de reojo el capitán y cambió de postura en la silla

—¿Cómo sabéis?

—Vivir para ver —soltó el Chifle con gracejo, sonriendo mientras pasaba un paño a la mesa con toda la calma del mundo, alargando la indagación—. En este oficio —añadió— más vale ojo y lengua que pie y mano. Y por lo que veo no tenéis tipo de chusma. ¿Me equivoco?

Puñales respiró profundo, impaciente. Y el capitán apuró la respuesta.

—Somos veedores de la Casa —dijo.

El tabernero los miró y enarcó las cejas, irónico.

—¿Veedores?

—¿Qué! —La respuesta de Doiteadiós rebotó como un cañonazo—. ¿No os parece!

—No lo dudo —otorgó—. Pero lo disfrazáis muy bien.

El Chifle sonreía, ladino; hizo una reverencia y retirándose remachó.

—Así la tendrán de dura los armadores y mercaderes con la Corona, que les envía a dos veedores como vos.

Puñales masculló algo en vascuence, ininteligible, y se viró para el capitán.

—Con este andaluz —previno— hay que irse despacio y regresar deprisa.

—Dejádmelo a mí —dijo el capitán en voz queda, contemplando el panorama en derredor.

En la mesa de al lado un tipo con toda la catadura de garitero jugaba con dos tahúres a la baraja. Los naipes iban y venían entre blasfemias. Por lo visto a uno de ellos, el de mejor aspecto, estaban ripiándole los reales. El individuo iba vestido con una fina cuera de ante sobre un jubón de terciopelo verde, y estaba tocado con una pluma color esmeralda en el chapeo. Si no era alguien de buena posición tenía todos los atributos para parecerlo.

—Qué no os pique el deseo de jugar —advirtió el capitán a Puñales, que ya estiraba el cuello en dirección a la mesa curioseando los naipes.

A partir de ahí todo transcurrió con pasmosa normalidad. Engulleron la cena entre sorbo y sorbo de vino hasta que el murmullo de una incipiente disputa entre los jugadores los importunó.

—Suena movedizo el asunto —apuntó Doiteadiós.

El sitio en que estaba sentado Puñales le ofrecía mejor visibilidad.

—Nada tenebroso —disipó.

Con el calor que hacía y las pérdidas que el fulano sufría a los naipes su estampa era la viva desolación. A la segunda o tercera mano de cartas, el sujeto dio un manotazo en la mesa y se marchó. Puñales, que a hurtadillas había estado observando el juego, no pudo contenerse más. Su afición por las barajas era fuerte, un fervor que con otras debilidades mundanas se le desbordó cuando siendo capellán fue a dar con sus huesos a la cárcel. Tanto le cautivaban los naipes que era capaz de jugarse la luna llena en cuarto menguante.

—Solo una mano, por amor de Dios. Nada de marimorenas, eh —encareció el capitán, que se lo permitió de mala gana.

Antes de arrellanarse en el puesto que había ocupado el perdedor, Puñales dio por seguro que esos bellacos verían ahora lo que eran oros y espadas. Por regla empezaron la mano disputándose quién daría los naipes, y la suerte se inclinó —primera casualidad— a favor del garitero. Con tres reales en el pocillo y los oros como palo de triunfo, se repartieron nueve cartas por cabeza. En muy poco tiempo el otro jugador fue recogiendo bazas una tras otra, hasta que en lo que pudo ser su primera gran oportunidad, el desquite en grande, Puñales se lio con el as de oro, pero el adversario —segunda casualidad— cargó con el triunfo mostrando as de espada. Con las orejas y cachetes enrojecidos, el vizcaíno pidió cambiar de barajas, alegando que estaban muy sucias. No habían terminado se repartirse las nuevas cartas cuando ya no pudo más. «Perro no come hortalizas. Aquí hay gato encerrado», se dijo. Entonces aguzó la vista y contando los naipes se percató de que en vez de cuarenta había uno sobrante. Sin más, se paró de un salto, clavó la vizcaína en la mesa y tiró las barajas al piso.

—*¡Putakume!* —blasfemó.

Como nadie sabía vascuence en la taberna, el vituperio no surtió efecto hasta que lo repitió en español.

—¡Hideputas!

Los truhanes desnudaron aceros, apartaron la mesa a patadas y rodearon al contramaestre. Con toda flema y a la velocidad de un rayo, el capitán se abalanzó sobre uno de ellos y lo inmovilizó con la punta de la daga, punzándole la nuez. El lance dejó petrificado al otro tunante, que se plegó temeroso de emprenderla contra dos desconocidos que por lo que se veía no se andaban con paños calientes. El tabernero vino corriendo con los brazos en alto, rogando a gritos.

—¡Por la sangre de Cristo! ¡Por la salud de vuestros muertos! ¡Que no haya agravio!

Una reciente riña había provocado que el negocio tuviese que pagar cinco escudos de multa, en adición a dos días de cierre impuestos por el alguacil mayor. Así que resuelto a que el incidente no se repitiera, el Chifle tomó el toro por los cuernos, echó a cajas destempladas a los dos bribones de la taberna donde a todas luces eran punto fijo, y apaciguando al resto de los parroquianos se deshizo en disculpas. Aquietada la atmósfera, Doiteadiós hizo una seña a Puñales para regresar a la mesa, y la refriega no pasó del aperitivo.

—Más vino —pidió el capitán.

—Va por la casa —dijo el tabernero, que sonreía con malicia cómplice—. Pero me debéis una —insinuó.

No había que ser muy sagaz para entender que el andaluz los había sacado de buen enredo, porque luego de despachar a los dos bellacos no habrían tenido otra salida que abandonar sus planes y salir huyendo del sitio, para no terminar en manos de la justicia. El Chifle sonreía, sintiéndose dueño de la situación.

Ya me contaréis a la vuelta —añadió, yendo por más Cazalla.

Aquello era más de lo que Puñales podía tolerar sin que se desbordara la copa.

—¿Contar qué? —rezongó en voz baja, vuelto hacia el capitán —. Ya os dije. El tío tiene más cola que un lagarto.

El capitán no respondió enseguida. En su código personal el mayor riesgo que se podía correr era el que no se asumía. Y no iba a lamentarse de haber echado de allí a la brava a los dos tahúres. No obstante, se daba perfecta cuenta de que el tabernero buscaría sacar partido del incidente. Pero con no dejarlo tenía suficiente.

—Ese es mucha pólvora y poca mecha —definió.

Ahora no le preocupaba tanto el otro como su contramaestre, que estaba a punto de perder los estribos con el tabernero. Estuvo un rato en silencio pensando cómo evitarlo. Había intimado lo suficiente con él para conocer todos sus resabios, la efervescencia de su lengua y su vehemencia en despachar insolentes cuando de repente una fresca le sabía a ofensa. Llevaban trece años juntos desde que tras el ataque a San Agustín, en Florida, Sir Drake dio por concluida la que sería su penúltima expedición al Caribe, y regresó a Inglaterra para emprender como vicealmirante la campaña naval que dio al traste con la Armada Invencible, aventura de la que ellos decidieron mantenerse alejados porque si bien era digno vengarse de los suyos por haber recibido de ellos un trato inhumano o inmerecido, no había ningún pundonor enrolándose bajo la bandera de una nación extranjera para hacer la guerra a la propia. Así que mientras el corsario peleaba para los suyos al otro lado del charco, ellos se quedaron compartiendo venturas y desventuras, merodeando las costas de la isla de las Cotorras, al sur de Cuba, con un grupo de filibusteros holandeses consagrados en las buenas rachas al pillaje y al contrabando de matarratas y otros aguardientes baratos, entre la ínsula y La Española, y en las malas, entregados a la salazón de caguamas. De aquellos años databa una amistad forjada en zipizapes de tabernas, duelos para limpiar el honor o llenar el bolsillo, y pendencias con bravucones, como la que tuvieron con un rufián de espada zaína al que llamaban el *Ghost*, que conjurado con un amigote de tan mala reputación como la suya estuvo a medio palmo de atravesar por la espalda a Doiteadiós, pero no pudo gracias a que Silvestre Astaburuaga portaba en la pretina cuatro puñales e hizo uso de todos, certera y oportunamente, dando por finiquitada la liza. Desde entonces, el vizcaíno llevaba siempre una bien afilada hoja adicional en la caña de la bota.

Doiteadiós dejaba a un lado los recuerdos y miraba el fondo de la jarra que acababa de vaciar cuando el tabernero regresó trayendo más vino.

—¿Qué queréis saber? —preguntó él, tomando la iniciativa—. ¿Qué os pica en la oreja?

El Chifle espantó con la bayeta un pelotón de moscas que asediaba las sobras en los platos.

—Qué vuestras mercedes no tenéis visaje —dijo, confianzudo, sin estar muy seguro de si se pasaba de listo—. Que pensándolo bien nadie en trajines de contratación y de la Real Hacienda es tan diestro con las espadas como sois vos.

La cara que puso Puñales era de busquen plañideras que vamos al entierro.

—¡Qué os figuráis! —bramó.

Con toda templanza, el capitán atajó la situación.

—Tenéis razón —dijo al tabernero, sirviéndose vino de la damajuana.

Media decena de vozarrones alcoholizados ensordecían el ambiente, por lo que el Chifle cogió una silla y se sentó, intrigado.

—En verdad no somos lo que somos —remachó Doiteadiós, bajando todo lo que pudo la voz.

La liebre caía en la trampa.

—¿Qué sois entonces? —susurró el tabernero, acercándose más.

—Somos espías.

El giro tomó por sorpresa a Puñales, que se atragantó con el sorbo de vino que le bajaba por el gaznate. Con no menos asombro, el Chifle no sabía si rezar a la Virgen o echarse a reír. Aquella era una confesión demasiado seria.

—Santísima sea la estampa —dijo, haciéndose la cruz.

De pronto el andaluz era presa de una risita nerviosa, secándose las manos en el mandil.

¿Al servicio de quién? —preguntó, cuchicheando.

Doiteadiós bebió y se pasó el dorso de la mano por los labios.

—De vuestro rey —dijo—. Lo que sin duda os obliga. Y mucho.

Como las cosas daban un vuelco precipitado y revelaciones como aquella no se escuchaban ni a menudo ni en cualquier esquina, el Chifle pegó todavía más la silla, echó un par de miradas precavidas a ambos lados y reclinado en la mesa se rindió.

—¿Cómo puedo serviros?

—Nuestro hombre quiere saber de algunas intrigas —abundó el capitán.

—¿Quién es vuestro hombre?

—Alguien arriba, con mucho poder.

—¿Cuán alto?

—Muy alto. No puedo deciros.

—¿Qué intrigas?

—Hay un capitán de galeones. Un tal Villafranca. ¿Lo conocéis?

Por un momento el Chifle titubeó. Verse de pronto de frente a dos espías de Su Majestad interrogándolo y no disponer de la información que pedían era como para ponerse a temblar. Pero afortunadamente su memoria era rápida.

—Al tal Villafranca, no —respiró relajado—. Pero a su mano derecha, sí.

Doiteadiós cruzó una mirada de índole particular con Puñales.

—Estamos tras un enredo de faldas —prosiguió el capitán—. Travesuras e infidelidades. Dimes y diretes de la corte. Ya sabéis.

—Pues casi lo tocáis con el codo.

—¿A quién? —terció Puñales, inseguro.

—Al ayudante del fulano —repuso el tabernero—. Lo teníais al lado jugando a los naipes.

El del jubón verde y la pluma en el chapeo resultó ser un hombre de confianza de Villafranca, cuyo navío de línea, el Santa María del Rosario, llevaba dos semanas fondeado en la bahía, lapso en el que el individuo no había dejado de ir ni una noche a jugar en la taberna. Decía llamarse Francisco Jiménez, era tan entregado a la baraja como Felipe el Piadoso, y por él supieron en el bodegón que su jefe era un hombre en demasía escrupuloso, que bajaba a tierra lo menos posible porque desdeñaba la ciudad por sucia, insalubre y peligrosa. El Chifle también sabía que don Sebastián Bobadilla, uno de los hombres más influyentes y ricos en la comarca, tenía planeado darle en su mansión un rendibú a Villafranca. Y que la hija del regidor, muy necesitada de favores matrimoniales pero a quien no le agradaba en nada la arrogancia del capitán, con maneras de emperador, llevaba encerrada en sus aposentos sin dar la cara los mismos días que el barco tenía de anclado en puerto.

—No sé cuándo es la fiesta —dijo el Chifle—. Pero puedo indagar.

—Averigüe todos los detalles —demandó Doiteadiós.

El Chifle los miró a los dos con curiosidad infinita.

—Husmearé todo lo que pueda —prometió.

—También queremos saber qué lugares frecuenta Villafranca —precisó el capitán—, y si acostumbra salir solo o acompañado.

Entonces sacó del bolsillo doce reales, el doble de lo que habían consumido, y antes de despedirse se los deslizó en la mano al tabernero que, discreto, se los guardó mirando de reojo a la clientela.

Con la mar llana y ciñendo el viento a todo aparejo, la Centella había estado desde poco después de la medianoche persiguiendo la pinaza, que por ser más pequeña pudo evadir con relativa presteza la cacería hasta que asomó la aurora. El vigía la había divisado de chiripa cuando apenas era perceptible en la distancia. Fue un seguimiento tenaz, aventurado como todo el que se hace de noche, desconociendo si en verdad se va detrás de una presa o de un adversario que a la postre resulta ser un león y goza de clara ventaja. Podía ser un pequeño mercante, que navegando a esas horas estaba a mejor resguardo de ataques piratas, pero también una embarcación al servicio de la Armada. Nadie podía predecirlo. Sin embargo, la osadía les salió bien. No era un barco de guerra. Y con las primeras luces comprobaron que por mucho que aquellos infelices se esforzaran en escapar les darían alcance en poco tiempo. Un cañonazo de advertencia del Lobo Ducrot pasó silbando frente a la proa de la pinaza, y fue la primera y única señal de que los perseguidos debían dar por perdidas las esperanzas de huida. Para un velero de cabotaje tan endeble y mal artillado, con solo un falconete en cada borda, haberse resistido a los piratas que ya daban la cara izando estandarte rojo hubiese sido un acto demencial aunque se hallasen a pocas millas al este de La Habana, como en efecto estaban. El maestre Hawkins decidió rolar alrededor de la pinaza para precaverse de sorpresas inesperadas. Pero no las había. El piloto de la nave hostigada hizo un ademán de impotencia vuelto hacia los pasajeros, que se aglomeraron en la crujía resignados a las últimas consecuencias. Hawkins dio la orden y la Centella se acercó lo suficiente para lanzar los garfios, las barloas y abordar la pinaza. Polvorilla fue el primero en darse cuenta.

—Es el velero de la rada —dijo.

—¿Qué rada? —inquirió Hawkins.

—El bajel del atracadero —precisó—. El barco que estaba fondeado en Matanzas.

El impetuoso maestre no se detuvo a escucharlo, saltó sobre las regalas y le puso la punta del sable en la garganta al primer marinero que se topó. Abrumados por la precisión del abordaje y el aspecto conminatorio de los asaltantes, los de la pinaza decidieron no oponer resistencia, y los piratas se apoderaron del barco sin derramar una gota de sangre. Polvorilla fue a inspeccionar a los pasajeros, agrupados bajo el palo de mesana. Paseó la mirada y a poco corroboró su presentimiento. Allí estaba la joven de ojos color miel, la hija del hacendado. El mulato fue directo a contárselo a Hawkins, que puso cara de ahora si estoy arreglado cuando Polvorilla reprodujo partes de la conversación en la casa, la condescendencia con que el capitán trató a la joven y, lo más significativo, la orden de que no se apoderaran de ninguna de sus joyas.

—Lo hizo por respeto o qué se yo. Pero me dejaría azotar si no fue por pura cortesía con la señorita —dijo el mulato.

Hawkins guardó un corto silencio para dejar que la información le penetrase bien en la mente, y cuidarse así de malentendidos.

—¿Estás seguro de que es ella? —quiso confirmación.

Polvorilla besó la pata de conejo que le colgaba del cuello.

—Ando cierto en lo que digo —reafirmó—. Se lo garantizo.

El maestre hizo primero una mueca de enojo y luego de vacilación. Su torpeza para bucear en cavilaciones muy profundas no le impedía darse cuenta del aprieto en que se hallaba. No iba a levantar ni un dedo contra la voluntad de su capitán, pero tampoco podía quedar como un tipo blando ante los hombres, que viéndolo inmóvil esperaban indecisos por sus órdenes.

El Lobo no entendía qué estaba sucediendo.

—*Quel est le problème?* —quiso saber.

Pero Hawkins todavía no tenía respuesta para aquella pregunta.

—Lo que pasa es cosa mía —repuso, irascible.

En su consabido contrapunteo con el Lobo, el Holandés, que observaba atento la confusión, se remangó la casaca y apuntando con el mentón al francés dijo, gozoso, con sorna.

—¡Ahí está! ¡El gabacho todavía sigue en París!

La broma suscitó una sonora carcajada colectiva, y el Lobo, enfadado, se abalanzó sobre el piloto. Hawkins, que estaba a un paso, se interpuso y logró pararlo, metiendo el hombro.

—¡Se acabó! —dijo, echándole a ambos una mirada ciclópea.

En presencia del capitán el cuento hubiese sido otro. El condestable Ducrot no se hubiese atrevido a irle encima al Holandés, cuya sobriedad en el vestir, pulcritud, lenguaje comedido —jamás blasfemaba— incomodaban al francés. Lo que más le molestaba era que llevase aquella sirena tatuada en el pecho. Ardoroso católico, el Lobo menospreciaba al Holandés tildándolo de calvinista. Este perjuraba con una sonrisa a flor de labios ser descendiente de una familia de probado credo católico, oriunda de la ciudad de Utrecht, pero eso en vez de componer el pastel encolerizaba todavía más al condestable, que acusaba al piloto de ser un solapado embustero. Y en el clímax de la discusión siempre era presa de un desenfrenado parpadeo del ojo izquierdo. Nadie había podido convencerlo de que el Holandés no mentía. Tampoco de que las sirenas no tenían nada que ver con los calvinistas.

—A ver, cinco hombres —pidió Hawkins, dando por saldada la pendencia.

El maestre ordenó requisar solo el vino, el agua y la carne salada que hubiese en el bajel, a lo que luego agregó también la tafia con tal de quitarse de encima a Míster Blood, que se le arrimó como una sanguijuela implorando que no olvidase las urgencias de la enfermería.

Los tripulantes y viajeros de la pinaza se agolparon en una banda y con semblantes de no poderlo creer vieron partir la Centella. Beatriz Caso Pinzón fijó la vista una vez más en todas las siluetas que se movían sobre el galeón, en un postrero intento por avistar entre aquella caterva al hombre de ojos pardos, cabellera acaracolada e inconfundible chambergo negro que irrumpió cuatro noches atrás en su casa y que ella daba por jefe de aquellos corsarios, piratas, forajidos o lo que fueran, porque ya dudaba hasta del título que debía darles. Pero no lo vio. Pensó que quizá hubiese cambiado de barco. Pero pronto se dijo que eso era absurdo, que como todo había sido tan vertiginoso y espeluznante quizás no hubiese alcanzado a verlo. Con esa idea en mente se quedó un rato reclinada sobre la regala, viéndolos alejarse y preguntándose si se cruzaría por tercera vez con aquellos hombres, y si el desenlace volvería a ser tan insólito como los anteriores. Para mayor desconcierto, el comentario generalizado a bordo de la pinaza tras el asalto fue que el tuerto que los abordó era el funestamente famoso Doiteadiós, lo que la dejó en un estado de turbación definitiva. No podía ratificar que estuviesen en lo cierto, pero tampoco tenía argumentos para desmentirlos.

Por lo que cuando pocas horas después atracaron en La Habana, dieron la voz de que habían sido atacados por el pirata, y juraron besando la cruz que estaban vivos de santo milagro, a ella le faltó claridad y convicción para contradecirlos. De modo que esa fue la versión que corrió como comidilla por toda la ciudad. Y esa noche llegó a oídos del capitán y Puñales.

—Como os cuento —dijo el Chifle—. Doiteadiós y toda su gente a las puertas de La Habana. El demonio no duerme.

El capitán analizaba la noticia en su pose habitual, impávido. Puñales no estaba convencido de lo que oía.

—¿Estáis seguro? —preguntó.

—Nadie lo creería si no fuese porque aquel cristiano —dijo el tabernero señalando hacia uno de los parroquianos— lo vivió en carne propia.

Un corro rodeaba al fulano, que entre buches de vino hacía su relato de cómo fue el encuentro con los piratas, matizando el incidente con actos de audacia de la tripulación del velero en los que por supuesto él había tenido un papel protagónico.

—Ese pirata, Doiteadiós —preguntó el capitán con voz gruesa desde la última fila de curiosos, sin asomar la cara—. ¿Cómo es?

La descripción que dio el individuo era sin dudas la del maestre Hawkins, a quien retrató como un sujeto hosco, tuerto, de bastos modales, fuerte acento inglés, piel lanuda y catadura hostil. Hasta ahí se ajustó a la realidad, pero de pronto su relato cedió paso a la fábula.

—Su figura es descomunal —añadió, trazando una exagerada silueta en el aire con las manos—. Lo nunca visto en este mundo. El demonio en persona. Vale Dios que nunca supieron que la hija de don Guillermo Caso Menéndez venía entre nosotros —El hombre cruzó índice y pulgar, besándolos—. Porque de saberlo seguramente hubiesen secuestrado el velero para pedir rescate por ella.

Los parroquianos alzaron las jarras a coro para brindar por la fortuna de los viajeros que escaparon con vida del mismísimo diablo. Doiteadiós y Puñales se sentaron de nuevo, mirándose con el rabillo del ojo. Vaya por Dios que aquello sí era un imprevisto. El padre de Beatriz dijo en Matanzas que su hija viajaría a La Habana para el convite. De modo que estaban alertados. Pero que el barco hubiese sido asaltado por Hawkins estando ellos en lo que estaban era un hecho fortuito que visto con lupa los favorecía, porque si por un lado tendrían que estar muy atentos para no cruzarse con la joven, que podía identificarlos, por el otro nadie iba a pensar que el verdadero capitán Doiteadiós se hallaba de incógnito en La Habana.

La taberna bullía en vivas a España y en manifestaciones de desprecio a los ingleses. En eso en medio de la barahúnda, tomando a Doiteadiós por un corsario y no por lo que era, un pirata que no tenía más bandera que la suya, alguien en el corro gritó con furor.

—¡Maldito rufián de los Tudor!

—¡A la hoguera! —voceó otro.

Al instante, irrumpió el clamor de más de una quincena de hombres que abarrotaban la taberna, pidiendo que lo quemasen por ser un canalla lacayo de Isabel la primera. Para mayor escarnio, el ayudante de Villafranca, que se jugaba de nuevo las calzas con los mismos granujas de la víspera, metió más decibeles en la batahola.

—¡En buen lío se ha metido ese don nadie! —vociferó Francisco Jiménez, destocándose el chapeo—. ¡Dichoso de no cruzarse con este servidor o con mi audaz capitán, don Hugo Valdés de Villafranca!

Aquello acabó por enardecer a Doiteadiós, que en un inusitado arranque de cólera fue a incorporarse. Puñales lo impidió a tiempo, asiéndolo por la muñeca. O te contienes o nos asan como a dos herejes ahora mismo, decían sus ojos. El capitán, que ya tenía la mano en la empuñadura de la toledana, recuperó la flema, tomó la jarra de vino y le dio un largo tiento antes de echarse hacia atrás en la silla, reflexivo. Los reflejos de la vela que ardía en la mesa le hicieron brillar de una manera peculiar las pupilas. Su semblante volvía a su habitual hermetismo. Pensaba ahora en la eventualidad de que Beatriz pudiese toparse con ellos, reconocerlos y estropearlo todo, un contratiempo que en lugar de turbarlo le causaba una sensación de agradable inseguridad.

Quedaban solo tres noches, esa y dos más, para la celada que tenían en mente tenderle al capitán Villafranca. Esa mañana, Doiteadiós se había hecho afeitar y cortar la melena con un barbero ambulante. También compraron indumentos más presentables a un buhonero de prendas finas: calzas de seda, jubones —él de raso noguerado, y Puñales de tiritaña adamascada—, y unas botas más elegantes, para dejar de momento a un lado las de pelea y mejorar la facha. La ropa que llevaban puesta no ayudaba en lo más mínimo a sus propósitos. De pronto podían verse metidos en el terreno de las preguntas y las explicaciones, lo que no les convenía.

De regreso a la hostería, tuvieron que apartarse a toda prisa de un carruaje que por poco los atropella en la calle de los Oficios. En la portezuela asomaba el rostro de un hombre de unos cincuenta años, obesidad intimidante, de copioso bigote pero sin barba, tocado con sombrero negro de tres picos. En el momento en que el cochero gritaba desde el pescante que abrieran paso al regidor, un vagabundo se les echó encima huyendo de las bestias y le manchó de porquería la camisa a Puñales, que el resto del camino lo hizo maldiciendo. Iban a investigar el lugar exacto en que se hallaba anclado en medio de la rada el Santa María del Rosario, un imponente navío de línea de tres cubiertas botado en el astillero de La Habana hacía seis años, y dotado de cincuenta y cuatro cañones que le conferían el porte de una ciudadela flotante e inexpugnable. Estuvieron observándolo largo rato desde la orilla a unas escasas trescientas varas de distancia; Puñales muy atento al tráfico marítimo en la bahía, midiendo cuán próximo o apartado estaba de los demás galeones, el movimiento a bordo, y estimando el tiempo que a remo lo separaba del embarcadero adyacente al cabildo, que obviamente era el más cercano; Doiteadiós sobándose la barba y estudiando las particularidades navales y bélicas del barco, en busca de flaquezas en el casco, arboladura, colocación artillera, alguna pifia marina o de guerra de la que pudiese aprovecharse en caso de que se frustrara el lance a espadas que le tenía destinado a Villafranca, y en su lugar el duelo se diese entre capitanes y en el mar.

—¿Qué impresión tiene vuestra merced? —preguntó Puñales, dando taconazos sobre el entablado del muelle para desperezarse una pierna que tenía entumida.

—Letal, pero vulnerable —El capitán seguía alisándose la barba.

Lo de letal Puñales lo cogió con naturalidad. Era demasiado evidente que la gruesa artillería de sus bandas hacía inabordable al Santa María del Rosario por un galeón con menos potencia de fuego como la Centella. El peso de las culebrinas reducía velocidad al barco. Aun así era imponente. Los había mayores, pero al lado suyo otros navíos fondeados en la bahía parecían andrajos navieros. Era un galeón tan formidable que dolía verlo en manos ajenas. Tras examinarlo un buen rato, el vizcaíno creía haber reparado en todos los detalles. Pero no.

—Si os fijáis bien en la bovedilla —reparó el capitán— no veréis guardatimones.

Puñales comprobó que en efecto el buque era débil de cola.

—Cierto. En la guerra de nada sirve tener un culo bonito —dijo.

Con un vistoso espejo de popa en el que resaltaba tallada y con vivos colores la imagen de la Virgen del Rosario, y una hermosa balconada que con toda seguridad era motivo de orgullo y disfrute de Villafranca, la ausencia de portas y cañones en la popa equivalían a irse al combate con yelmo, coraza, y armado hasta los dientes, pero con el trasero al descubierto, algo demasiado arriesgado frente a un enemigo que supiese sacar ventaja al factor sorpresa, y que contando con mayor presteza y maniobrabilidad lo atacase por donde más le dolía.

—Nada es perfecto en este mundo —acotó el capitán.

—Nada —repitió Puñales, como un eco.

No podía ocultar el malhumor que le producía que aquel oficial de la flota, figurón infame y pésimo marino capitaneara un barco que le quedaba tan grande.

—Dios da pan al que no tiene muelas —remató.

Habían regresado al atardecer al amarradero a fin de corroborar que Jiménez desembarcaba justo por allí para ir a la taberna y entregarse a los naipes. Pasadas las siete, el factótum de Villafranca descendió del esquife ayudado de mano por el remero, y subió hasta el muelle por los escalones de piedra de la escollera. Aunque ya moría la tarde, todavía iba y venía alguna gente por la explanada empedrada que separaba el cabildo de la iglesia, incluidos una mujer que llevaba una cesta al brazo, un vendedor de aguamiel y varios mendigos. Lo vieron venir y le dieron la espalda en el momento en que un pordiosero se les acercó pidiendo limosna. Puñales lo alejó con un brusco gesto de la mano, y cuando Jiménez pasó de largo y lo creyeron a trecho prudente echaron a andar tras él, simulando que conversaban para no despertar suspicacias. La intención era esperar en La Jutía hasta que el sujeto perdiera el último maravedí y emprendiera el camino de regreso, para no pasar por alto tampoco ningún detalle del trayecto de vuelta. Y así fue. Cuando perdió la última blanca, el acólito se paró de la mesa con cara de hundimiento, se puso herreruelo, chapeo y a paso de derrumbe se marchó. En ninguno de los cálculos ni el capitán ni Puñales se excedieron. Solo en uno se quedaron cortos. El soldado del esquife aguardaba por su jefe junto al muelle. Lo que quería decir que la noche de la encerrona habría un moro más en la costa con el que no habían contado, el remero. Quizás dos, presumiendo que Villafranca llevase séquito. El asunto, ya de por sí feo se complicaba, puesto que la residencia del anfitrión, Sebastián Bobadilla, quedaba muy cerca del embarcadero en dirección diagonal, y el descampado que tenía al frente, en parte iluminado, no los favorecía sino más bien obraba en desventaja. Pero esas eran las cláusulas del negocio y tenían que tratar de reescribirlas como mejor pudieran.

Dándole vueltas al asunto en silencio pasaron por un costado de la vivienda, tomando la calle de Amargura hacia Mercaderes rumbo a la hostería. El hachón de la esquina dibujó sus alargadas sombras en el suelo, que fueron poco a poco desapareciendo en la total oscuridad. De momento la noche cerrada en tinieblas no les permitía ver nada. Dieron varios pasos a ciegas, caminando con cautela para no pisar cagajones. Avanzado un trecho, el capitán creyó escuchar un rumor. Y alargando el brazo detuvo a Puñales que venía a su lado, un poco atrás. Entonces advirtió un bulto a la izquierda que se desplazaba seguido por otro similar, ambos pegados a una larga tapia que daba al fondo de la casa de Bobadilla. Era muy raro que a esa hora, pasadas las once, fuesen transeúntes, y que ellos no los hubiesen visto antes en la zona iluminada. Lo lógico era pensar que fuesen asaltantes de los que merodeaban en cualquier villa, en parajes solitarios como aquél cuando la noche ayudaba. Sobrada razón para que desenfundaran espadas, lo que los dos hicieron a la vez antes de que las sombras se les encimaran. Los maleantes titubearon al percibir el fugaz brillo de los aceros a la exigua luz de una vela que se filtraba por el ventanuco de una morada. Ese solo segundo fue suficiente para que Doiteadiós y Puñales tuviesen tiempo de ponerse en cobro, y al primer encontronazo de espadas ubicar bien al enemigo. Por puro instinto, ambos se separaron para minimizar el peligro de herirse entre sí y darles a los otros, fuesen quienes fuesen, lo que merecían. Una hoja silbó a la siniestra del capitán, que sin vacilar un tris metió la punta de la toledana por delante y torciéndola logró encajarla en el adversario, que reculó entre quejidos. Doiteadiós lo libró del acero apartándolo de una patada, y el hombre cayó al fango. Por las blasfemias y el sonido del vientre al desventarse supo que lo había malherido. Para sentirse más seguro, lo tanteó a ciegas con la puntera de la bota, y cuando se topó con el cuerpo y le adivinó el torso lo remató con un par de estocadas. Un poco más a la izquierda aún se escuchaban los golpes de espadas y dagas. El rival de Puñales parecía más duro de pelar. Pero no resultó ser más valiente, porque en cuanto él se movió en esa dirección, el asaltante, prevenido sin duda de que su compinche ya era carne de cementerio, concluyó que los pasos que se acercaban no podían ser otros que los de su inexorable tránsito a la sepultura. Y echó a correr como una liebre.

Cuando el chapoteo de los trancos del fugitivo en el lodo dejó de oírse en la distancia, intercambiaron la contraseña convenida para casos de combates a oscuras, y Doiteadiós regresó a cachear el cadáver del individuo, tendido sobre el arroyuelo de aguas albañales que corría en medio de la calle. Quería asegurarse de que no los seguía ningún enemigo. El hombre vestía calzas casi en harapos, camisa raída y un tudesco andrajoso; su espada de mala fragua estaba cubierta de herrumbre, y el cuchillo de pelea sujeto al cinto era de pelagatos. Para certificar que se trataba de un pobre diablo el sujeto llevaba la escarcela vacía.

—Salteadores —dio por cierto el capitán.

Despejadas las sospechas de que pudiesen estar siendo vigilados, el camino hasta la hostería se les hizo más rápido. Con todo, tras dar vuelta al cerrojo ambos se cubrieron detrás de las jambas antes de entrar a la habitación, y empujaron la puerta con el pie. Solo por precaver, acostumbrados ambos a no subestimar a ningún enemigo.

—Todo en orden —dijo Puñales.

Antes de tumbarse a dormir, mojándose sobacos, pecho y cara con el agua de la jofaina, el capitán vio con mucha mayor claridad cuál debía ser el plan de acción la noche de la celada. El lance con los bandidos les servía de ensayo. Concluida la cena, tan pronto saliese Villafranca de la residencia ellos desnudarían espadas, le revelarían quiénes eran y cuáles las razones, para que palmara a sabiendas del porqué. Luego lo llevarían a empellones de acero hacia aquel rincón en tinieblas de la calle Amargura, que como un presagio aciago también llamaban la calle de las Cruces.

—Esa es nuestra carta de triunfo —dijo—. La única.

CAPÍTULO V

LOS DOBLONES DE SU MAJESTAD

La campana de la iglesia de San Francisco tocó a maitines cuando aún era gris la luz que entraba por la ventana del cuarto de la Hostería del Buen Sueño. Alguien en la vecindad que no había vaciado el bacín tarde en la noche, como era hábito, gritó para poner sobre aviso a viandantes madrugadores.

—¡Agua va!

A través de la ventana se oyó el chapaleteo de la orina al chocar con las piedras y el barro. Una paloma zureó en el alféizar, y el ruido de cascos de mula y los retumbos de un carromato en la calle acabaron de despertar al capitán, que tras un estirón de brazos se puso en pie de un salto. Se vestía cuando alguien tocó dos veces a la puerta. Todavía echado sobre el jergón, Puñales estiró la mano y acercó la espada. En eso se sintió abajo el silbato de un amolanchín anunciando su oferta del día.

—¡Afile dos!... ¡Pague por una! —pregonó el hombre.

Atento a la puerta, Doiteadiós se volvió despacio, sacó la daga del cinto que descansaba sobre la mesa, y dando tres pasos quitó el pestillo y la abrió de un tirón.

—Mi amo pregunta si queréis comer algo —dijo el zagal, que retrocedió con cautela, los ojos fijos en el arma del capitán y secándose las manos en el mandil, sucio de tizne de fogón.

—Decidle que al punto bajamos —dijo el capitán, terminando de ceñirse la camisa.

El chirrido de los goznes al cerrarse la puerta fue más fuerte que el gorgoteo de las tripas de Puñales. El hambre los apresuró a bajar. La comida en venta por el hostelero resultó ser pan viejo, un mal tinto y chicharrones, que ellos pagaron de mala gana pero se embucharon sin pestañear, sentados en una mesilla escuálida y pringosa. O se comía mucho en ella o nunca la limpiaban. Lo más juicioso era pensar lo último. El sitio estaba tan sucio y lleno de moscas que tuvieron que masticar con mucho cuidado de no tragárselas. De manera que apenas saciaron el apetito, más con urgencia que con regodeo, se marcharon.

El aroma en el tramo de la calle de la Obrapía por la que bajaron hasta la de los Oficios no era mejor. Olía a inmundicias y estiércol. Puñales esquivó un montón de verduras podridas amontonadas en medio del camino, y estuvo a punto de resbalar con una cáscara de plátano. En la esquina torcieron hacia la izquierda abriéndose paso entre un hervidero de gente: tratantes con fardos de géneros apiñados en carretones, tenderetes de plateros, sastres remendones, especieros, carpinteros, vivanderos, boticarios, alarifes, negras ofreciéndose como cocineras y lavanderas, así como prostitutas de pechos abundantes bajo el corpiño, y faldellines y enaguas recogidos a media pierna mostrando la mercancía. Más adelante, un espadero pregonaba un estoque, dando por seguro bajo juramento que había pertenecido al gran conquistador Hernán Cortés, y un ladronzuelo presumía de comerciante vendiendo frascos de pócimas curativas, a la caza de incautos entre la multitud.

Doiteadiós y Puñales acordaron recorrer los alrededores del Castillo de la Real Fuerza para escrutar la fortificación: baluartes, murallas y espalderas, el foso y el rastrillo a la entrada, las almenas y empalizadas. Dieron una primera vuelta alrededor de la fortaleza observándola de reojo, parsimoniosos. En virtud de su gran retentiva visual, el capitán archivó en la memoria un diagrama con todos los pormenores del fuerte para luego, cuando tuviese ocasión, trazarlo en blanco y negro. Su singular talento para memorizar de un solo golpe de vista escenarios desconocidos, le permitía luego salir airoso de situaciones apremiantes en el combate con envidiable seguridad y pleno conocimiento del terreno.

Al concluir el rodeo notaron que eran ocho guardias provistos de arcabuces, y no dos, los que custodiaban esta vez el acceso a la fortaleza, entre ellos el militar de la cicatriz que les había cerrado el paso con la pica, quien al instante los reconoció y fue a su encuentro. El cabo Jacinto Suárez Muria era tenido en la villa por un tipo bravo, cubierto de gloria y de heridas, entre ellas la gruesa que le marcaba la frente, recibida en una batalla contra los holandeses en la que un milagro y el coraje de los miembros del tercio que peleaban a su lado dieron la victoria a España, cuando todas las probabilidades aseguraban que sufrirían una aplastante derrota.

—De paseo, vuestras mercedes —dijo el cabo con una sonrisa mitad amable, mitad indagadora.

Puñales abrió los brazos como dos alas.

—Pues veréis —repuso—, el fresco de la mañana es saludable.

—Según veo, os multiplicáis —dijo el capitán, desviando la vista hacia el resto de los guardias.

La frase dejó al cabo pensativo, pero enseguida cayó en cuenta.

—¡Ah! —sonrió—. Como supongo que ya sabréis, en fecha tan próxima al tornaviaje mis jefes suelen excederse en precauciones.

—¿Acaso corremos peligro? —sugirió en tono de broma el capitán.

—O no —Sonrió el cabo—. En lo absoluto. Pero a propósito —añadió, frunciendo el ceño—. No me han dicho cómo se ganan el pan vuestras mercedes.

—Tampoco habíais preguntado —dijo Puñales, certero.

Mala respuesta. El cabo se irguió y asumió la actitud áspera y recelosa de los militares cuando se les revuelve la autoridad.

—Nos paga el tesoro público —encajó Doiteadiós, mencionando cuatro palabras claves—: Servimos a la Corona.

Soldado competente pero criatura lenta de entendederas, el cabo quedó mudo, intentando digerir una respuesta que no esperaba, trance que Puñales aprovechó para hacer un gesto como el de quien olvida algo; metió la mano en el jubón, sacó un papel, mostrando solo la parte que quería, y con ademán complacido lo volvió a guardar. El trivial decreto, uno de los tantos emitidos entonces por las autoridades de la ciudad, cumplió el cometido. El cabo alcanzó a ver el sello real de las Indias estampado en el documento.

—Esa cicatriz de vuestra merced —prosiguió el capitán, adulador—, ¿dónde tuvo el honor de recibirla?

—En Flandes —repuso él, aún inseguro de con quiénes hablaba.

—¿Qué batalla? —inquirió Doiteadiós.

Al cabo se le hinchó el pecho. De momento ya no importaba tanto qué hacían sus interlocutores.

—Empel —dijo.

«Es nuestro», pensó Puñales, que se conocía al dedillo las incidencias del combate por un amigo de sus años de capellán.

—Mi hermano perdió allí una pierna —mintió.

Entonces sacudió la cabeza, como dolido.

—Vivió tres años más, el pobre —agregó—. Siempre ufanándose de sus compañeros. ¡Que agallas la de hombres como vosotros! ¡Verdaderos héroes!

El semblante del cabo, cuya cicatriz le confería en circunstancias normales un aspecto ceñudo, se tornó jovial. Y como si el halago lo hubiese hecho entender finalmente a qué se dedicaban sus interlocutores, se ablandó.

—Queréis decir que vuestro oficio... —hizo una pausa, sospechando que podía meterse en un lío de rangos.

—Es el mismo que voz pensáis —completó la idea el capitán, subrayando las palabras—. Vigilamos y supervisamos embarques a título de Su Majestad.

—Perdonadme... —quiso excusarse el cabo, pero Doiteadiós lo interrumpió.

—También estamos facultados para velar por eso que está allá dentro —el capitán dirigió la mirada al castillo—. Lo que vosotros cuidáis y que espero vigiléis muy bien, porque en ello os va el pellejo.

La manera en que iban vestidos, como dos respetabilísimos caballeros, no dejaba el menor resquicio a la sospecha. Viendo que el cabo se deshacía en disculpas, suplicando que lo perdonasen tras haber metido las narices en materia de tan alta jerarquía, temeroso de que aquello fuese a costarle en el mejor de los casos una semana de calabozo, Puñales utilizó todas sus facultades oratorias para tranquilizarlo y de paso meterle los dedos. De suerte que averiguaron que la guarnición del castillo era de solo cuarenta hombres, que lo protegían diecisiete cañones, diez de los cuales apuntaban en dirección desacertada, a tierra, que el capitán al mando del alcázar vivía en permanente sobresalto, atento a que los vigías no se durmieran de noche en las atalayas, y vigilando que los que cuidaban el acceso al portón principal no se distrajeran jugando a los naipes o a los dados, y estuviesen en condiciones de izar el puente levadizo o por lo menos bajar de manera oportuna el rastrillo en situación de peligro.

Ambos dijeron estar tan bien impresionados por la fortaleza que luego de los elogios y la sacudida de polvo que le dieron, el cabo Jacinto quedó rendido a sus pies.

—¡Soberbia!, ¡Majestuosa!, ¡Inexpugnable! —fueron los calificativos de Doiteadiós.

—¡Digna de nuestro rey! —remató Puñales.

Y la trampa cuajó, porque orondo como un pavo ruan el cabo se ofreció a enseñarles de un vistazo el interior del castillo. Eso sí, con la prontitud y la cautela que reclamaba el paseo, prohibido por las ordenanzas. Guiados casi de la mano atravesaron el puente, inspeccionaron la entrada y echaron el ojo al patio de armas. Tenían frente a ellos el Torreón de la Espera, donde la leyenda contaba que doña Inés de Bobadilla languideció esperando el regreso del conquistador Hernando de Soto. Alrededor, protegidos por muros de treinta pies de alto y dieciocho de grosor, estaban situados los establos, la armería, las naves que servían de cuartel a la tropa, la escalera que conducía a la torre donde se hospedaban el gobernador y los oficiales de mayor graduación, y dos laterales que subían a los adarves, baluartes y atalayas; otras dos escaleras bajaban hasta las bodegas, y una tercera, custodiada por un arcabucero, descendía hacia las mazmorras, vaciadas de prisioneros para almacenar el oro y la plata de ese año y del último tornaviaje, que a causa de los huracanes no pudo zarpar a España.

—Allí se guarda lo que vuestras señorías velan con tanto celo —dijo el cabo, mostrándoles la entrada a los calabozos.

Doiteadiós y Puñales intercambiaron miradas de las que hacen sobrar las palabras y aceleran los latidos del corazón. Ya afuera, el militar los puso al corriente de que solo faltaban por recalar en puerto dos o tres barcos procedentes de Veracruz con alguna plata de México y del Perú, y mercadería del Galeón de Manila. Pero el grueso del oro ya estaba allí, y quienes lo habían visto decían que el tesoro era grande.

—Varias decenas de toneladas de lingotes —les confió por lo bajini—. Sin contar los cajones repletos de reales de plata y otros caudales.

—Sabemos cuán pobre es vuestra soldada —deslizó con astucia el capitán—. Cuatro reales diarios no es paga.

El cabo admitió, con el amor propio hecho trizas.

—Puede que podamos hacer algo por ayudaros —prosiguió Doiteadiós, posándole una mano en el hombro.

La expresión del cabo era ahora de qué más me van a decir.

—¿Algo? —preguntó, al borde de la perplejidad.

—Sí. Algo —El capitán alzó una mano y se frotó el índice con el pulgar—. Pero no lo comentéis con nadie, para no malograr el trámite.

Puñales reforzó la idea, haciendo un guiño alentador.

—Tenéis que cuidaos mucho después de esta conversación. No se confíe —dijo—. La envidia no come, pero muerde.

La sonrisa de gratitud y las miradas sigilosas que prodigó el cabo a un lado y a otro, cerciorándose de que nadie más los oía, decían que si algo podía garantizarse tras aquel diálogo era su silencio. Nadie más interesado que él en que la gestión prosperara. Al capitán le pareció que un sujeto los observaba a distancia, pero en todo caso estaba demasiado lejos para escuchar. Puñales dio por finiquitada la conversación con unas palmadas en la espaldilla del cabo, que se despidió con una exagerada reverencia como quien saluda a alguien o muy arrestado o de muy alta categoría.

La falta de brisa espesaba el calor cuando desanduvieron el camino para ir a la taberna. Un hervidero de gaviotas se arremolinaba chillando junto a la bahía, atraídas por un pescador que limpiaba el bote, lanzándoles al aire morralla y restos de pescados podridos.

—Lo que no entiendo —dijo al rato Puñales— es por qué si en verdad hay todo ese oro almacenado en las mazmorras tienen tan pocos soldados guareciéndolo. ¿No os parece extraño?

—En lo absoluto —repuso el capitán, dando por cierta la información proporcionada por el cabo—. No cuentan con muchos hombres. Tampoco esperan un ataque por sorpresa que solo sería posible desde tierra. Por mar ya sabéis que primero hay que vencer dos escollos: la fortaleza de la Punta y los cañones del Morro. Y cuando el enemigo llegue al castillo, si llega, ya no sería un asalto relámpago.

Puñales lo miraba tratando de penetrarle la mente.

—¿Qué estáis pensando? —preguntó.

—De momento nada —repuso el capitán—. Ya os dije que el trofeo en esta cacería es Villafranca. Lo demás, si acaso, es plato de sobremesa.

Doiteadiós sintió un mirada en la espalda y se detuvo con el pretexto de observar a una mujer que pasó por al lado. Cuando desembocaron en la calle de los Oficios una segunda mirada de soslayo le confirmó que alguien los seguía. Era el hombre que había estado observándolos a lo lejos mientras conversaban con el cabo. Rechoncho, tocado con un sombrero de pluma, de barba rala y cabello largo el individuo iba muy bien vestido con ropilla negra de mangas colgantes y mucha botonadura. Cerca ya de La Jutía el capitán previno a Puñales, y guiándose por su instinto se desabrochó el fiador del herreruelo para dejar libre el acceso a la toledana. Dio tres pasos más, se paró en secó y se dio vuelta. Puñales lo imitó con intención de cerrarle el paso al desconocido, que en lugar de evadirlos fue al encuentro de ellos con una sonrisa obsequiosa.

—¿Nos conocemos? —preguntó el individuo.

De lo primero que se percató Doiteadiós fue de que el sujeto no llevaba espada.

—No creo —dijo—. A menos que vuestra merced me rectifique la memoria.

—Pues yo juraría que os he visto antes —señaló el otro—. La gente importante nunca se me despinta.

—Si no es mucho pedir... —El capitán hizo una pausa para catarlo mejor— ¿De qué importancia habláis?

El mercader extendió la diestra primero a Doiteadiós y luego a Puñales.

—Agustín Rojas para serviros —dijo, presentándose—. Consignatario, siempre que se presente la ocasión, y tratante de todo tipo de mercancía, la que aparezca.

Había hablado con voz amigable, lo que junto al hecho de que no iba armado —salvo que ocultase una daga en la espalda bajo la ropilla— bastó para que los dos, más confiados y movidos por la curiosidad, aceptaran la invitación a comer que les hizo el sujeto. No era un hombre rudo, de los versados en batallas; tampoco tenía los rasgos aviesos de quienes se ganan la vida urdiendo intrigas. Sus finos dedos, en uno de los cuales llevaba un anillo con una pequeña esmeralda, su piel muy blanca, la complexión tirando a adiposa y su aire de trujamán indicaban a las claras que lo suyo eran las cuentas, los negocios y las utilidades. Rojas eligió una mesa apartada de las demás al fondo de la taberna, moderadamente concurrida para el gentío que había a esa hora en la calle. «Sin duda este huevo pide sal», pensó el capitán. Y la quería en privado.

A pedido del anfitrión, el Chifle trajo a la mesa una damajuana de manzanilla de Sanlúcar.

—Para responder a vuestra inquietud —dijo el trujamán Rojas, escanciándoles vino a los dos—. Ningún cabo de nuestros desdichados tercios se gasta una deferencia, ni con sus jefes ni con ningún chupatintas por alta que sea su jerarquía, como la que yo vi al cabo Jacinto obsequiar a vuestras señorías. Mucho menos él, que no rinde pleitesías ni a su sombra. En su astronomía planetaria solo fulguran los muy valientes y los muy encumbrados. Con lo que os digo que si raras veces me equivoco no creo que esta sea una de ellas.

La elevación del tratamiento de vuestras mercedes a vuestras señorías no pasó inadvertida para ninguno de los dos, que ya devoraban un suculento fricasé de pollo y daban de larga al trujamán para que acabara de revelar sus intenciones.

Puñales bebió un largo sorbo de vino y se encogió de hombros.

—Si estáis en lo cierto y somos gente importante —dijo—, ¿de qué os vale?

—Puede que de nada... —Hizo una pausa Rojas, dando un tiento a la jarra de vino—. Puede que de mucho.

Doiteadiós masticaba un trozo de pechuga y con una mano movía de aquí para allá los mendrugos que había sobre la mesa, procurando descifrar qué quería el individuo. Su silencio estuvo a punto de resultar embarazoso.

—¿Sabéis quienes somos? —dijo, finalmente.

—No— Rojas amplió la sonrisa—. Se os nota mucha mar en la piel, mucho halo de estoques y pistoletazos, aunque cualquiera pudiera daros por lo que no sois. Yo en cambio tengo mis gratas sospechas.

El capitán se echó hacia atrás en la silla y bajó la diestra al muslo, más cerca de la daga.

—¿Que son? —interpeló.

—Los forasteros que en esta época del año pululan en La Habana —explicó el trujamán— son de seis tipos: marinos, soldados, mercaderes, pasajeros, almojarifes y aventureros. Y ustedes tienen más pinta de lo último que de lo demás.

—¿De veras?

—De veras.

Doiteadiós no hizo más preguntas para no dar impresión de impaciencia. Solo había dos posibilidades, aquel individuo les tendía una trampa, lo que su intuición le decía que era muy poco probable, o lo que buscaba según estaba pensando era untarlos, creyéndolos ser lo que ni la vestimenta ni las apariencias ocultaban.

—Supongamos que no yerra y que vuestras conjeturas son ciertas —dijo el capitán, dando un poco más de largas al asunto—, y que seamos gente dada a los golpes de mano...

—Valientes a sueldo —intercaló el mercader.

—¿De qué os sirve?

Rojas se humedeció con vino los labios.

—Ya os dije —respondió—. Puede que de mucho.

Entonces extrajo de la faltriquera una pequeña bolsa, que cayó en la mesa con sonido de monedas.

—Aquí hay diez doblones como anticipo —agregó sin levantar la vista de la bolsa, preguntándose si estaba forzando demasiado las cosas.

—Favores ablandan rocas —glosó Puñales—. Y doblones, montañas.

El capitán permaneció inmutable.

—¿Por quién nos toma vuestra merced? —preguntó, mordisqueando un hueso de pollo.

—Por caballeros intrépidos, de buen oído e inteligentes —respondió Rojas, todavía dudoso de que la oferta prosperase.

Doiteadiós se encogió de hombros, sin quitarle el ojo de arriba.

—Quién sabe —dijo.

«La cosa parece prosperar», pensó el trujamán, y perseveró en el ofrecimiento.

—A fin de cuentas —abrevió—, Su Majestad se queda siempre con la mejor parte —Hizo otra pausa—. ¿O no?

—¿Y? —apremió el capitán.

La sonrisa calculadora de Rojas lo decía todo.

—Si se presenta la ocasión, ¿por qué no acercar la sardina a la brasa?

Puñales asentía lentamente con la cabeza sin dejar de observar al capitán, que apartaba a un lado la escudilla con el último hueso de pollo mondo. El tratante tenía un alijo de treinta tercios de tabaco en rama que para ser exportado a España debía pagar un fuerte tributo fiscal, entre alcabala y los derechos que devengaba el almojarifazgo, equivalente a casi seis mil reales de plata, o sea, cerca de cuatrocientos escudos. Su intención era ahorrarse una buena parte de esa cantidad compartiendo ganancias con un capitán de galeón a quien ya había palabreado para que antes de atracar en Sevilla bajara el contrabando en Sanlúcar de Barrameda. La misión de ellos dos, a cambio de ochenta escudos, era ayudarlo a trasladar la carga del sitio donde la tenía almacenada y subirla sin percances a bordo del Santa María del Rosario. Nombre mágico. El capitán y Puñales se miraron de reojo. Aquello era un obsequio de la providencia.

—Haremos lo que se pueda —dijo presto Doiteadiós, echando mano al portamonedas.

Rojas les aclaró que en el negocio había estado involucrado el regidor, a quien él excluyó como socio por haber reclamado para sí una enorme tajada. Demasiado. Y como no era raro separar ambiciones de lealtades en una ciudad por la que transitaba tanta riqueza, el arreglo seguía su curso al margen de don Alonso Caso Toledo. Aunque siempre existía el peligro de una represalia, que viniendo de quien venía podía equivaler, en buenas, al destierro y varios años en galera; en malas, a ser tachado como enemigo del rey, sufrir tormentos para confesar culpas ciertas e inciertas, pagarlas sin remedio a manos de un verdugo o cual peor, terminar desaparecido y sin tumba, riesgos que Rojas no estaba dispuesto a correr. Al menos no a lo manso, y para eso estaban las espadas de nuestros dos caballeros, por si surgía algún inconveniente. Las monedas restantes de la paga las recibirían después, con el tabaco ya a bordo del galeón.

—Ochenta escudos por este trabajo es poco. Cien y todo queda arreglado —reclamó el capitán.

Agustín Rojas se aflojó el cuello de la ropilla con el índice, murmuró palabras ininteligibles y respiró hondo. Desde que vivía del tráfico, legal o proscrito, era peor meterle la mano en el bolsillo que mentarle la madre. Intentó regatear pero no lo consiguió. Al final no tuvo más remedio que aceptar.

El acuerdo bajo cuerda fue verse en una casa en la calle del Barranco a las diez de la noche del once, es decir, al día siguiente, cuando la ciudad durmiese y solo corrieran el azar de toparse con un borracho pendenciero, un perro rabioso, ladrones o una pareja de alguaciles, porque a esa hora nadie más se atrevía a caminar desprotegido por una ciudad que si bien de día era considerada la dama de las Antillas, de noche perdía todo su atractivo y se transformaba en una tenebrosa boca de lobo. Ellos escoltarían a Rojas, al carretonero que trabajaba para él y los fardos desde la casa hasta un sitio no especificado.

—Son cuatro cuadras hasta el lugar convenido —indicó el mercader, apurando el vino que quedaba en la jarra—. Allí nos espera una barca con gente que se ocupará de estibar los fardos. Vosotros me acompañaréis hasta el galeón. Serán mis guardianes. Vuestra misión terminará cuando la carga esté a bordo y segura. No antes.

Decía esto cuando un individuo alto, paliducho, de ojeras y bigote que le cubría casi media cara pasó junto a ellos en dirección a otra mesa. Rojas enmudeció por prudencia hasta que el sujeto se alejó. Luego colocó un pequeño papel doblado sobre la mesa.

—Aquí está la dirección de la casa —indicó—. Nos vemos allí mañana a las diez de la noche.

—El capitán del barco —quiso comprobar Doiteadiós—, ¿cómo se llama?

Rojas esbozó un gesto de excusa.

—Espero que comprendan vuestras mercedes que en empresas como esta —dijo— la discreción obliga a no dar más detalles de los necesarios. Eso lo sabrán en su momento. —Pensaba haber dicho ya demasiado dando el nombre del galeón.

—Oveja trasquilada hasta de las caricias recela —dijo Puñales.

—Así es —el mercader insinuó una sonrisa sardónica, y antes de marcharse dio por cerrado el trato estrechándoles de nuevo la mano.

El Chifle, que los atisbaba desde el otro extremo del bodegón, se acercó cuando terminó de pasar bayeta a una mesa. El delantal le olía a sudor y comida.

—La caló es mucha —dijo con cierto fastidio, entre silbido y silbido—. Pero por lo visto ni chistáis. Parece que habéis estado muy ocupados.

Puñales se enderezó en la silla como si hubiese oído un insulto.

—¿Decís? —demandó.

—Qué por lo que parece habéis sacado toda la información que queríais.

—¿A quién? —preguntó el capitán con curiosidad calculada.

—Al caballero ese.

Doiteadiós negó con la cabeza.

—Ninguna información.

—¿Tampoco sacasteis reales? —El tono del Chifle era sibilino.

—Viejas deudas —respondió ecuánime el capitán—. Nada que os incumba.

El tabernero se secó las manos con el paño, esperando que le dijesen más.

—¿Entonces?...

—El caballero no sabe nada de las intrigas que nos interesan —repuso Doiteadiós—. En otras palabras, lo interrogamos pero en lo que toca a ese asunto no nos ha sido útil.

Al oír aquello el Chifle moduló una breve tonadilla flamenca.

—Pólvora mojada —matizó.

El capitán esbozó una media sonrisa halagadora.

—Así es. De modo que vuestra merced —dijo— sigue siendo apuntador principal en esta comedia. Por lo que espero que nos entendamos.

Al tabernero le gustó aquello. Y luego de disculparse por su impertinencia con lo de los reales, como si con eso zanjara el atrevimiento, les contó lo que había logrado indagar sobre Villafranca. Como detalle de interés, el señor solía ir acompañado en sus paseos por la ciudad —que eran pocos como ya ellos sabían— por Francisco Jiménez, que además de ser su maestre y a quien él prefería llamar teniente de mar, fungía como factótum, cubiculario y quién sabe qué más. A veces se le veía con un joven en los cortos veinte, muy apuesto, leal cumplidor de las órdenes de su capitán de mar, y según se comentaba excelente espadachín. En el Santa María del Rosario le decían el alférez Duarte.

Doiteadiós contrajo un músculo de la cara.

—¿Su nombre completo? —quiso saber.

—Jaime Expósito Duarte.

Una sombra ennegreció la mirada del capitán. Su expresión cambió cual si sus dos mundos, el interior y el exterior, se hubieran paralizado. Parecía haber caído al vacío. Se mantuvo así un rato, como dialogando con su conciencia. Puñales lo notó tan pálido que despachó disimuladamente al tabernero en busca de más vino.

—¿Qué os pasa? —preguntó.

La mención de aquel nombre, Jaime Expósito Duarte, hizo que Álvaro López Duarte retrocediera en el tiempo. Conservaba nítido el recuerdo de la muerte de su madre, Pilar Duarte, la Mallorquina, víctima de una tisis galopante. Le parecía estar viendo el desvencijado ataúd en que la enterraron, las largas horas del velatorio en Sevilla, en un cuarto de paredes blancas, desnudas, las flores, los crespones, los amigos de la familia y vecinos, el amante de su madre, la escasa luz que se filtraba por una ventana y que sumía la estancia en una lobreguez opresiva. Y el niño de unos cinco años, flaco y azorado, que bien entrada la tarde llegó de manos de una monja y el resto de la noche no apartó los ojos del féretro, ni dejó de columpiar las piernas que no le llegaban al piso. Ese día le dijeron el nombre. Y conoció parte de la historia. Ese niño también era hijo de la Mallorquina. Era su hermano.

—Nada —respondió—. Solo ha sido un mal presentimiento.

Bebieron vino hasta vaciar otra garrafa sin cruzar más palabras. Puñales lo observaba, circunspecto. Las gruesas gotas de un chubasco levantaban salpicaduras de fango en la calle. El capitán estuvo un rato con la vista perdida, sumergido en pensamientos impenetrables hasta que el chaparrón cesó, la gente dejó de correr buscando guarecerse del agua, y él se pasó la mano por la frente. Fue como si despertara de un letargo. Sacó varias monedas del bolsillo, incluida la coima para El Chifle, las puso en una esquina de la mesa y luego se frotó un par de veces los ojos con los puños cerrados.

—Andando —dijo, viendo que la lluvia amainaba.

Caminaron en silencio el trecho desde la taberna hasta la casa en la calle del Barranco donde al día siguiente tenían la cita con el mercader. Doiteadiós quería verificar la dirección. El número 12 estaba pintado con trazos negros sobre la fachada de madera. Se detuvieron antes de pasar frente a la vivienda. El capitán subió la bota a un poyo de piedra, fingiendo que la limpiaba de lodo, y reconocieron con disimulo el lugar. Al lado de la casa se extendía un muro cubierto de hiedras con un portalón que daba a un cobertizo. A la derecha, más allá de un puñado de moradas, el camino se perdía en la manigua. A la izquierda, el tramo hasta la bahía era más corto que el que la separaba de la taberna. La mayor ventaja que le veían consistía en que por tratarse de un sitio retirado podrían obrar de manera reservada. No había ningún lampión en toda la calle. Tampoco en las esquinas. De noche la negrura prometía ser casi total, lo que les dificultaría descubrir si alguien los acechaba; aunque visto de otra manera, la oscuridad también era una desventaja para quien tratase de vigilarlos entre las sombras.

—Sin duda, este es el lugar —dijo el capitán.

—Válgame Dios —murmuró Puñales—. En esta ciudad todo queda cerca.

Eran pocas las casas en los alrededores, lo que reducía las posibilidades de que alguien pudiese emboscarlos a la salida.

Sin embargo, desandando el camino, el capitán se detuvo a mitad de la cuadra siguiente junto a una tapia que daba a un campo yermo. El muro bordeaba un viejo algarrobo de tronco muy grueso, y el espacio que lo separaba del árbol era sobrado para ocultar de noche a tres hombres.

—Si hay algo será aquí —indicó Doiteadiós.

La calle moría al fondo del convento de San Francisco y de la Aduana, en una especie de grao en forma de herradura entre tupidos arbustos de mangle al que podía arrimarse con relativa facilidad una barca. Además, gozaba de absoluta discreción, pues no era visible desde el embarcadero más próximo ni desde ningún otro punto de la ribera. Calculando la distancia que les había mencionado el mercader —cuatro cuadras— e incorporándole aquella peculiaridad, ese debía ser el lugar.

De regreso a la hostería consiguieron que al precio de dos reales el mesonero les subiera plumilla, tinta y papel a la habitación, que de día era clara gracias a sus paredes encaladas y a una ventana a través de la cual, afortunadamente, se alcanzaba a divisar las murallas del Castillo de la Real Fuerza. De suerte que hasta que el sol tiñó de rojo incandescente los contornos de la fortaleza y la luz terminó opacándose, estuvieron delineando el croquis de aquel formidable alcázar, cotejando la información que retenían en la memoria con el panorama que les entregaba el horizonte, y acariciando una idea: que aquellos trazos y sus correspondientes leyendas fuesen útiles si se presentaba la oportunidad de saquear el tesoro de las Indias, algo que muchos daban por imposible. Con una pericia en nada parecida a la de un principiante fueron cobrando forma sobre la hoja de papel la muralla, las almenas, la torre, el foso, el portillo...

Puñales admiraba la buena mano que tenía el capitán para esas cosas. En cuanto a sus otras habilidades, además de la plumilla, al contramaestre le maravillaba aquella privilegiada sagacidad del capitán para las estratagemas, su sorprendente intuición, siempre atento a los pormenores a la hora de cruzar armas con el adversario. Conque a la noche siguiente, cuando a la hora indicada Doiteadiós se apostó vigilante en la calle del Barranco, ataviado en regla para la aventura: coleto ceñido, espada ropera presta y sus dos pistolas apropiadamente cebadas, previendo alguna contingencia extrema, ya tenía en mente todas las variantes posibles. Unos cinco pasos a su izquierda Puñales velaba la calle en dirección al mar, y él no apartaba el ojo de la casa. A la hora señalada, puerta y portalón se abrieron a un tiempo y a duras penas vislumbraron la figura del mercader, la de un par de mulas halando una carreta y la de un carretonero cuya silueta delataba un par de orejas monumentales; musitaron breves palabras entre sí para darse a conocer y a una orden de Rojas se pusieron todos en marcha. Doiteadiós iba al frente con la mano apoyada en el pomo de la toledana; el mercader, en el pescante junto al carretonero, y Puñales guardaba la retaguardia. La calle en efecto era oscura, pero la noche estaba estrellada y había un óbolo de claridad. El rechinar de los ejes de la carreta se sobreponía al ruido de las coces de las acémilas sobre las piedras. Así avanzaron hasta que al llegar al algarrobo, tal y como el capitán había presentido, dos siluetas saltaron desde el recodo y se identificaron a una sola voz.

—¡Ténganse al regidor!

Con el acero desnudo por avante, Doiteadiós se desplazó varios pasos a la siniestra para enzarzarse con uno de los alguaciles, mientras Puñales ya acometía por la diestra al otro.

Lanzando hurgonadas sin cuartel, ambos hicieron retroceder sin mucha dificultad a los dos porquerones. En menos de un minuto uno de ellos cayó rodilla en tierra con la muerte bien metida en el pecho, y el otro se desplomó de espalda con un profundo tajo en el vientre y la gorja rebanada de oreja a oreja. Eliminados los dos estorbos, emisarios confesos de las malquerencias de don Alonso Caso, el capitán y Puñales arrojaron sus cuerpos a la vera de la rúa. El resto del trayecto lo recorrieron sin contratiempo hasta el lugar de embarque, que resultó ser el inspeccionado por ellos la víspera.

En la orilla una tartana salió de las sombras. En ella venían seis hombres embozados hasta el cuello con capas, que como no llovía ni hacia el menor frio tenían como evidente propósito encubrirles la vestidura. «Deben ser soldados del Santa María del Rosario», dedujo Doiteadiós. No había mejor sitio para ocultar aquel tabaco que en los galeones de guerra destinados a defender la flota; era allí donde último alguien iba a registrar en busca de mercancías de contrabando. Les tomó un tiempo a los seis sujetos y el carretonero subir y colocar los tercios en la embarcación. Después ellos dos se acomodaron con el mercader en la popa, y con ayuda de la grata brisa que soplaba de tierra, la tartana navegó con viveza rumbo a un fanal, entre muchos otros que describían un semicírculo de luces oscilantes en la bahía. A juzgar por su ubicación y lo separado que estaba de la ribera, en aguas más profundas, se trataba en efecto del galeón de Villafranca. No sería un paseo despacharlo en su propia guarida y salir de allí vivos, nadando luego hasta la orilla. Pero si se presentaba la oportunidad no iban a desaprovecharla. Y eso fue lo que se dijeron una vez más sin palabras, cruzándose las miradas.

—La noche está con nosotros —dijo el mercader, que escrutaba extasiado la relumbrante bóveda celeste.

Lo mismo pensaron ellos cuando la barca se aproximó al galeón, que el menguante de la marea había hecho girar con el revés del casco apuntando hacia ellos. En bellos caracteres dorados, esculpidos en la madera preciosa del espejo de popa, bajo la imagen de la virgen resaltaba el nombre: Santa María del Rosario.

Puñales echó otro vistazo al capitán, que respondió con una afirmación de cabeza casi imperceptible. Del costado del galeón pendía un chinchorro dispuesto para estibar la carga, y al lado de este colgaba una escala. Subieron primero Doiteadiós, detrás Rojas y luego Puñales. En cubierta había seis hombres esperándolos, uno de ellos reclinado sobre la regala con una antorcha en alto, asistiendo a los que abajo ya amarraban la carga. El contraluz de la llama impedía distinguirles el rostro. Pero fuesen quienes fuesen aquellas siluetas, él no se engañaba. Villafranca no estaba allí. Alguien del grupo dio dos pasos adelante. Era el teniente de mar y de guerra Francisco Jiménez, tocado con chapeo y pluma y provisto de todas sus armas de puño.

El teniente aguzó el ojo en Doiteadiós y Puñales con mucho examen, tratando de ver lo que la escasa luz impedía.

—Viene bien flanqueado el señor —dijo, dirigiéndose a Rojas.

—Lo sabe por experiencia vuestra merced —señaló el comerciante.

El teniente había sido objeto de un reciente intento de atraco nocturno en una de sus visitas a la taberna.

—De noche —añadió— la ciudad se convierte en una ratonera.

—Pero no aquí —dijo altanero Jiménez, dando un golpe con la bota sobre la sólida tablazón del barco—. ¿Verdad?

—Huelga decíroslo, vuestra merced —repuso el mercader, con una sonrisa desmedida.

Los dos extraños que acompañaban al mercader seguían robando la atención del teniente.

¿Nos hemos visto antes? —preguntó, volviéndose hacia el capitán.

Algo en aquella figura le decía que sí, pero este tenía bien calado el chambergo, la sombra del ala le cubría los ojos y por mucho que se agachó el otro tratando de descifrarle el rostro no lo logró.

—Puede ser —repuso Doiteadiós, el aire sarcástico—. El mundo a veces resulta demasiado pequeño.

—Quizá nos hayamos visto en lo del Chifle —dijo el teniente, por decir algo.

—Debe ser —indicó el capitán, con ambos pulgares colgando del talabarte.

—Es —terció Puñales—. Recuerdo a su señoría con un as de espada en la mano.

Doiteadiós sintió ganas de estrangularlo. Intrigado por la alusión a la baraja Jiménez pidió al soldado del fanal acercar la lumbre. Los contornos proyectados por la amarillenta luz danzaron sobre la cubierta. El teniente no consiguió asociar a Puñales con ninguno de los clientes habituales que conocía de la taberna. Tampoco recordaba haber ganado alguna vez una mano de naipes con aquella carta. En todo caso esa carta había sido la causa del último de sus grandes chascos en el juego. Pero no iba a ser él quien se pusiera en evidencia a la vista de sus subalternos como un desacreditado perdedor, por lo que dio un vuelco a la conversación.

—¡Al grano! —dijo.

Rojas extrajo del bolsillo de los calzones un papel plegado en cuatro y se lo dio al teniente. Doiteadiós y Puñales volvieron a intercambiar breves miradas en clave. Por lo visto no había chance de batir a seis hombres, rendirlos sin armar algarabía, irse en busca de Villafranca, darle caza y luego escapar airosos. Ni siquiera sabían si este se hallaba a bordo. La conclusión de ambos fue que si lo intentaban, no lo conseguirían ni saldrían vivos de allí.

El teniente desdobló la carta y la pegó al fanal. En ella estaba escrito a grandes trazos el nombre de la persona a la que iba dirigido el tabaco de contrabando en Sanlúcar de Barrameda

—Don Guillermo de Albear —dijo, quedo, pronunciando las palabras para sí. Luego plegó otra vez el papel y alzó la vista hacia el mercader.—. Muy bien. No hay más que hablar.

Dando por firme el negocio, Agustín Rojas entregó al teniente una bolsa con monedas que este guardó bajo el jubón. Jiménez le pasó la carta a alguien del grupo que dio dos pasos adelante saliendo del contraluz y se situó frente al capitán, tan cerca de este que hubiese podido tocarlo con la mano. Doiteadiós apretó las mandíbulas y contrajo los brazos y puños de manera involuntaria. Las facciones del alférez Jaime Expósito Duarte eran las mismas que él recordaba del hermano, el pelo ensortijado, los ojos color azabache, la nariz, y para mayor certeza llevaba colgada al pecho la medalla de oro con la figura de la Virgen del Carmen que tantas veces él vio en el cuello de su madre. No había posibilidad de equivocación. Era esa. Tampoco tenía dudas: era él, aunque de su semblante había desaparecido la inocencia del niño. Sus ojos miraban ahora con la dureza propia del hombre de armas que las porta para matar.

—Todo nos irá de perlas, teniente —dijo el trujamán—. Ya verá usted.

Jiménez alzó un dedo como si fuese a objetar algo.

—Una última cosa. Aquí nadie se conoce —advirtió, paseando el índice de un lado a otro de la concurrencia—. Nadie vio nada. ¿Entendido?

—Naturalmente —repuso el mercader, el aire servicial.

Doiteadiós era puro músculo, tenso, apretados los dientes. El teniente asintió con la cabeza y después dio media vuelta y se fue con su gente. Cada cual a lo suyo. Entonces sobrevino un silencio denso, muy denso porque la brisa había desaparecido. Rojas, Puñales y el capitán regresaron a tierra sin custodios, en una pequeña barca de un solo remero. El breve arco de la luna creciente asomaba en lo alto entre el rutilante sinfín de constelaciones. El golpe de los remos dejados caer en el fondo del bote les avisó de la llegada antes de que la quilla encallara en la playa con la bajamar. La orilla estaba callada y oscura. Era tarde.

Poco después, ya en la hostería, el capitán trazaba dibujos imaginarios sobre la mesa mientras vaciaba un pellejo de vino a la luz de una vela, que hacía ondular sombras difusas en la habitación. Puñales estaba echado sobre el jergón, rascándose la planta del pie con una mano mientras con la otra sobaba el talego con los doblones pagados por el contrabandista.

—Es bien bisoño el alférez del Santa María —se aventuró a decir—. ¿No os parece?

Doiteadiós bebió un largo sorbo, y la llama que le iluminaba el rostro de perfil recortó caprichosamente su silueta sobre la pared.

—Es mi hermano —respondió, lacónico y sombrío.

CAPÍTULO VI

CELADA EN TINIEBLAS

Cuando salieron de la hostería llevaban más de doce horas sin intercambiar palabras. La confesión de que el alférez Duarte era su hermano los había sumido a los dos en un mutismo sepulcral, el capitán inmerso en sus recuerdos, y Puñales con la boca seca de no abrirla, sin saber qué decir ni por dónde empezar. La primera cita del día la tuvieron con el trujamán Rojas, que la noche anterior insistió en ir a verlos de mañana a la posada donde se alojaban para cruzar impresiones, y saber si una vez descubiertos los cadáveres de los dos alguaciles el asunto les deparaba alguna consecuencia imprevista. Oponerse habría sido imprudente, y aceptarlo también. Ningún cazador revela su escondrijo, por lo que a instancia del capitán acordaron verse pasadas las once en la plazoleta frente al convento. La excusa dada fue que Puñales y él saldrían muy temprano a resolver diligencias pendientes y era más conveniente que se reunieran allí.

—Han sido bandoleros —dijo el mercader con un dejo de ufana tranquilidad—. Es lo que se comenta en el cabildo.

—¿Lo sabe usted de buena tinta? —indagó Doiteadiós.

—De buena. Un soplón a sueldo. Alguien confiable.

Por lo visto la intención del regidor no era destapar una componenda de la que él mismo fue parte, y en la que seguía implicado un buen amigo suyo y hombre de grados, el capitán Villafranca. Su única pretensión al enviar a los dos alguaciles fue sacar a Rojas de escena para apoderarse de los fardos y del chanchullo. No había que ser letrado para darse cuenta.

—Lo perdió todo —dijo el trujamán—. Por avaricioso.

—Donde el diablo come —remató Puñales—, no deja sobras.

El semblante de Rojas transmitía alivio.

—Podrán ahora dormir tranquilos —dijo.

—Nunca he dormido de otra manera —presumió el capitán—. Pero yo vos, de noche dejaría un ojo abierto por si acaso.

Viendo que el capitán hacía ademán de marcharse, el trujamán lo atajó.

—Un momento —dijo—. Deberían decirme dónde os alojáis por si vuelvo a necesitarlos.

Rápido, duro e inalterable como de costumbre Doiteadiós respondió.

—En el Parnaso. ¿Sabéis donde queda?

Nada sugería en su rostro que mentía. Sabía de la existencia de esa posada por el Chifle, que les recomendó hospedarse en cualquier sitio menos en ese, por estar demasiado cerca de un mercadillo y por ende ser muy frecuentado por ratas, cucarachas y otras alimañas. Al ser la hostería más próxima al Castillo de la Real Fuerza, era muy visitada también por soldados y la correspondiente dotación de putas y ladillas.

El mercader alargó la diestra como si se la ofreciera a una cartomántica.

—Conozco esta ciudad —dijo— como la palma de mi mano.

El capitán sonreía ahora por compromiso y se rascaba la barba.

—Vea vuestra merced... —dijo—. Otros menesteres de cierto enredo nos tienen bastante atareados y no queremos involucrarlo. No os conviene que lo vean con nosotros. Si nos necesita búsquenos en lo del Chifle. Por vuestro bien.

—Ya veo.

Doiteadiós recelaba de las intenciones del regidor y de su estrecha relación con Villafranca. Si ambos decidían ir en pos del mercader para vengarse, sacándolo del juego mediante un certificado de defunción, con toda seguridad que también ellos tendrían un número en la lista. Y eso podía complicarles mucho los planes.

Se separaron de Rojas cuando sonaba la primera campanada en la iglesia llamando al ángelus. Puñales dio un discreto pero rápido codazo a Doiteadiós.

—A vuestra zurda —lo alertó.

Bordeando el brocal del aljibe situado en un lateral del cabildo en dirección a la plazoleta, venía Beatriz Caso Pinzón con arrobadora sonrisa y en animada charla con alguien. La prisa con la que los dos se voltearon temerosos de que la joven los reconociese les impidió distinguir quién era el acompañante. Caminaron hacia la iglesia confundiéndose entre los fieles que concurrían a la misa de mediodía. Doiteadiós se destocó al trasponer el pórtico, muy a regañadientes. Pero dejarse el sombrero era señalarse, justamente lo que no querían. Avanzaron por un lateral de la nave hasta sentarse en los únicos dos espacios disponibles de un reclinatorio a una decena de filas del púlpito, cerciorándose de que todos los asientos al frente, al lado y atrás estuviesen ocupados. Acababan de ponerse a buen recaudo achicándose lo más que pudieron, cuando Beatriz pasó por el pasillo central hacia los primeros bancos en compañía del alférez Duarte. Detrás venían Villafranca, el regidor, su hija Evangelina, y un señorón, el anfitrión de la cena de esa noche, don Sebastián Bobadilla.

La idea de saldarle cuentas allí mismo pasó de manera fugaz por la mente de Doiteadiós. Nada delataba en su expresión, impasible como de costumbre, que fuese a intentarlo. De todas formas Puñales, el único de sus cofrades que podía darse el lujo de hacerlo, lo asió fuertemente por el antebrazo.

—Ni se te ocurra —susurró.

—Ganas no me faltan —dijo el capitán, que agarraba el puño de la espada.

En la puerta de la iglesia se apiñaban alrededor de una decena de soldados.

—Intentarlo aquí —arguyó Puñales— es absurdo.

Solo había sido una idea peregrina. Un hombre con tan extraordinario control de sí mismo como Doiteadiós nunca hubiese actuado de esa manera.

Iniciado el oficio, la voz del párroco colmó el recinto: *Angelus Domini nuntiavit Mariæ. Et concepit de Spiritu Sancto...Ave Maria, gratia plena, Dominus tecum. Benedicta tu in mulieribus, et benedictus fructus ventris tui, Iesus. Sancta Maria, Mater Dei, ora pro nobis peccatoribus, nunc et in hora mortis nostrae.*

—Amén —repitieron los feligreses al unísono.

El final de oración resonó contra el techo de cañón de la nave central y su eco se difundió hacia los laterales, bañados por una luz cálida y brillante que penetraba por los ventanales de las paredes de cantería. Sentada ocho filas delante de ellos, Beatriz vestía un traje marfil de picote de Mallorca con escote cuadrado y una vistosa decoración de encajes y cintas; el peinado aplastado arriba y rizado a los lados. A su izquierda, acomodado junto al plinto de una de las doce columnas de la basílica, el alférez Duarte torcía la mirada a cada rato posándola sobre el cuello de la joven. A la derecha de Beatriz estaba sentado Villafranca. Doiteadiós no les quitaba el ojo de encima.

Concluida la misa, vieron salir al regidor y su comitiva acordonados por soldados que les abrían paso entre la multitud. El capitán y Puñales esperaron a que los parroquianos se disgregaran un poco para abandonar el templo. Al bajar por la escalinata principal comprobaron que ya no quedaba rastro de Beatriz ni de sus acompañantes, pero se oía el clamor de un tropel proveniente de la calle de los Oficios.

—¡A la hoguera! ¡Que lo quemen! —vociferaba la muchedumbre, que desembocaba en la plazoleta lanzando coles podridas y rociadas de orina a un individuo al que arrastraban dos alabarderos.

Alguien en el gentío les dijo que se trataba de un bujarrón que la oficialidad de un barco recién atracado en puerto puso a disposición de las autoridades, y ahora era conducido a la cárcel. Como excapellán, Puñales sabía muy bien lo que le esperaba al desgraciado.

—Quien ni padrino ni dinero tiene —dijo— a cuerno quemado huele.

La sodomía era un grave delito de aberración sexual que tanto en la Península como en las posesiones de ultramar tocaba procesar a la Inquisición. De manera hipotética, los soldados sodomitas podían ser condenados a morir en la hoguera. La pena debía dictarla y aplicarla el tribunal adecuado, en este caso el del Santo Oficio de México, que en cuanto a errores en materia de fe sostenidos con pertinacia gozaba de jurisdicción sobre la isla. Pero la hoguera había sido reservada hasta entonces solo para los herejes contumaces. Los otros eran castigados por abjuración de *levi* o de *vehementi*, lo que en consecuencia significaba, de mayor a menor agravante, prisión, flagelación pública o reclusión perpetua en un monasterio. En La Habana se sabía de solo dos personas a las que les habían practicado autos de fe, un inglés luterano condenado a cien azotes y a vestir sambenito de por vida, y una mujer que por factores atenuantes terminó librándose de la pira pero no del garrote vil.

El capitán vio alejarse a la muchedumbre, ensimismado, con la mirada enfocada en el infinito, contemplando recuerdos que solo él podía evocar. Puñales le pasó una mano frente a los ojos sabiéndolo ido.

—¿Estáis aquí? —preguntó.

—En lo absoluto —respondió Doiteadiós al rato. Y echó a andar.

Después de misa Villafranca se reunió en privado en el cabildo con el regidor, don Alonso Caso Toledo, quien además de socio en los sucios menesteres mercantiles que le concernían si llegaban a consumarse sus aspiraciones sería también el suegro. La jugosa fortuna heredada del padre de su esposa, un próspero tratante sevillano, le había permitido a don Alonso comprar en 1585 el puesto de comisario de la Santa Cruzada en La Habana a cargo de la venta de perdones papales, y siete años más tarde, cuando Felipe II le confirió a la villa el título de ciudad, pagar una fuerte suma por el puesto de regidor vitalicio en el cabildo. Conque todo lo que era, figuraba ser y pretendía ser se lo debía a su mujer.

De una de las paredes del despacho, espacioso y claro, colgaban dos enormes pinturas: un retrato de Felipe III y otro del gobernador. La pared opuesta mostraba un lienzo de proporciones más modestas que proyectaba, adusta, la imagen del regidor. En el centro de la habitación, sobre un escritorio de ébano con incrustaciones de bronce y carey, había desplegado un bosquejo en papel de culebrilla del escudo de armas de la ciudad, compuesto por tres castillos y una llave sobre fondo azul. Ambos dejaron sus sombreros y espadas sobre el escritorio y se arrellanaron en sendos sillones con respaldo y asiento de guadamecí, al pie de una ventana que daba a la plazoleta de la iglesia.

—Quisiera pensar que su hija siente algún entusiasmo por mí, ilustrísimo.

Los intempestivos deseos de Villafranca cogieron desprevenido al regidor, que se alisaba un pliegue en las calzas.

—Economícese lo de ilustrísimo, capitán.

—Capitán de mar —puntualizó el otro, carraspeando para modular la voz, ligeramente ronca.

—¿Acaso pone en duda ese entusiasmo?

Villafranca volvió a aclararse la garganta antes de responder.

—A fe mía que no —dijo—. Pero usted sabe como son algunas lenguas de sueltas.

—Y ¿qué dicen esas lenguas?

—No quisiera creerlas —repuso—. Pero a mí ha llegado el comentario de que la señorita Evangelina lleva varios días enclaustrada en su habitación.

Don Alonso Caso Toledo estiró con un dedo el cuello de lechuguilla que le apretaba el gollete, buscando aire. Y arrugó la frente.

—No tengo noticias de tal novedad —dijo—. ¿Pero qué tendría eso de particular? Ya sabe usted como son de volubles las mujeres.

Viendo la naturalidad con que discurría la conversación, Villafranca renunció a los circunloquios y se lanzó a fondo.

—También murmuran —soltó— que la razón de ese alejamiento soy yo.

El regidor hizo un ademán de mano como espantando un fantasma.

—¡Válgame Dios! Se os ha extremado la imaginación.

En el rostro del capitán de mar asomó una prudente sonrisa.

—Quizá no haya sabido explicarme bien.

—¡Recristo! Creía que erais más sensato.

Por un momento Villafranca se sintió desarmado.

—Lo soy —dijo—. Lo que pasa es que a veces uno se ciega.

—La vanidad, distinguido... La vanidad. Mire usted, capitán de mar —dijo don Alonso Caso, completando la idea con exagerada presunción, retrepado en la silla—. Yo le garantizo, uno, que esas son habladurías. Y dos, que mi hija es un remanso de amor, obediencia y conformidad.

Villafranca parecía recobrar la arrogancia que segundos antes había perdido.

—Me contenta usted.

El regidor tomó de su escritorio un pequeño cofre de taracea con tabaco rapé y cogió una pizca con el índice y el pulgar.

—A propósito de mujeres —apuntó con toda premeditación—. ¿Se ha fijado usted lo bella que es la señorita Beatriz?

El gesto de Villafranca fue rebuscado.

—Bella —dijo—, y pizpireta con el alférez.

Don Alonso Caso se llevó el polvo a la nariz, aspiró y le alargó el cofrecito. Pero él declinó la oferta y quiso dárselas de chistoso.

—A la edad del alférez —añadió— cualquier agua es de mayo.

Ahora el que carraspeó fue el regidor.

—Siempre que merezca la pena, capitán, y el nombre lo merite.

Villafranca se dio cuenta de que cometía otra pifia, de manera que pasó por alto lo de capitán a secas y trató de rectificarse.

—Verá usted...

—No veré nada —dijo el regidor, enfilando el asunto hacia el terreno monetario—. La señorita Beatriz, que es mi sobrina segunda, no es cualquier agua de mayo. Su padre, mi primo don Guillermo, no goza de una pulida alcurnia pero sí cuenta con la carísima simpatía del gobernador. Y le sobran tierras y dinero. Créame que le sobran, capitán, aunque le falte mar.

Dicho esto don Alonso cruzó una pierna sobre la otra y volvió a aspirar rapé, en apariencia distraído. Lo tenía todo calculado después de que su hija, en uno de sus usuales exabruptos temperamentales, le juró esa mañana a grito tendido que primero la verían muerta antes de contraer matrimonio con un patán. A don Alonso Caso le daba igual Austrias que Borbones con tal de asegurarse la lealtad de Villafranca, de quien se rumoraba que podría ser ascendido al grado de almirante de la flota, un puesto de inmejorable conveniencia en sus aspiraciones de prosperar en el comercio subterráneo y de trasmano con el tabaco, los cueros y el azúcar, que a la sazón presagiaba gozar de un futuro tan lucrativo como el de las especias del Oriente. Los escrúpulos de familia no podían opacar los negocios. Así que si no era su hija, a la que sobraban arrestos para salirse con las suyas, la prenda sacrificada sería la prima.

—Es como para ni pensarlo —prosiguió—. En toda la isla no hay una dote como la de Beatriz.

Villafranca lo observaba, calculador. Y no demoró nada en digerir la indirecta.

—No lo dudo —dijo.

—Su dote es mucho más jugosa de lo que imagina —reiteró el regidor, relamiendo la frase con aire de matador. Después hizo una pausa y lanzó la segunda andanada, el golpe de gracia—. Digamos que es mucho más opulenta que la de mi hija.

La frase había sonado menos a cumplido que a aviso. Los dos sonrieron, sin rastro de humor. Entonces Villafranca desvió la vista hacia un lado y tomó de una mesita auxiliar un voluminoso cuaderno. Era una edición facsimilar en latín, con título y autor estampados en letras doradas en cubierta: *De Orbe Novo Pietro Martire d´Anghiera*, un compendio de ocho décadas de cartas y crónicas sobre las primeras expediciones de la conquista del Nuevo Mundo escritas por el humanista lombardo Pedro Mártir de Anglería. Lo devolvió al punto a su sitio sin entender el significado de aquellas palabras. Luego se sacudió de la ropa el abundante polvo que soltaron las páginas.

Cambiando de tema, el regidor se refirió a la muerte de los dos alguaciles la víspera, y el imprevisto contratiempo de que Rojas hubiese logrado salir vivo de la emboscada.

—Le salvaron el pellejo dos guapetones a sueldo —se quejó Villafranca, torciéndose una punta del bigote, fino y engomado.

—¿Los vio vuestra merced?

—No, pero me informaron. Jiménez asegura que podría identificarlos. Con toda seguridad a uno de ellos, el más parlanchín.

Un sirviente negro se les acercó con una bandeja, y el regidor lo apuró con un brusco gesto de mano para que dejara los dos vasos con aguamiel sobre la pequeña mesa de caoba tallada y se marchara.

—Olvide un instante a esos tipos y centrémonos en la operación —dijo don Alonso Caso, que involuntariamente crispó las manos, blancas, finas y de venas azuladas.

Se acercaba la hora de un compromiso que debía atender. Pero antes al regidor le urgía desgranar el negocio. Villafranca bebió un sorbo de aguamiel y extrajo del bolsillo el papel que Rojas había entregado la víspera al teniente Jiménez.

—Este es el nombre del contacto en Sanlúcar —dijo—. En otras palabras, el comprador.

La prematura presbicia obligó al regidor a arrimarse la carta a pocas pulgadas de la cara para poder leerla. Luego meditó, mordisqueándose el mostacho.

Villafranca quiso dar un toque de severidad al asunto.

—Espero que vuestra merced lo tenga todo bien desmenuzado —dijo.

—Desmenuzado y bien cocido.

—O sea —resumió—, la mercancía no será un problema.

—En lo absoluto.

Todo trato comercial sería hecho en lo adelante de manera directa y exclusiva por Villafranca con el tal don Guillermo de Albear. Rojas no aparecería más en la ecuación. El regidor ya había dado instrucciones a un acólito de su absoluta confianza para que se ocupara del suministro de la mercadería. Y ese mismo día otros dos secuaces harían una visita nocturna a la casa del trujamán y lo desaparecerían del mapa.

Villafranca insinuó una sonrisa, y sus ojos pequeños y redondos semejantes a los de una rata refulgieron de satisfacción.

—Volviendo a nuestros dos fulanos —dijo—. No creo que debamos dejar inconcluso un asunto tan delicado.

El regidor meditó unos segundos, retorciéndose las manos.

—No pensaba hacerlo —concedió, dando una palmadita aprobatoria en el brazo de la silla.

El tinte siniestro en la mirada y el rostro huesudo de Villafranca se acentuó.

—Son dos forajidos —dijo—. Asesinaron a los alguaciles.

El regidor se levantó y dio unos pasos por el despacho hasta la ventana desde la que se veía toda la bahía.

—Sí. Es mejor que cierre ese capítulo de una vez —dijo mirando hacia los galeones, que parecían trebejos flotando en una enorme alberca, redonda y azul. Luego se dirigió al escritorio, anotó algo en un papel y se lo dio—. Si llega a necesitarlo este es un hombre de toda mi confianza, infalible con las armas. Dejo el asunto en sus manos.

De regreso a su barco, acodado sobre la balconada de popa, don Hugo Valdés de Villafranca y Menéndez observaba con menosprecio la ciudad. Estuvo un rato mirándola como quien contempla un vertedero de inmundicias. Salvo los pocos amigotes con los que se codeaba, la gente que deambulaba por aquel pedazo de tierra le causaba repulsión: buscavidas, fugitivos de la justicia, ladrones, pordioseros, mercachifles, truhanes, bravucones a sueldo, ociosos de toda laya, chusma portuaria, pícaros, clérigos, menesterosos en busca de llevarse a la boca un pedazo de pan o venidos a probar fortuna en aquella sucia capital de Indias, con la esperanza de que un golpe de suerte o la venia de Dios —si no eran la misma cosa— les permitiese vivir de las riquezas que pasaban por sus arcas sin tener que doblar el lomo ni rendir cuentas al fisco. Él ambicionaba más: oro y poder que le posibilitaran poner precio a la justicia, el honor, la vida y la muerte. Su tránsito por aquella ciudad era pues un desagradable pero obligado escalón en el ascenso a la grandeza. Como lo era también para su fiel teniente Jiménez, a quien lo unían menesteres del oficio y otros no tan ligados a este. Solo eso los ataba a aquel puerto, mugriento, impúdico y ruin, en el que ahora detenía la mirada meditando cómo llevar a buen término las últimas palabras del regidor: «Dejo el asunto en sus manos». Contempló una vez más desde la popa el agitado tráfico marítimo, las embarcaciones cargadas con frutas y toda suerte de mercaderías, los fardos y barricas apilados en los muelles, el edificio del cabildo, la plazoleta de San Francisco y la torre del campanario de la iglesia. El seco sonido a su espalda de talones de bota juntándose de golpe lo hizo volverse. Era el teniente Jiménez, que venía a poner a su jefe al corriente de las últimas incidencias. Pero él se le adelantó.

—Los dos intrusos de anoche... —Iba a seguir pero dudó—. ¿Tienes claro a quiénes me refiero?

—Como hay Dios.

—Hay que despacharlos. Y bien servidos.

El teniente sintió calor, y se paseó un dedo de lado a lado entre el cuello y la gorguera.

—¿De cuánto tiempo disponemos? —preguntó.

—Cuanto antes mejor. Quiero en esto tu mano pero no tu espada. ¿Cuántos soldados había anoche contigo?

—Cuatro, y el alférez Duarte.

—¿Son los únicos que saben?

—Solo ellos.

Villafranca lo miró un rato, sopesando lo que acaba de oír.

—No quiero que involucres a Duarte —dijo—. Que parezca una trifulca común, una más de las tantas que provocan los soldados, que son gente menos dadas al verbo que a las armas.

—Yo me ocupo.

Una mueca de preocupación le crispó la boca al capitán de mar.

—Eso sí —recalcó—, que vayan todos. Los cuatro. Mejor que sobren y no que falten.

Villafranca se enroscó la punta del bigote en los dedos, reflexionando sobre la orden que acababa de dar. Calló un instante y un balanceo del barco lo forzó a agarrarse del pasamanos de la barandilla, instante que una mosca aprovechó para posársele en la nariz. Furioso, alzó una mano para ahuyentarla y por poco se pega a sí mismo.

—Puedes retirarte —dijo al teniente, con rabia.

Ninguno de sus subordinados, excepto Jiménez, que sí sabía las razones, veía con agrado aquel tratamiento preferente de Villafranca al alférez a pesar de su corta experiencia y poca edad. El grueso de la tripulación se preguntaba por qué un hombre que solía ser en extremo déspota con toda la tripulación era tan condescendiente con el joven. Hugo Valdés de Villafranca y Menéndez guardaba con celo la respuesta en lo más oscuro de su conciencia. Jaime Expósito Duarte se enroló a los diecisiete como grumete en la Armada siguiendo con orgullo los pasos dados por su medio hermano, quien de acuerdo con el parte de oficio había muerto valerosamente en un combate naval contra los ingleses. Ni pertenencias, ni cadáver, ni medalla, ni pensión. La familia solo recibió una carta lacrada del Almirantazgo con un pésame desabrido y escueto, sin promesa de subvención ni más ornato que la firma de un oscuro suboficial. Y así creció el chaval, sin un retrato, sin el testimonio de algún compañero que hubiese visto caer al hermano, sin tener noción siquiera de su apariencia pero idealizándolo de cien maneras como héroe. El camino lo tuvo lleno de obstáculos. Primero se opuso la tía, que lo sacó del hospicio de niños expósitos donde lo criaron y tenía a cargo su custodia desde los seis años. Luego, el inspector de leva que lo reclutó lo halló tan pálido y debilucho que lo envió de cillero a uno de los almacenes que tenía la Armada en Sevilla para avituallar los navíos de guerra de la flota. Después que logró enrolarse como grumete estuvo casi tres años dando tumbos de barco en barco. Cada vez que preguntaba, las murmuraciones sobre la muerte de su hermano, tan diversas como contradictorias, lo sumían en el más desolado de los desconciertos. Hasta que consiguió lo que se proponía, servir bajo las órdenes del mismo oficial con el que Álvaro había alcanzado la gloria —mientras no le demostrasen lo contrario—, una inquietud de la que el capitán de mar estuvo ajeno hasta el día que pasando revista a la tripulación el joven se le acercó.

—Mi hermano murió bajo su mando.

—¿Hermano?... —Villafranca se detuvo, extrañado.

—Dicen que no fue peleando.

—¿Quién era? —preguntó, despectivo.

— Álvaro López Duarte.

Viendo que el nombre no lo movía a nada, el teniente Jiménez le recordó quién era, musitándole al oído el incidente y la orden suya que tanto había dado de qué hablar: «Grumete al agua y mierda es lo mismo. Ni se les ocurra virar». A Villafranca el rostro se le transfiguró.

—¡Quién os dijo eso? —apremió al joven.

Intimidado, Duarte titubeó unos segundos, pero cedió.

—Meñique —dijo.

—¡Y quién es ese Meñique?

—Aquel —contestó, señalando con el mentón a un artillero paliducho y flaco que barruntando lo que podía suceder temblaba como gelatina.

Villafranca desvió la mirada hacia el desdichado, enfurecido.

—¡Serón y lastre! —ordenó.

Jaime Expósito Duarte enmudeció viendo cómo dos soldados se llevaban a rastras al infeliz, camino a que lo despacharan, lo embalaran y lo echaran al mar, un trato que solo se daba a bordo a los traidores, depravados sexuales y amotinados. Los gritos del artillero pidiendo clemencia dejaron sin hálito a la tripulación, formada en filas en los pasamanos del navío. Villafranca enarcó una ceja con frialdad de témpano. Se examinó las uñas dedo por dedo con aire de aderezo para ver si las tenía limpias. Gente como vosotros, decía el gesto, no estáis en disposición de decidir nada. Solo yo. Luego volvió a entrelazar las manos a la espalda y dirigiéndose al muchacho alzó la voz para conocimiento público.

—Así se pagan en este barco las infamias —dijo—. Vuestro hermano murió como un héroe. Quién diga otra cosa miente.

Minutos más tarde, Villafranca apuraba una copa de vino en su cámara, interpelando nerviosamente al teniente.

—¿Nadie más sabe?

—Hasta donde yo sé, no.

—¿Estáis seguro?

—Seguro.

Pero la duda seguía comiéndole las entrañas.

—Me pregunto si hay alguien detrás de esto.

—Nadie —sostuvo el teniente sin pestañear—. Es el azar. La vida tiende trampas imprevistas a cualquiera. Y esta es una de ellas.

Lo de la trampa no le causó buen efecto a Villafranca, a quien el sobresalto le quebró la voz.

—¿Crees que pueda reconocerte?

—Imposible —repuso el teniente—. Era muy chico.

Después de aquel incidente con el artillero, un relámpago de miedo silenció los cuchicheos de la tripulación acerca del náufrago. No hubo más cotilleos ni murmuraciones de la marinería. Nadie se atrevió tampoco a deslustrar la buena estrella que ahora iluminaba a Jaime Expósito Duarte, que ascendió como la espuma a cabo de escuadra, en menos de un año a sargento, y seis meses después ya era alférez. Si alguien a bordo sabía que Álvaro López Duarte fue abandonado a su suerte en el mar, lo calló para siempre. Había pasado el tiempo pero Villafranca lo recordaba todo como si hubiese sido ayer: la tormenta que echó al grumete al agua, su orden de no modificar el rumbo dejando atrás al desdichado, el duro castigo que infligió a los que lo vieron caer y luego difundieron comentarios mordaces contra su persona, el día que mintió a Duarte sobre su hermano a sabiendas de que cometía otra canallada, y el cruel escarmiento a Meñique. Pero nada de eso iba a estropearle aquella cena tan importante, que debía abrile puertas de la ciudad que hasta entonces tuvo cerradas. Lo que no sabía era que la venganza de un fantasma de carne y hueso lo perseguía.

El capitán y Puñales estaban muy ajetreados tratando de no dejar nada al azar. Volvieron a estudiar el panorama desde la plazoleta de San Francisco, calculando distancias, ángulos de tiro, por si había que ponerle pólvora al asunto, visibilidad sobre el terreno e imponderables de todo tipo. Nada podía escapárseles esa noche. Cada paso, cada segundo, cada posibilidad tenía que ser prevista. Una vez que se sintieron confiados de que no les quedaba ninguna conjetura por hacer, marcharon hacia el muelle contiguo al Castillo de la Real Fuerza en busca de un barquero que ese mismo día al filo de las doce, en buenas o en malas, los cruzara a tiempo a Casablanca, la única vía de escape. Si era el que ellos conocían, mejor. Y las cosas apuntaban bien. Allí estaba.

—Me alegro veros —dijo el capitán.

El hombre, sentado en la barca, se incorporó de un tirón al verlos venir. Dos reales de plata por el trato, uno dado en anticipo, no estaba nada mal. Eso era lo que a veces lograba ganar en toda una semana el botero, que asentía, obediente, mirando la moneda.

—Este es el trato. No te moverás de aquí hasta que vengamos —precisó Doiteadiós—. Será alrededor de la medianoche.

Todavía quedaba luz cuando salieron de la hostería, a tiempo para la celada. El capitán vestía de negro como de costumbre e iba bien afeitado, con ropaje de contienda. Ni golilla, ni calzas de seda ni jubón de raso. Nada tenía que enmascarar. Encaraba el asunto muy sereno, equipado de espada, vizcaína y los dos pistoletes cebados, que esta vez llevaba ceñidos en el talabarte a la espalda, casi topando culata con culata. La empuñadura de una daga adicional para casos de aprieto le sobresalía de la caña de la bota. Puñales, que también iba en ropa de pelea y forrado de aceros, lo miró con fijeza. De pronto recordó algo, metió mano en el jubón y sacó una pequeña cruz de madera.

—Dios pondrá su mano —dijo, dándosela.

Doiteadiós la guardó en un bolsillo.

Las cuatro esquinas que tenían que pasar hasta llegar a la plaza las cruzaron sin la menor señal de inquietud, distendidos, contándose anécdotas graciosas. El cielo parecía que iba a meterse en agua cuando se detuvieron junto a la escalinata de la iglesia, de espaldas a la Aduana. Ese era el mejor punto de observación. Desde allí podían divisar el embarcadero, a la derecha, la explanada, al frente, y la sede del cabildo y la residencia de don Sebastián Bobadilla, a la izquierda. Pero lo que les interesaba ahora era reconocer a los mendigos que a esa hora, ya atardeciendo, empezaban a disputarse sitios para pernoctar en la plaza. Y cerciorarse de que el capitán de mar del *Santa María del Rosario* acudía a la cita.

No tuvieron que aguardar mucho rato porque a las siete en punto Villafranca atravesaba presuroso la plaza, en compañía de su fiel teniente Jiménez. Doiteadiós ya tenía comprado al que creyó más listo de los indigentes, y le daba instrucciones precisas cuando los dos invitados se aproximaban a la casa de dos plantas donde tendría lugar la cena.

—¿Veis a esos dos hombres?

—Los veo —respondió el sujeto, apretando en la mano las monedas.

El capitán taconeó en el suelo para indicar el sitio exacto.

—Uno —dijo—. No te mueves de aquí.

—Ajá.

—Y dos. Tan pronto salgan por esa puerta los dos caballeros tú silbas alto y largo. Que se oiga bien. ¿Sabes cómo?

—Ajá.

—Luego echas a correr hacia el embarcadero.

Entonces Doiteadiós lo miró fijamente, agarrando la empuñadura de la toledana.

 Si no —dijo—. Ya sabes.

El fulano miró de reojo la espada, con respeto.

—Ajá.

El plan del capitán y Puñales era que cuando Villafranca y el teniente abandonasen la residencia, todo les hiciese suponer que serían víctimas de un asalto si atravesaban la plaza. Para ello esperaron con cautela a que pasara la ronda de soldados de las ocho, la siguiente no lo hacía hasta las doce. Luego untaron a más de una docena de mendigos que ya tenían identificados. El encargo, condimentado en reales, fue que hiciesen bulto en la explanada obstruyendo el paso entre la casa de Bobadilla y el embarcadero, hasta que escuchasen voces y ruido de espadas. El silbido, la inesperada muchedumbre, el aspecto de esta, a tan altas horas de la noche, todo sugería que les tendían una celada. Lo que no era cierto y sí lo era, porque cuando decidiesen tomar por la calle de los Oficios para dar un rodeo a la plaza, marcharían directo a la trampa que el capitán y Puñales les tenían preparada. Calcularon que la velada duraría a lo sumo tres horas. Les sobraba tiempo. Pero no querían correr el riesgo de que un imprevisto los cogiese desprevenidos si la cena finalizaba temprano. Así que una vez dispuestas las cosas a su conveniencia en la plaza, se adentraron en la calle de Amargura. Al pasar bajo el hachón de la esquina, el capitán contó los pasos. «Diez», dijo para sí. Ese era el tramo que los separaba del claroscuro entre el área de luz y las sombras, y el sitio al que, en medio del toma y daca de la lidia, debían hacer retroceder a sus adversarios para batirlos al amparo de las tinieblas. Sin más dilación, se apostaron en el recodo junto a la tapia.

Un viento del oeste trajo la tormenta y el cielo se encapotó. Estuvo lloviznando más de una hora seguida y el agua los caló hasta los huesos. A pesar de la lluvia, los mendigos permanecían en medio de la plazoleta, disciplinados e inmóviles, como espectros en penumbra. De manera que podía caerse el mundo que nada alteraría sus planes. Había esperado mucho tiempo por el momento de vérselas cara a cara con el demonio. Pasó la primera hora. Luego la segunda. Un perro ladró tres veces a lo lejos. El capitán movía los dedos de las manos con una impaciencia que en él no era común. Hasta que percibió un sonido de voces. Entonces el corazón comenzó a latirle con normalidad. Villafranca y Jiménez salían de la residencia. En eso se escuchó el esperado silbido desde la plaza. Los dos vacilaron, indecisos, pero terminaron desviándose a la izquierda con idea de evadir el peligro, que no estaba donde ellos pensaban sino que les salió al encuentro cuando atravesaban la esquina. Las dos espadas que surgieron de la oscuridad les cortaron la respiración.

—¡Viejas cuentas, hideputa! —espetó Doiteadiós.

Villafranca retrocedió un paso, los ojos desorbitados.

—¡Os la jugáis, mala estampa! —dijo—. ¿No sabéis con quien tratáis?

—El que no sabéis es vos.

El teniente reconoció a Puñales y miró con ojos turbios al capitán.

—¡Cómo os atrevéis? —alardeó.

Doiteadiós acortó distancias, la espada por delante.

—Álvaro López Duarte, grumete del San Felipe al agua —dijo.

Villafranca dio otro paso atrás sin poderse reponer todavía de la sorpresa ni del nudo que tenía en la garganta. Cuando Doiteadiós le lanzó la primera estocada la esquivó brincando a un lado, y si no se hubiese apurado en echar garra al acero, allí mismo hubiera dejado las tripas ante un formidable adversario que se sabía todas las tretas para trabar la hoja del arma rival con el lazo de la suya, y propinar el remate letal con la daga, o haciendo fintas engañosas y asestando el golpe allí donde el otro no lo esperaba. Villafranca intentó huir hacia un lado y fue inútil; trató de hacerlo hacia al otro y tampoco.

Doiteadiós y Puñales se movían en redondo con intención de fatigarlos mientras los arrimaban palmo a palmo a las sombras. La noche se había transformado en un torbellino de espadazos y blasfemias. Acostumbrado a matar por la espalda, viéndose perdido, Villafranca le lanzó al capitán un tajo que fue a levantar chispas contra una piedra en el suelo. Y anduvo con buena estrella, porque el contraataque le sesgó de través el traje de ropilla y estuvo a punto de abrirle de lado a lado el pecho. «Esto se pone peligroso», pensó. Y arrimó la mano a la pistola. Pero un nuevo lance de Doiteadiós le impidió sacarla. Creyó que se le agotaban las fuerzas. Podía oír su propia respiración, irregular y agitada. Las miradas que intercambiaba con el teniente Jiménez eran de desespero cuando alguien gritó desde una ventana.

—¡Los asaltan! ¡Socorredlos! ¡Los asaltan!

Los tenían acorralados entre las sombras cuando aparecieron tres uniformados de amarillo y rojo de la guardia. El capitán los vio venir de la plaza y meterse en la pelea. La luz de las viviendas que se filtraba por algunos postigos abiertos era escasa. La mayoría habían sido cerrados por los vecinos, alertados de la riña por los gritos y el rechinar de las espadas. Por un momento la oscuridad arreció y Doiteadiós perdió la ubicación del enemigo. Los sonidos provenientes de la diestra le decían que Puñales se batía con un adversario. Las tinieblas y el ardor del combate le impedían tener una noción exacta de todo lo que sucedía alrededor. De repente por el ruido de pasos adivinó que tenía alguien cerca. Aguzó el oído. No uno. Eran dos. Cuando pudo descifrarlos mejor se movió a la izquierda, se acuclilló, lanzó una estocada arriba y escuchó un quejido y un resuello. Sonó un pistoletazo y el resplandor del disparo iluminó fugazmente la escena. Había un soldado exánime, de bruces en el lodo. El otro resistía. Villafranca, en cambio, puso pies en polvorosa. «Rediez», se dijo. Y al punto sintió muy cerca el zumbido de una hoja. Entonces se resguardó, metió el pie a la derecha y estiró el codo a fondo. La punta de su toledana tocó carne y se clavó bien adentro. La desencajó de un tirón, y escuchó que las imprecaciones de su adversario se transformaban en gemidos. Luego oyó desplomarse el cuerpo en el fango. De momento la estridencia del combate cesó. Lo embargó el silencio. El teniente Jiménez corría, herido en un brazo del que chorreaba sangre. Alcanzó a verlo huyendo pegado al muro y pasar bajo la luz del hachón. Sintió un ardor en la pierna y se tanteó el muslo. La herida era poco profunda pero sangraba.

—¿Estás herido? —preguntó Puñales.

—Nada —dijo él—. Una caricia ¿Y vos?

—Vivo y coleando. De una pieza.

En ese momento alguien en la zona de luz alzó una pistola y disparó a bulto hacia la oscuridad.

—¡Dad la cara! ¡Dompedros!

Era el alférez Duarte, que ya desenvainaba la espada. Indeseada sorpresa. Aquella escena no figuraba en el libreto. Entonces los dos salieron de las sombras.

—¿Os vais a liar con dos? —preguntó Puñales, aún a distancia, tratando de desalentarlo.

El alférez lo reconoció en el acto e hizo un amago con la espada. El capitán lo miraba fijo.

—Con los que sean —repuso el joven, altivo, lanzándose a la pelea.

Puñales quiso detenerlo pero no pudo.

—¡No! —exclamó.

La primera reacción del capitán fue retroceder todo lo que pudo.

—No quiero batirme contigo —dijo, sin quitar el ojo de la espada del hermano.

—¡Qué carajo entonces queréis? —espetó Duarte, envalentonado porque lo rehuían. Furioso además por el tuteo.

—Que hablemos —dijo el capitán, indicando a Puñales con una mano que los dejara solos.

El alférez se carcajeó y arremetió, dando uno, dos, tres golpes de acero, que Doiteadiós paró con cuidado de no herirlo, hasta que en el cuarto lance le trabó la hoja en la guarnición de la espada y se le pegó al pecho.

—Pilar Duarte, la Mallorquina —dijo.

La turbación del alférez permitió al capitán recular, sacar el pistolete y enviar al otro mundo a un soldado que se acercaba peligrosamente. La descarga dejó sordo a Duarte y con la cabeza dándole vueltas; no por el estampido sino por el nombre que acababa de escuchar. En eso vieron venir a otros tres guardias que a gritos de Villafranca acudían presurosos desde la plazoleta, por lo que el asunto se tornaba otra vez disparejo. El capitán se había quitado el chambergo con la esperanza de que el hermano lograse identificarlo, pero este seguía aturdido, aún sin entender nada. De manera que Puñales urgió a Doiteadiós.

—¡Vámonos! ¡Camarón que se duerme se lo lleva la corriente!

El peligro era real. Así que sin pensarlo más, recobrando en el acto el poco aliento que les quedaba, echaron a correr espada en mano y desaparecieron en la negrura que se espesaba a sus espaldas.

Uno de los soldados se acercó jadeante al alférez, que todavía seguía paralizado con la vista perdida en un punto indescifrable de la noche.

—¿Está bien vuestra merced? —preguntó.

—Sí... —repuso—. Y no.

Duarte se rompía la cabeza tratando de dar respuesta al misterio. El del pañuelo azul en la cabeza era sin duda el sujeto que la noche anterior estuvo en el Santa María del Rosario. Al otro no lograba ubicarlo, aunque su semblante no le resultaba del todo extraño. Horas después seguía en las mismas, haciéndose preguntas. ¿Por qué ninguno quiso pelear? ¿Por qué el otro pudiendo haberlo matado de un pistoletazo no lo hizo? ¿Quién era aquel individuo que no solo sabía el nombre de su madre sino también el apodo?

El teniente Jiménez se tocaba con dolor el brazo herido y en cabestrillo cuando Villafranca le echó una miradilla cómplice, para que lo ayudara a convencer al alférez.

—No hay nada extraño viniendo de gente de tan baja estofa —dijo, maniobrero.

—Satanás no es una metáfora —añadió el otro.

Pero la lógica que ambos trataban de venderle no lograba persuadir al alférez, que mientras más vueltas le daba al asunto más enredado lo veía.

—Gentuza o lo que sea, vuestra merced —objetó—. Hay algo que no me cuadra.

El capitán y el teniente canjearon miradas. Esta vez temerosas.

—¿Qué no le cuadra? —inquirió Villafranca.

—Que sepan el nombre y el mote de mi madre. No. No me cuadra.

—Con el diablo de por medio —terció el teniente— nunca se sabe.

Hizo una pausa Jiménez, pensando que el capitán iba a agregar algo, pero este permaneció en silencio, observándolo.

—Sin duda, algo sabrán los bellacos —prosiguió—. Lo que no es garantía de que en verdad sepan.

Villafranca salió del mutismo y retomó el hilo del argumento.

—Tal cual, alférez —dijo—. Seguro disponían de esa información de forma casual y la utilizaron contra quien, por elemental lógica, podía ser el hijo de la señora. Obviamente vos. El más joven.

Pero nada de aquello lo persuadía. Además, había otro detalle que en modo alguno podía considerarse menor.

—Tampoco robaron, mi capitán. ¿Asaltantes que no hacen ni el intento de robar?

—Gracias a vuestra intervención —subrayó Jiménez, estudiando cada gesto del joven—. Es indudable que usted los intimidó.

Duarte, que no había visto atemorizados a ninguno de los dos individuos no tomó la frase como un elogio. Y dirigió al teniente una mirada interrogativa.

—¿Intimidé?

Villafranca se llevó una mano al bigote engomado, tratando de administrar su poca paciencia.

—Lo cierto es, alférez —dijo, alzando el tono de voz—, que es muy penoso que se empecine usted en verle cinco patas al gato.

—Capitán —se defendió él, obstinado—. No es un capricho.

—¡Sí lo es! —bramó Villafranca, dando un respingo—. ¡Usted me contradice! ¡Me toma por un imbécil!

El alférez negaba con la cabeza, temblando de ira y de frustración. Entonces Villafranca mirándolo amenazante alzó una mano, autoritaria.

—Ahora regrese a vuestros asuntos —ordenó—. Y de esto que no se hable más.

La intención era intimidarlo para que se callara y nunca llegase a desentrañar la verdad. Sin embargo, lo consiguieron solo a medias. Porque el alférez guardó silencio pero siguió pensando que nada de aquello podía ser fruto del azar. No se tragaba lo del diablo, ni lo de la gentuza ni lo de la casualidad. No era fortuito que aquel desconocido en lugar de batirse quisiera hablarle, como adversario o como amigo, eso era lo de menos. Tampoco que supiese lo que sabía.

Antes de que las cosas se enredaran más de lo que estaban, y para no dejar atrás vestigios delatores, el capitán y Puñales pasaron por la hostería. Recogieron un zurrón con pertenencias menudas, entre ellas el croquis del castillo, y Doiteadiós se vendó la herida del muslo. Se pusieron las capas porque lloviznaba de nuevo. Luego anduvieron por la ciudad en tinieblas con cautela, moderando el ruido al pisar los charcos y atentos a que no los siguiesen. Por si las moscas, el capitán hizo una parada táctica para cebar el pistolete que acababa de disparar, y seguidamente tomaron la ruta más larga pero la más segura hasta La Jutía, eludiendo la esquina más próxima al sitio de la celada. Subieron por Mercaderes hasta San Juan, giraron a la derecha y volvieron a hacerlo en la calle de los Oficios, caminando unas cincuenta varas adicionales. Casi tropiezan con dos parejas de soldados al pasar cerca de la fortaleza, una ronda desacostumbrada a esa hora, lo que les hizo suponer que alguien ya había dado la voz de alarma sobre la refriega. Entre los planes del capitán estaba regresar a la ciudad —el dibujo de la fortaleza hablaba de sus intenciones—, con más razón ahora tras el fracaso de la emboscada. Pero por lo pronto tenían que salir de allí. No sin antes hacer un alto en la taberna con doble propósito: que los hubiesen visto allí esa noche, al objeto de tener una coartada si la necesitaban, y hacer tiempo unos minutos hasta que fuese más tarde. No querían llegar al embarcadero mucho antes de la medianoche, que era cuando se producía el cambio de guardia en el castillo, ocasión en que los soldados se desentendían un poco de lo que sucedía alrededor, unos porque recién llegaban y los otros porque se iban. Solamente un trago y nos marchamos de La Jutía, fue lo convenido. Olían a sangre y sudor cuando entraron y se sentaron.

El Chifle los recibió con un saludo apoteósico.

—Vaya prodigio —dijo—. Se va a secar el mar.

Seguidamente miró de reojo a ambos lados y se reclinó sobre la mesa.

—Por aquí estuvieron cuatro catetos de amarillo y rojo —cuchicheó—, preguntando por dos sujetos que... —volvió a cerciorarse de que nadie los vigilaba— ¡Tráigueme el demonio si no se referían a vuestras mercedes!

En ese momento en la taberna no había ningún militar de uniforme. Cosa rara. El capitán echó una ojeada y vio en las mesas del fondo a un marinero cejijunto, de coleta rubia y bajo de estatura que los miraba.

—¿Será aquel uno de esos hombres? —preguntó, apuntando con el mentón.

Sabía que la respuesta sería negativa, pero era la segunda vez que veía a ese hombre y simplemente le resultó sospechoso.

—No —dijo el Chifle—. Ese es el Piolo, un cliente habitual.

—¿Qué querían saber? —indagó Doiteadiós.

—Si os había visto en la taberna.

—Y vos, ¿qué hicisteis?

—Nada, rezarle a la Virgen.

El capitán lo miró con pupila filosa.

—¿Qué más?

—Temblar —admitió, estampándose un beso sobre los dedos en cruz—. Y jurarles por Dios y una cuadrilla de santos que no os conocía.

—¿Hicieron algún comentario?

—Me advirtieron que si os veía pasar que corriera a dar el aviso, porque ellos tenían orden de apresaros con urgencia. También preguntaron por otro individuo que según deduzco es el caballero del otro día con quien vuestras mercedes estuvieron hablando.

Doiteadiós y Puñales se interrogaron con los ojos. Aquello excedía las previsiones.

—¿Pensáis que se referían a ese caballero o estáis seguro?

—Me lo retrataron: regordete, de manos delicadas, con un anillo de esmeralda, de piel muy blanca y aire de no sudarla nunca. No les dije nada, pero me consta que es él.

El capitán había escuchado atento, sin chistar. Cuando el otro terminó, se pasó la mano por la cara.

—Hicisteis bien —dijo con pausa—. Debo deciros que el alto tribunal os tiene en muy buena estima.

El Chifle no entendía.

—¿Qué tribunal?

—La Santa Inquisición.

El cantinero quiso hablar pero no le salían la palabras. Entonces se santiguó.

—La Santa Inquisición —repitió para sí.

—Ya os dije que estábamos tras la pista de un asunto bastante delicado —recordó el capitán—. Sabéis muy bien que el

Santo Oficio castiga con mano de hierro a los adúlteros y depravados.

Algo todavía le hacía dudar al tabernero. «Así que espías de Dios», se dijo.

—Entonces los soldados que os buscan —dedujo— no saben en verdad quienes sois.

—No. No saben. Cumplen órdenes del capitán de flota del que os hablamos.

El Chifle arrugó el ceño, pensativo.

—De modo que el tal... —dijo, haciendo un vago gesto de mano para no pronunciar el nombre —, no es ningún angelito. Ni goza de la gracia divina.

—Ni él, ni el otro —intercaló Puñales. aludiendo a Jiménez—. Ni la puta que los parió.

El capitán rio muy quedo, entre dientes, pero viendo que el tiempo corría se puso de pie.

—Durante unos días no nos veréis por aquí —dijo, untando con varios reales al Chifle—. Pero ya sabéis quién es quién. Y quién paga vuestra discreción.

CAPÍTULO VII

PIES EN POLVOROSA

A Hugo Valdés de Villafranca se le iluminó el semblante cuando el teniente Jiménez le notificó que Agustín Rojas ya no era un impedimento en sus planes. Pero al punto se le avinagró cuando le aclaró que los cuatros soldados enviados a finiquitar el asunto solo habían cumplido en parte su misión. El cuerpo del mercader, estrangulado cuando dormía, fue envuelto en una lona, atado a una enorme piedra, llevado mar afuera y lanzado a las profundidades. Pero los otros dos sujetos no aparecían por ningún lado.

—Como si se los hubiese tragado la tierra —dijo el teniente.

—¡No puede ser! —Villafranca golpeó con el puño la mesa—. En algún sitio tienen que estar.

—Solo sabemos que se alojaron en una hostería de la que anoche mismo desaparecieron.

—¿Interrogaron al mesonero?

—Sí —el teniente se alisó el bigote—. Pero el tipo no sabe nada. Los dos se marcharon de la misma manera que llegaron: muy cortos de palabras. Lo único que conseguimos averiguar es que al parecer el más alto y joven es el jefe.

—O sea, el que más nos interesa.

El teniente asintió con la mirada.

—¿Preguntaron en todas las tabernas?

—En casi todas. Más de veinte.

La lista incluía La Jutía, donde el Chifle se había hecho el inocentón.

—Ya mandé a mis cuatro hombres a indagar en las que faltan —añadió.

Villafranca se acordó del papel que le había dado el regidor con el nombre de uno de sus secuaces, el infalible, y la indicación de dónde encontrarlo.

—Búscalo y tráelo —dijo, dando un nuevo golpe en la mesa esta vez con los nudillos.

Hubo un largo silencio que nadie quiso romper. Fue el teniente quien habló por fin.

—Y de lo otro... ¿Qué haréis?

—¿Qué es lo otro?

Un leve ruido hizo que los dos callaran y desviaran la vista hacia la puerta. Duarte contuvo la respiración. La punta de su bota había dado de forma imprevista contra el quicial de madera cuando se había acercado a escuchar. Se echó a un lado con sigilo, presto a huir si oía pasos acercándose del otro lado. Pero no, luego de un breve intervalo, pensando que había sido un simple crujido de los tantos que hay en un barco, el teniente retomó la conversación. Ahora fue más explícito.

—Me refería al alférez. ¿Qué haréis si llega a saberlo?

—Bajo ningún concepto debe saberlo.

El teniente compuso una mueca incrédula. El «no debe saberlo» era en el mejor de los casos una pretensión incierta.

Y dadas las circunstancias, podía malograrse. De modo que movió la cabeza, escéptico.

—No debe enterarse —dijo—, pero puede. Esos dos sujetos no parecen ser cualquier cosa. Y me temo que saben demasiado.

Cabía dentro de lo posible. Villafranca no estaba ciego. Los individuos se las ingeniaron para infiltrarse en una operación de contrabando de la que solo tenía conocimiento un reducido grupo de gente. Lograron tenderles una emboscada en la que estuvieron a punto de matarlos a pesar de ser aquella una ciudad erizada de guardias que los protegían; poseían información que los comprometía, y además de eso hacían peligrar un secreto mantenido en la más absoluta reserva durante veintiún años. Todavía le costaba creer que aquellos dos intrusos pudiesen arruinar sus planes, poniéndolo en un aprieto. Las suspicacias del teniente le ayudaban a verlo todo más claro.

—Creo que tenéis razón —recapacitó.

Hasta ese momento no habían tenido oportunidad de intrigar. Tampoco estaban del todo repuestos del asombro. Hacía muchos años que aquel fantasma lo suponían muerto. Hasta ahí la cuestión podía digerirse. Con regresarlo a su debida sepultura tenían. Pero la infausta coincidencia de que el medio hermano del alférez resultase ser además un redivivo peligroso es lo que los tenía perturbados.

—Lo mejor que pudiese pasar —discurrió el teniente—, es que el bellaco sepa solo una parte de la trama.

—Queréis decir, la madre.

—Exacto.

Del otro lado, el alférez pegó aún más el oído a la puerta. Villafranca reflexionó un instante.

—Si es así —dijo—, nuestras preocupaciones se reducen a cero.

El teniente enarcó una ceja, todavía escéptico. Y se sirvió vino.

—No del todo —refutó—. Presumiendo que estemos en lo cierto, de cualquier manera ese fulano puede infundir mala sangre en el alférez. Quiero decir, contra vuestra merced.

Villafranca esbozó una mueca desabrida, rememorando minuto a minuto el día que Duarte se le atravesó en cubierta para preguntarle sobre el hermano, la extrañeza de aquel encuentro, el vuelco que le dio el estómago cuando Jiménez le informó que ese hermano era el grumete abandonado en el mar cerca de Bimini, y más tarde, cuando ya disipado todo rastro de duda le confirmó que aquel era el niño de la inclusa. «El que vos sabéis. No me preguntéis qué hace aquí porque no lo sé». Se reprochaba ahora haber consentido que se quedara a bordo. Maldijo el impulso, la traicionera fuerza interior que lo hizo obrar esa vez de una manera extraña; había sido la voz de un alma irreconocible en un cuerpo que sí era el suyo. La misma que luego hizo que colmara de pequeñas prebendas al muchacho, algo de lo que ahora se arrepentía, una decisión que lo devoraba por dentro. Pero ya era tarde.

—Tenéis razón —dijo.

Habían pasado muchos años. Pero el teniente se tenía guardada una carta en la manga. Fullerías de viejo tahúr que hoy apuesta a favor y mañana en contra.

—Quiero enseñaros algo —dijo.

La hoja que extrajo del jubón y desdobló llevaba estampado el sello del Hospicio de Niños Expósitos de Sevilla. Era una copia del original asentado en el libro de registros, donde aparecía la fecha, sexo, edad, el estado de las prendas con que venía cubierto y el nombre asignado al menor transferido al cuidado de esa casa de beneficencia: Jaime Expósito Duarte. A continuación, en el espacio destinado a identificar los progenitores solo figuraba el nombre de Pilar Duarte, con un añadido: *según la madre, de padre desconocido*. La certificación terminaba con las firmas del sacerdote que lo bautizó: Fray José, y de la madrina: Sor Juana. Nadie podía decir que aquel *de padre desconocido* no era una anotación genuina, salvo el teniente, los dos sobornados: el escribano de la institución y una monja, y ahora Villafranca, que hasta ese momento se sentía preso de la exasperación. Pero la taimada sonrisa del teniente y aquel papel con membrete le suavizaron la jaqueca. Jiménez nunca le dijo que tenía en su poder ese documento, que no le dio en aquella ocasión por si algún día necesitaba utilizarlo en provecho propio. Cuando uno se mueve entre fieras nunca se sabe. Solo le había entregado entonces una carta explicándole lo primordial de su visita al orfanato, en esencia, cómo llevó a feliz término sus instrucciones para que el bastardo fuese aceptado sin peros en la casa cuna y ningún religioso hiciese preguntas indiscretas, aflojando los reales indispensables para enmudecer cualquier lengua suelta. En ese momento a Villafranca le había bastado oírlo decir que la misión estaba cumplida y todo arreglado, y nunca se interesó por algo más que no fuese aquella misiva. No era hombre de escatimar medios para conseguir el fin que se proponía. Qué más podía esperarse del más leal de sus subalternos. El teniente jamás lo había defraudado. De modo que cuando le mostró el documento tuvo un impromptu de vanagloria.

—O sea, que si alguien quiere saber quién es el padre... —Calló de repente, con brusquedad, como si hubiese dicho más de lo que aconsejaban las circunstancias o alguien los estuviese escuchando a escondidas. Más que presentirlo lo adivinó. Hizo un sigiloso ademán con la cabeza y el teniente se incorporó obediente y caminó hacia la puerta, pero dio un tropezón. Cuando la abrió, el alférez ya no estaba allí. Villafranca respiró con serenidad, y entonces completó la idea —. Está jodido.

Después de aquel día acordaron no hablar más del asunto en sitios donde no estuviesen seguros de que nadie oía. Solamente aquí, en mi cámara, resolvió Villafranca, dando instrucciones a una de sus negras para que cada vez que ellos entrasen cerrara por dentro la cerradura, y se quedase velando junto a la puerta. Aun así, el alférez Duarte dio rienda suelta al atrevimiento y se juró a sí mismo seguir pegando la oreja a la puerta cada vez que viese entrar al teniente. Le picaba hondo la curiosidad porque el nombre de su madre estaba de por medio: ¿Cuál era el asunto que él no debía saber? ¿Qué padre era aquel? ¿Qué cosa le mostró Jiménez a Villafranca? ¿Qué pintaban en todo aquello los dos sujetos de la emboscada?

El capitán Doiteadiós y Puñales habían logrado escapar de chiripa. En tránsito al embarcadero se las vieron con dos soldados que se pusieron impertinentes, exigiéndoles papeles.

—Los hemos olvidado a bordo —dijo Puñales, sin muchas explicaciones.

Viendo que la patrulla insistía y que la cosa estaba a punto de dar un mal giro, el capitán se soltó el fiador de la capa y arrimó la mano a la espada. A esas alturas ese tipo de complicación a tan pocos pasos del castillo no convenía.

—A vuestro cabo, nuestro amigo Suárez Muria —dijo— no le va a gustar el trato que nos estáis dando.

Los dos soldados se miraron, dudosos.

—Acaban de asaltar a un caballero frente a la plaza —prosiguió el capitán, apuntando con el índice hacia atrás—. Y están buscando a los forajidos. Más vale que os apuréis.

Recomendación milagrosa, porque instantes después ellos cruzaban el canal de acceso a la bahía, campantes. La noche fulguraba estrellada.

—Vaya calor que hace —comentó Doiteadiós, que se quitó el chambergo y se secó la frente con el dorso de la mano al bajarse en la otra orilla. Luego extrajo un real de plata de la faltriquera y se lo alargó al botero, que sonrió con sus dos dientes solitarios.

—Vayan con Dios —dijo.

—Falta que hace —musitó Puñales.

Subieron alertas por la escalera de piedra que ascendía hasta la cima de la pequeña colina. La trémula luz de una tea al final del trayecto teñía de amarillo las paredes albas de aquella especie de fortín que ya conocían. El retén de guardia estaba sentado frente a la puerta, con el mosquete sobre las piernas y la cabeza encorvada. Igual que el anterior, dormido y roncando a viva fonética. Al pasar junto al puesto, el resplandor de la llama les bailó en la cara. El capitán vio entonces que Puñales le dedicaba al soldado una socarrona sonrisa. Luego caminaron sin prisa tomando precauciones por el trillo que debía llevarlos de vuelta hasta Cojímar, donde aguardarían ocultos todo el día hasta que cayera la noche. Si la caleta por la que habían desembarcado resultaba inadecuada para las dos hogueras que debían prender en la costa, esta vez sí tendrían que atravesar a nado el río. Como en efecto ocurrió. Cuando clareó el día comprobaron la existencia de una pequeña aldea en el extremo de la embocadura, que según todo parecía indicar era de pescadores. El sitio perfecto para que los recogiesen estaba en la ribera opuesta: un playazo de frondosos uveros donde podían permanecer escondidos hasta la caída del sol. El primero en lanzarse al agua fue Puñales. Braceaba con esfuerzo sorteando la corriente a mitad de distancia cuando a una docena de varas a la derecha, río adentro, el capitán vio venir a un cocodrilo con la cabeza a flote, mostrando una formidable hilera de colmillos que no traían buenas intenciones. Sin perder un segundo se llevó la mano a un costado, cogió el pistolete y disparó. El animal se detuvo en seco, dio una sacudida y luego se sumergió, malherido o disuadido por el balazo. El estampido previno a Puñales, que braceó con más fuerza para alcanzar la ribera. El capitán se arrojó sin vacilación al agua imaginando que la descarga, dada la cercanía del caserío, iba a delatarlos. Aquella era una de las peculiaridades suyas: en los momentos de mayor trance la mente de Doiteadiós era de una frialdad espeluznante, siempre dispuesto a matar para mantenerse vivo, pero también resuelto a desafiar el peligro si lo que estaba en juego era el pellejo de alguno de sus hombres.

Ya del otro lado avanzaron a gachas por entre las uvas caletas hasta un lugar bien tupido, y suficientemente apartado como para cubrirse y a la vez observar si alguien venía. Al rato vieron acercarse por la orilla opuesta a dos individuos arcabuz en ristre, registrando la maleza. El desaliño que traían decía que los había despertado la detonación. Vestían de paisano pero las botas que calzaban eran militares. «De pescadores nada», dijo para sí el capitán. Los hombres estuvieron un rato inspeccionando la zona con desgano hasta que, persuadidos de que el disparo había sido de algún cazador furtivo, volvieron sobre sus pasos.

Aprovechando que la mañana despuntaba, buscaron un claro entre los uveros para orearse. Se desnudaron el torso, se quitaron las botas y pusieron las armas a secar. Puñales exprimió el pañuelo como un trapeador y se lo pasó varias veces por la cara. Con la claridad, la cabeza rapada y el rosario de cuentas negras que llevaba al cuello le relucían. Los rayos del sol acentuaban las cicatrices en los brazos y el pecho del capitán, rastros de viejas batallas. Había tirado el sombrero a un lado y se lamía el regusto salobre en los labios. El pelo le caía sobre la frente y parecía sumido en pensamientos remotos.

—¿Lo apreciáis mucho? —soltó a bocajarro Puñales.

Doiteadiós tardó un instante en responder.

—Siento curiosidad —dijo—. Nos criamos separados.

Lo había dicho con un dejo de nostalgia, aunque nada en su rostro lo pregonaba. Tenía la cabeza gacha y cortaba una pequeña rama, poniendo a prueba el filo de la daga.

—Solo nos vimos una vez —deslindó—. Jaime era muy pequeño.

El hecho de que ni él ni el hermano hubiesen conocido a sus respectivos padres lo marcaba. «Dos canallas que nunca dieron la cara», fue la frase que empleó. Lo demás lo relató sin rastro aparente de emoción: el primer encuentro de ambos en el velatorio de la madre, las otras dos ocasiones en que oyó hablar de él, cuando la tía lo sacó de la inclusa para asumir su custodia, y el día que un desertor de la Armada le contó que Duarte andaba de barco en barco averiguando si su hermano había muerto como náufrago o como héroe. De pronto sus palabras perdieron todo matiz. Tenía otra rama en la mano y miraba lejos, en dirección al mar, el aire ausente, como si hasta ahí hubiese narrado una historia impersonal. Pero esta vez en su interior se agitaba algo diferente. Puñales lo conocía muy bien para creer que solo la curiosidad bullía en su mente.

—Algo tenéis en la cabeza —dijo—. Lo sé.

—Nada que cambie nuestros planes.

—No cambiará los planes pero sí os inquieta.

El capitán respiró hondo, reflexionando. Hasta que al fin cedió.

—El alférez —dijo, cortando con más ahínco otra rama. No podía consentir que Duarte estuviese bajo las órdenes de su peor enemigo, y que desconociera la verdad—. Es mi hermano —añadió. Había un punto de pasión en su tono —. Mi sangre.

De cualquier manera intentar de nuevo un acercamiento podía echar todos los planes por tierra. Puñales le insinuó que tal vez no fuese el momento oportuno para aproximarse al alférez, poniéndolo todo en peligro, incluso su vida. Llegado a ese punto Doiteadiós lo miró con aire severo.

—Mi vida es cosa mía —dijo, muy enfático.

Puñales asintió, aprobador.

—Es asunto vuestro. Nadie lo pone en tela de juicio —fijó—. Pero también es cosa de vuestros amigos.

El capitán había dejado de descortezar ramas y ahora hacía dibujos con la punta de la daga en la arena, meditando sobre la vida y la muerte. Hasta ellos llegó el subido olor a salitre y algas de la marea baja. Puñales arrancó una brizna de hierba y se la acomodó en la comisura de los labios; extendió las piernas y se echó de espalda sobre los codos.

—¿Sabéis un cosa? —prosiguió—. Yo también tengo un hermano.

—¿Bromeas? —El capitán había dejado de trazar arabescos con la daga.

—Bromas y aceitunas, pocas o ninguna.

La frase hizo sonreír a Doiteadiós, ya relajado.

—¿Es como tú?

—Quisiera él —se guaseó el vizcaíno—. Viste sotana, el infeliz. De manera que nunca ha gozado de los dones magníficos de la libertad.

Algo se movió entre los uveros y los dos desnudaron la espada. La hierbas a ras del suelo se iban separando de forma gradual en línea recta hacia ellos, hasta que entre la maleza hizo su aparición un cangrejo moro con ambas pinzas abiertas, guapetón. En un zis zas, Puñales le cercenó el más grande de los dos instrumentos y el bicho se retiró a toda velocidad, derrotado. Hacía casi veinticuatro horas que no probaban bocado, lo que para el vizcaíno era una angustiosa proeza. Con una piedra quebraron el carapacho del crustáceo y se zamparon con gusto la carne, blanca y jugosa. El festín no paró ahí, porque durante un buen rato estuvieron llegando en fila con envidiable disciplina numerosos congéneres, todos en actitud agresiva. Cuando el sol llevaba más de seis horas en el cielo sus rayos rebotaban en la hierba como lanzas de fuego. El sudor les hacía un cerco en el cuello, y las gotas les rodaban por el pecho y la espalda. La tarde transcurría sin un soplo de brisa, y la digestión y el calor se encargaron de lo demás. Alentados por la seguridad que les ofrecía el sitio, bien adentro en la espesura de una porción inexplorada de la costa, los dos se echaron en una sombra a dormir la siesta. Al menos faltaban cuatro o cinco horas para que anocheciera.

El gruñido lo despertó como en un sueño que termina y da paso a una pesadilla. Los afilados colmillos mordieron con rabia la espada con que el capitán paró al animal cuando lo vio describir un arco en el aire, abalanzándosele sobre el pecho. Hombre y fiera dieron varias vueltas en el suelo, cada cual aferrado a su agilidad, fuerza bruta y astucia; él impávido, clavándole con tesón la hoja contra los incisivos y belfos al perro salvaje, que se defendía con furia. Transcurrieron cinco segundos que pudieron haber sido sus últimos si la certera cuchillada que le dio con la zurda no hubiera abierto en dos la yugular del jíbaro, que desfalleció en el acto. Puñales aún se frotaba los ojos sin dar crédito a lo que veía: el capitán ensangrentado, y al lado el cadáver de un perro con un tajo en el cuello que aún borboteaba.

—Esa sangre... —atinó a decir Puñales.

—No es mía.

Hugo Valdés de Villafranca no hizo el menor ademán de extenderle la mano. Lo tenía molesto la manera en que el Matón había llegado, irreverente, tomándose excesivas confianzas y chupándose los dedos grasientos de un chicharrón que venía comiendo por el camino. Así que se limitó a señalarle, con visible desagrado, que se sentara. El hombre seguía masticando y sus ojos saltones como los de un sapo parecían taladrar a Villafranca, que deslizó con el dedo hasta el centro de la mesa un reluciente doblón con el escudo del rey.

—Quiero un trabajo limpio —dijo.

El hombre, de mediana estatura y corpulento, permaneció de pie.

—Los quiero muertos —añadió Villafranca, consultando en silencio con el teniente, que afirmó con la cabeza—. Sin mucho ruido y con pruebas.

—Son dos fiambres y veo solo una moneda —masculló el de los ojos de sapo, que seguía royendo el chicharrón.

—Las otras vendrán luego.

—Sería bueno precisar cuántas.

—Tres y se las entregará el teniente, aquí a mi derecha, cuando verifique que todo está en regla.

En regla significaba que los cadáveres debían permanecer ocultos en casa del comerciante Rojas hasta que Jiménez los identificase. Una vez cumplido el trámite ambos cuerpos serían echados a la vera del camino, dando a entender que habían sido víctimas de un asalto. Un robo como cualquier otro, por lo que debían ser despojados de todo objeto de valor.

—El dinero y las armas, ¿de quién son?

—Puede quedárselos vuestra merced —aclaró Villafranca, reparando en las mejillas hundidas del Matón.

La idea era que se escondiese en la vivienda de Rojas y no se moviese de allí hasta que aparecieran los dos fulanos, cuya minuciosa descripción ya le había hecho el teniente, quien además lo previno de que eran muy diestros con la espada.

—Son peligrosos —dijo.

—El peligro lo pongo yo —repuso el otro, jactancioso—. ¿Tenéis idea de cuándo aparecerán?

—No. Pero los quiero fríos, bien fríos —insistió Villafranca, con un gesto seco, breve.

En tres minutos concertaron el negocio.

Había anochecido y la lluvia regresaba. Don Alonso Caso Toledo se demoraba en el despacho oyendo en actitud displicente las explicaciones que le daba el capitán Villafranca del porqué los dos incógnitos dados a la fuga estaban siendo difíciles de atrapar. Impaciente, el regidor se enjugaba con un pañuelo de seda el sudor, rezongando en voz baja por el bochorno que todavía a esa hora entraba por las ventanas, abiertas de par en par.

—Verá su ilustrísima... —aduló el capitán de mar.

—Ya le he dicho que se ahorre la reverencia. —Lo interrumpió don Alonso Caso con un gesto de manos que decía: no más.

—Le explicaba que mis mejores hombres han revisado de cabo a rabo todos los establecimientos.

—¿Y?... —el regidor taconeaba en el piso y con cada golpe Villafranca, que bebía vino, iba perdiendo la compostura.

—En posadas, barracones, viviendas, tabernas... —Se atoró e hizo una pausa; tras aclararse la garganta, prosiguió—. Comercios de bajo pelaje, antros de mala reputación, usted sabe, y también en todos los barcos fondeados en la bahía. No quedó uno sin inspeccionar, de pesca o mercante.

—¿Y?...

Don Alonso Caso había elevado el tono de la pregunta. Poniéndose en pie movió con trabajo su voluminosa anatomía hasta alcanzar la tabaquera sobre el escritorio para coger una pulgarada de rapé.

—Nada. Pero le garantizo que no se fugarán —Aunque no estaba tan confiado, y velozmente rectificó—. Si escapan es de milagro.

—¿La pregunta es dónde están, mi querido capitán de flota?

—No lo sé.

Dicho esto Villafranca se atragantó con el vino. El regidor le echó una mirada de áspid por encima de los quevedos.

—En otras palabras, no está usted seguro —dijo, aspirando polvo de tabaco, del que sin duda era un adicto empedernido.

Precisamente eso era lo que más le preocupaba. La inseguridad del otro.

—Si hubiese sabido esto —prosiguió— no hubiera puesto el asunto en sus manos —Se sentó de nuevo, dejándose caer con estrépito en la butaca y redondeó la idea, mordaz—. Cualquiera de mis ayudantes podía haberlo liquidado de una vez, algo que en primera instancia ni la espada del teniente ni la suya pudieron hacer.

Villafranca soportó el golpe bajo con ecuánime conformidad porque venía de quien venía, pero no pudo evitar que las orejas y las mejillas se le enrojeciesen, ardientes de furor. Durante la velada en casa de los Bobadilla había llegado a creerse en el olimpo, merecedor de la inmunidad y facultades que confería a sus protegidos el regidor de la ciudad, con su simpatía y apoyo en un bolsillo, y la hija de un acaudalado primo en trámite de convertirse en su prometida, un escalón primordial en el ascenso a la cima. En suma, el sinfín de oportunidades que ofrecían los caminos del Nuevo Mundo tocando a su puerta: el dinero, la influencia, el poder, todo al alcance de la mano, y de repente ¡zas!, aquellos dos facinerosos le aguaban la fiesta. Lo que estaba lejos de imaginar era que mientras él capeaba la embestida del regidor, Beatriz todavía trataba de reponerse del anuncio que le hizo el tío: «El capitán Villafranca es un magnífico pretendiente. Acabo de comunicárselo en una carta a vuestro padre». Y de la confesión esa mañana de su prima Evangelina: «Ese de anoche es un bandido muy raro. Apuesto como ninguno, y sin la menor facha de ladrón», le dijo la joven, que la víspera había presenciado desde una ventana el careo del alférez Duarte con los dos desconocidos, mientras ella, indispuesta antes de que concluyera la cena, se retiraba a llorar a su habitación.

—¿Cómo es ese bandido? —preguntó a Evangelina. Y la respuesta le causó aún mayor desazón.

—Alto, robusto, de nariz griega, con rizos... ¡Qué porte, mi prima! Pero qué deciros, el alférez se lució y no se dejó intimidar. Valiente el mozo, ¿eh?

—¿Se batieron?

—Es lo que os digo. ¡Os juro que nunca he visto forajidos semejantes! El otro se mantuvo apartado, y el más gallardo, del que os hablo, lo único que hizo fue parar estocadas y hablar.

—¿Hablar?

—Sí. Algo le dijo al alférez que lo paralizó.

—Ese hombre, ¿llevaba chambergo?

—Negro. ¿Por qué?

—Por nada —titubeó Beatriz—. Solo por curiosidad.

El asunto es que cuando las dos jóvenes llegaron al gabinete de don Alonso Caso, Villafranca aún se tragaba muy a disgusto el trago amargo servido por el regidor, que le decía, casi rugiendo: «¡Usted sigue sin comprender, señor capitán!».

La entrada de ellas sin previo aviso le transfiguró el semblante al padre de Evangelina, que se incorporó con mucho trabajo de su asiento balanceándose como un tentetieso, bonachón.

—Mis dos mariposas —dijo—. Ya ve señor capitán de mar, como le decía, cual de las dos más bellas.

«Viejo camandulero», pensó Villafranca mientras se ponía en pie para tomar la mano de Evangelina, que sonriente como un querubín lo saludaba haciendo una genuflexión, gesto que acto seguido imitó Beatriz, pero sin despegar los labios ni levantar la vista del piso. No necesitaba volver a mirarlo para medir el grado de repulsión que le provocaba aquel hombre. Y esperaba que su padre la protegiese oponiéndose a aquel enlace. Él la observaba, interesado.

—¿Podemos hablar, ahora? —se aventuró a preguntar, atrevido.

Ella reaccionó con un imperceptible sobresalto y un no contenido que no pasó inadvertido al regidor.

—Ahora no —dijo este, insinuando al capitán con la vista que se sentara—. Ya tendréis ocasión de charlar. Ahora es momento de que sigamos hablando los caballeros. —Y con la misma las despidió.

El objetivo inmediato de don Alonso Caso era matar dos pájaros de un tiro. El primero, apretando todavía más las tuercas a Villafranca para que acabara de echar guante a los dos evadidos, como condición *sine qua non* para incluirlo en un nuevo negocio mercantil que tenía entre manos. Y el segundo, alargando el plazo de aquel noviazgo en el que su sobrina fungía como letra de cambio, so pretexto de que las mujeres necesitan mucho tiempo para todo. Aquel marrullero capitán de flota disponía de cuanto él necesitaba: un buen barco con dotación de 300 soldados, libertad para transportar a bordo lo que a él se le antojara, y licencia para cruzar de ida y vuelta el océano. Sin embargo, aún no estaba seguro de que fuese el hombre indicado para cometidos a gran escala como los que ya estaba urdiendo. Eso primero había que probarlo poniendo a su disposición el auxilio de toda una red de soplones, rufianes, voyeristas, guapetones de taberna y recaderos, gente bien instalada y muy competente para enterarse de los secretos.

—Le doy tres días para capturarlos —concretó—. Ni uno más.

Beatriz celebró la audacia del alférez con todo el poder seductor de que es capaz una mujer cuando se lo propone. Lo había invitado a charlar so pretexto de elogiarle la hazaña, a lo que él accedió con gusto, menos por vanidad que por el interés de verla. La sobrina del regidor vestía un sencillo traje beis que realzaba aún más el negro de sus cabellos. Él la hallaba encantadora.

—Ha sido muy valiente, vuestra merced —dijo, observándolo desde el fondo de sus ojos miel.

—Solo lo necesario —repuso él, derrochando modestia.

Beatriz apretaba las manos en el regazo evaluando cómo iba a entrarle al alférez, que no le quitaba el ojo de encima.

—Dígame una cosa. ¿Es cierto que ese hombre, el del chambergo, le dijo algo que vos no esperabais?

La pregunta le suspendió el ánimo. Ella notó que él la miraba como si le hubiesen adivinado sus secretos. Solo al rato respondió.

—Me dijo que no quería pelea.

—¿Solo eso?

—Creo que sí —la voz se le entrecortó.

Beatriz se llevó a los labios el vaso de aguamiel que un criado trajo, y bebió un sorbo.

—No parece vuestra merced muy convencido de la respuesta.

El alférez calculaba bien las palabras, como quien transita por terreno minado.

—Quizá fue una treta —adujo, mirándola confuso—. Para engatusarme.

—Entonces ¿por qué no se batió?

Hubo otro largo silencio.

—No sé qué os habrán dicho...

Ella se le acercó, insinuadora.

—Qué tal si me lo cuenta usted —dijo, haciendo una carantoña—. No se haga rogar. Sea complaciente.

Asaltado por una inesperada sensación de intimidad, el alférez deslizó la vista por el rostro de la joven, los radiantes ojos miel, los labios firmes, el cuello, las manos, de nuevo le miró la boca y otra vez el cuello. Se sintió tan seducido que acabó narrándole lo que recordaba de su infancia en el hospicio. Años que lo marcaron como el martillo y el fuego fraguan el hierro. Aquella estancia fría y húmeda donde primero aprendió a llorar que a reír, la comida rancia y poca, servida en escudillas renegridas, la rígida disciplina de las monjas siempre rayana en el escarmiento, el pavor de saberse desamparado cuando despertaba en medio de la noche, las frecuentes zurras que le propinaban los niños de mayor edad. Todo era algo ya lejano pero que regresaba en los sueños, inexorablemente, después de que la tía lo sacó de aquel infierno ofreciéndole abrigo y la única educación de su vida, porque su madre soltera con otro hijo y sin recursos para darle crianza decidió entregarlo recién nacido al hospicio, y luego, negada a revelar quién era el padre, se llevó el secreto de su nombre a la tumba. Durante algún tiempo albergó la esperanza de que el hermano, mayor en edad, pudiese responderle algunas interrogantes. Pero cuando le comunicaron su muerte a bordo de un galeón de la Armada, aquella ilusión se le sumió en sombras. Aunque no se borraba de su mente la idea que tenía de él, difusa y distante, de la única vez que de niño le había visto.

El calor se filtraba por la habitación y Beatriz, sin saber qué decir, sostenía el abanico cerrado en la mano, como si hubiese olvidado que sudaba. El alférez no supo por qué le contaba cosas que ella no había preguntado. Iba a añadir algo más del hermano pero calló. No encontraba palabras que lo ayudasen a recuperar todo lo que daba por perdido. Fue entonces, finalmente, que la complació.

—Ese hombre mencionó el nombre y el mote de mi madre —dijo.

Beatriz quedó estupefacta, abanicándose ahora con fuerza como si todo el calor del verano se le hubiese metido de pronto bajo la piel. Hizo ademán de acercársele pero antes echó una ojeada hacia la puerta, por donde pasaba de nuevo la sirvienta. Después se inclinó hacia él, apoyando los codos en las rodillas.

—¿No le parece muy raro? —susurró, temiendo que alguien la oyera.

Duarte tragó en seco, y se rascó el cuello con el índice.

—Mucho —articuló al fin.

—¿Y qué habéis pensado?

De momento el alférez no respondió, y esbozó una sonrisa incierta.

—¿Nada de nada? —insistió ella—. No puedo creeros.

—Solo se me ocurre pensar que ese hombre sabe algo de mi que yo no sé.

Beatriz asentía, y estaba a punto de comentar al alférez lo que ella dilucidaba de todo aquello cuando en eso llegó el regidor y puso fin a la conversación. Era evidente que detrás de aquel misterio se escondía un secreto mayor, algo gordo que por ahora, a falta de indicios, ni ella ni él podían descifrar. Las coincidencias eran muchas: que océano de por medio ese hombre conociese el santo y seña de la madre de Duarte, ya difunta; que rehusara dispararle al alférez; que le hubiese propuesto parlamentar, y que él y su compañero hubiesen intentado liquidar al antipático de Villafranca y al teniente sin poner un dedo encima al alférez. Demasiadas casualidades en una sola noche. Tantas que ya no creía disparatado inferir que la descripción de aquel sujeto no estaba reñida con la del enigmático individuo, paradójicamente cortés, que noches atrás irrumpió en su casa, armado hasta los dientes, con una cuadrilla de forajidos. Y por mucho que intentó esclarecerse la mente no supo como llamarlo. Si pirata o caballero.

Sumergido hasta el cuello muy cerca de la orilla, el capitán lavaba la ropa y se limpiaba la sangre del jíbaro que le cubría el pecho. Un hilillo de humo ascendía a lo lejos de los arbustos en la punta de la desembocadura. Soldados o pescadores, quienes habitasen en aquel caserío, estaban a suficiente distancia como para no verlos. La hora también ayudaba. El cielo, espléndido, era un espectáculo digno de pintores. El sol caía en declive amarillando la franja del horizonte, y sus rayos se reflejaron como en un espejo sobre el carapacho de un carey, que pasó a su lado cual madero que se desplaza a la deriva. Puñales apilaba en la arena ramas secas para encender las hogueras con que harían señales a la Centella. En la lejanía se divisaba un diminuto triangulo, la indudable vela de un navío, que rápidamente se tragaron las sombras. «Son ellos», dijo para sí el capitán, que ya salía del agua.

Todo transcurrió de acuerdo con lo previsto. Todavía en penumbras, antes de que se hiciera de noche y hubiesen dado fuego a las piras indicando su posición, la vista de águila del Mozo logró divisarlos en la costa. Para ponerlos sobre aviso, Hawkins dio la orden de prender solo un instante el fanal de popa y otro en la proa antes de acercarse a la orilla, escudados en la oscuridad. Cuando la Centella se aproximó a la playa ya ellos estaban esperándola. Poco después subían a bordo.

—¿Algo de comer, capitán? —se interesó el Lengua, abriéndose paso con dificultad entre la tripulación, que se agolpaba en el lado de babor para recibirlos.

Doiteadiós tardó unos instantes en responder que sí con la cabeza. Se había quitado el sombrero y se acomodaba en su silla cuando el Lengua entró a la cámara con caldo, bizcocho y una garrafa de vino peleón.

—Les tengo buenas y malas noticias —dijo a sus hombres.

Hawkins se rascó la barba con el muñón del pulgar perdido de un arcabuzazo en el asedio a Puerto Rico, y con desusado aire pensativo hizo amago de hablar.

—Ninguna noticia es mala si estáis aquí. —Se le adelantó el Holandés, con el rostro cubierto por la nube de humo de la pipa.

—Hum... —Sonó bajo y quejoso el Lobo, rezumando celos por la loa del piloto.

A grandes rasgos el capitán les contó la celada que le tendieron a Villafranca, y cómo a último minuto este se libró por un pelo de guindar el pellejo. Nadie lo lamentaba tanto como él, pero para reparar el daño ya tenía planeada una segunda incursión. Y esa era la buena noticia.

—Hay un raudal de lingotes de oro esperando por nosotros —abundó.

Todos trataron de hablar a la vez menos Puñales, que mojaba un bizcocho en el caldo de pescado en salazón y contemplaba un moscón que había caído en la escudilla del capitán.

El maestre Hawkins impuso su voz áspera y estruendosa, de manera muy escueta para no perder la costumbre.

—¿Dónde y cómo? —preguntó.

El tesoro se hallaba escondido, según explicó Doiteadiós, en las mazmorras del Castillo de la Fuerza. Nadie sabía con exactitud la cantidad pero eran muchos cajones, repletos de reales de plata, gemas y otras riquezas, todo extraído de las posesiones españolas en ultramar y acumulado en La Habana antes de ser transportado a Sevilla por la Flota de Indias.

—Sabemos cómo hacer que parte de ese oro sea nuestro —dijo, mostrándoles el croquis de la fortaleza.

Conociendo al dedillo la capacidad artillera del enemigo en la entrada del puerto de La Habana, el Lobo arrugaba la boca, escéptico.

—¿Habéis sacado la cuenta de las bocas de bronce que nos estarán apuntando? —inquirió, con inquietud profesional.

El plan era audaz y de una simplicidad escalofriante. Mientras más cañones tuviese emplazados el adversario mejor para ellos, un contrasentido que agrupando números y aplicando la ciencia militar: ángulo de tiro, potencia de fuego, dirección y todo eso, el Lobo se negaba a creer.

—No es posible —dijo.

—Sí lo es, mesié Ducrot —insistió el capitán.

El cómputo era sencillo. A más piezas de artillería apuntando al mar más hombres para atenderlas, y menos soldados para combatir en tierra.

—¡En tierra? —El tic nervioso del Lobo le paralizó por completo el párpado izquierdo.

—Mesié Ducrot —explicó Doiteadiós—, el ataque, si se le puede llamar así, no será por mar.

Tenía fraguado el plan al detalle. Desembarcarían en Cojímar, tomarían el caserío, luego ellos irían a La Habana y en pocos días, tal vez dos o tres, lo tendrían todo arreglado. La víspera del asalto, la Centella y el patache San Gabriel recalarían de noche mar afuera de manera que al amanecer fuesen visibles desde la costa. Era de presumir que tan pronto divisaran las dos enseñas piratas cundiera el pánico en la ciudad, y los españoles se diesen a la apremiante tarea de reforzar los baluartes del Morro y la Punta con toda la tropa de que disponían a fin de repeler un ataque, confusión que ellos aprovecharían para entrar al Castillo de la Real Fuerza, que por estar más adentro en la bahía no figuraba en la primera línea de defensa. Los ocho darían el golpe después de que oscureciese.

—¿Los ocho? —preguntó Hawkins, rascándose de nuevo la barba.

La idea era que los dos bajeles permaneciesen al pairo todo el día frente al litoral insinuando el acecho hasta el crepúsculo. Entonces al abrigo de la oscuridad la Centella pondría proa a poniente con todos los fanales prendidos, de manera que los españoles creyesen que el área de operaciones de los piratas era al oeste, hacia el Golfo, o sea en dirección opuesta a la de ellos. La Centella retornaría esa misma noche a Cojímar y anclaría en el estuario junto al caserío, en espera de que ellos dos y los otros seis regresaran con el oro.

—¿Seis? —preguntó el Holandés, desorientado.

—Solo seis —reiteró el capitán, quien explicó que Puñales y él regresarían a buscarlos a Cojímar cuando tuviesen listo todo para entrar a la fortaleza. Solo el buque fantasma permanecería fondeado frente a La Habana.

—¡Válgame Dios! —El Lobo aún no lo veía claro, aunque ahora tenía los dos ojos abiertos—. ¿De qué fantasma habláis?

—Del patache, mesié Ducrot —dilucidó el capitán—. El San Gabriel nos servirá de señuelo.

Según la deducción de Doiteadiós, nadie en La Habana podía imaginarse que el barco iba a ser abandonado de noche. Y el tiempo que les tomase esa mañana a los españoles decidir qué hacer les sobraría a ellos para embarcarse con el oro y poner pies en polvorosa. En teoría el truco era perfecto.

El Holandés se daba golpecitos en el labio con la boquilla de la cachimba.

—¿Y si antes nos atacan? —preguntó.

—No lo harán por dos razones —adujo el capitán—. Sus naves son más pesadas y nunca nos darían alcance. Además, estarán muy atareados fortaleciendo las defensas de la ciudad.

En el magín del maestre Hawkins aún revoloteaba un dilema.

—¿Qué difícil puede resultarnos Cojímar?

—Ocho hombres sobramos para liquidarlos —garantizó Doiteadiós—. No creo que haya en el caserío más de cuatro soldados. De cualquier manera, una vez que tomemos el poblado, no se hará nada sin mi autorización.

—Y lo más importante, el oro —demandó el Holandés—. ¿Cómo haréis con solo ocho hombres?

El capitán masticaba despacio un trozo de bizcocho y demoró en responder.

—Cargaremos con todos los lingotes que podamos —dijo—. Eso, más unas cuantas esmeraldas, y vamos sobrados.

—¿Y el resto?

—Lo demás se queda. Pájaro en mano es mejor que cien volando.

El Lobo no se pudo contener.

—¡Qué desperdicio! —opinó.

Doiteadiós lo miró, frío.

—Es eso o nada, mesié.

—Una es de oro, dos es de plata —terció Puñales, zumbón—. La tercera te mata.

—¿Cuándo es la movida? —quiso saber Hawkins, sonándose ruidosamente la nariz.

—Tenemos a lo sumo dos semanas para concretar la fiesta —dijo Doiteadiós, previendo la eventualidad de que la flota partiese temprano.

Catorce días serían suficientes para ir hasta el río Undoso, reabastecerse y retornar con los dos barcos a La Habana. Él escogería en persona los seis hombres del asalto entre los que hablaban español. De primera intención ya tenía seleccionados a dos: Berrinche, un malagueño cascarrabias muy diestro en artes marciales, y Bocamuerta, un castellano con cara de niño y granitos de adolescente capaz de diezmar enemigos igual con los aceros que con el tufo de su aliento letal.

De pie tras la mesa Polvorilla cargaba a Perseo, que jugaba dando zarpazos a la pata de conejo blanca del mulato, y movía la cola como si aceptase de entera conformidad todo lo que su amo decía, a diferencia del Lobo para quien todavía aquel rompecabezas tenía piezas que no encajaban.

—¿Y qué haréis con el Villafranca ese?

—Al menos ya pasó un buen susto —intercaló Puñales, que seguía observando el pataleo del moscón en la escudilla del capitán.

Doiteadiós le echó al condestable una ojeada gélida. Aquello era asunto de su competencia.

—De eso me ocupo yo —repuso—. Más pronto que tarde.

CAPÍTULO VIII

EN LAS NARICES DEL ENEMIGO

La impaciencia le ardía en lo más hondo de sus ambiciones al capitán Villafranca. El Matón no daba señales de vida, ni de muerte. El tiempo corría y nadie podía dar por seguro que aquellos dos malditos intrusos aparecerían en casa del difunto mercader. Era seguir corriendo un albur que, intuyó, podía empezar a perjudicarle el bolsillo. De modo que no esperó que transcurriesen tres días. Solo aguardó menos de dos para dar al regidor la noticia que este esperaba.

—A estas horas están más fríos que viuda en invierno —le dijo.

El anuncio de que sus hombres habían localizado a los dos fugitivos sin necesidad de apelar al auxilio de los sabuesos y matarifes del regidor, prestos a liquidar a su madre si era preciso por un par de escudos, además de preservarle intacto el bolsillo en sentido figurado le devolvía intactas las ínfulas. Según su relato, luego de sorprenderlos y liquidarlos en un camino apartado en las afueras de la ciudad los abrieron como puercos, los metieron en un serón con lastres amarrados a los tobillos, y los tiraron al mar frente al Morro, allí donde las aguas eran más profundas.

Todo era mentira. Pero analizándolo bien eso era lo de menos. Probablemente aquellos dos sujetos no asomasen más el hocico por esos lares. Eso sí, planeaba mantener firme la orden de pescarlos como sardinas y deshacerse de ellos como morralla si aparecían. Su teniente y hombres de más confianza tenían instrucciones precisas para darles el recibimiento y la despedida adecuados si mostraban el hocico. Así que no había por que atribuirle demasiado vuelo al embuste, que además de restituirle su disminuida reputación le alfombraba el camino hacia empeños de más altas utilidades con don Alonso Caso.

—Se ha crecido usted, capitán.

—De mar, vuestra merced —volvió a corregirlo, presuntuoso—. Capitán de mar.

El regidor sacudió la mano con desagrado, dando a entender que no estaba para pedanterías.

—Dado que hemos llegado a este punto —dijo—, os propongo que pasemos a asuntos mayores.

Se refería de esa manera al nuevo negocio cuya ejecución ya tenía en fase muy avanzada y que contaba con la venia y participación, entendida esta por repartición y no cesión de intereses, de un banquero portugués, cuyo nombre omitiría por el momento; un alto oficial de la Real Hacienda con acceso privilegiado a todos los caudales de la Corona, del que también iba a reservarse la identidad, y el conde de Olmedo, que era un caballero de probada honra y perspicacia para los trajines comerciales, del que nadie podía afirmar —otra cosa muy distinta era suponer— que fuese un timador como alguna gente comentaba en la Península. El negocio consistía en una mera operación de suma por un lado y de resta por el otro. Algo tan elemental como que el arqueo declarado en los barcos no coincidiera con el auténtico.

—O sea, más de lo mismo —conjeturó Villafranca un poco decepcionado, pensando que se trataba de algo parecido al contrabando de tabaco.

—Se equivoca —dijo el regidor en un susurro—. Esta vez es un asunto más delicado. Y de otro color.

Los dos se calibraban.

—¿De qué tamaño? —preguntó Villafranca.

El regidor empujó con la mano una araña que descendía del techo suspendida del hilo como una acróbata.

—Unas toneladas en exceso para nosotros por acá —dijo—, y otras tantas en defecto para ellos por allá.

Villafranca miraba balancearse la araña desde los profundos cercos grises de sus ojeras.

—¿Quiénes son ellos?

—La Corona —precisó el regidor.

Los ojos de rata del capitán de mar eran ahora de ave de rapiña.

—¿Carga?

—El oro de Su Majestad.

El negocio, según explicó meridianamente, exigía mantener las bocas bien cerradas, los manifiestos sin excusa alterados y una meticulosa compartimentación: donde iban cuarenta se declaraban diez. No más. Y para encubrir la trampa, o sea, para compensar el peso sobrante, había que quitar cañones de los galeones, corriendo el riesgo de que un ataque pirata les malograse toda la operación, en cuyo caso —oficialmente hablando— el rey era el único perdedor, puesto que el de ellos era un oro que no existía.

—Nuestros lingotes son polizones —definió el regidor.

Villafranca parecía meditar el asunto, sopesando pros y contras.

—Es arriesgado —dijo.

Había poca luz en la habitación, la suficiente para apreciar la sombra de miedo que le nubló al capitán la mirada.

—Lo es —carraspeó el regidor—. Pero si no se moja usted el culo no comerá pescado.

La frase sonaba más a advertencia que a consejo. Villafranca había dudado un instante, sudando, la carne de gallina y haciéndose ovillos las manos, que parecían garras. Pero terminó aceptando el trato vencido por la avaricia, pensando en la fortuna que le ofrecía la tirada: una atractiva fracción de los cien ducados de oro que valía cada barra. El contrabando de tabaco ya pactado sería embarcado de inmediato en el bajel de un mercader que partía rumbo a Sevilla. No había mejor barco que el Santa María del Rosario para acarrear los lingotes. Y nadie mejor que él, la máxima autoridad en el galeón, para garantizar que el flete dorado llegase intacto a Sanlúcar, donde otra embarcación se ocuparía de trasladarlo hasta su destino. En esas quedaron. Luego le dio la noticia de que Beatriz se veía obligada a regresar de inmediato a Matanzas. Razones muy poderosas del pasado que reclamaban su presencia en el presente. «Complicaciones de familia», le dijo. Por lo que la joven se excusaba con mucho pesar, noticia que él recibió con ladina resignación. Más de una vez se había jurado a sí mismo no perder nunca la cabeza por una doncella. No iba a hacerlo ahora poniendo en juego aquellas barras de oro. Una sola de ellas valía mucho más para él que la más bella de todas las damas.

Más tarde, Villafranca despalillaba el asunto con el teniente Jiménez sentado frente a una jarra de vino y un par de huevos que le frio la negra Dolores, la favorita de sus criadas por hacendosa y pulcra, pero mayormente por aquel descomunal trasero que la distinguía entre todas y a él lo trastornaba. El Santa María del Rosario se balanceaba acompasadamente, movido por la brisa que afuera colmaba de mansos remolinos de aire la bahía. Su más fiel colaborador lo escuchaba con las piernas cruzadas.

—Le voy a contar en qué estamos —dijo Villafranca, tras ordenar a Dolores que cerrase la puerta y soplarse la nariz con un lienzo que se sacó de la manga del jubón. La historia fluía de su boca de una manera mucho más fácil de lo que en realidad era. Había que fletar el oro con absoluta reserva. Destinarle un sitio accesible pero a la vez seguro en la bodega del barco, lejos de los lugares de mayor tránsito de la marinería. Necesitaban hombres de absoluta confianza para subirlo a bordo, custodiarlo durante la travesía y luego bajarlo llegados a puerto. Esconder un alijo de tabaco, incluso un cajón con lingotes era cosa de aficionados, pero dos o tres toneladas de oro era como subirse un elefante en la oreja. Eso sin tener en cuenta otros impedimentos, como que era necesario prescindir de tres cañones de hierro por motivos de peso disfrazando bien las razones, y que un navío de guerra estaba autorizado a llevar mercaderías solo cuando fuese de rigor, en cuyo caso debía inspeccionarlas la Casa de Contratación. Pero para él todos esos eran inconvenientes menores que a sus subalternos correspondía resolver. Nadie tenía por qué saber que aquellos lingotes no pertenecían a Su Majestad. Solo ellos dos. Ya buscarían una coartada.

—Ese oro —garantizó— se va con nosotros de cualquier manera.

Estuvo un rato pensativo, siguiendo con la mirada al teniente que aún aprobaba con la cabeza cuando recordó que debía advertirlo de la otra cuestión.

—En cuanto al hermano del alférez y ese otro granuja, no me suspenda la cacería. Eso sí, para conocimiento del regidor ese es un asunto resuelto.

—¿Resuelto? —Jiménez se enderezó en la silla y arqueó las cejas.

Dolores les sirvió más vino y les trajo un candil, pues ya anochecía.

—Le dije al regidor que los capturamos —Villafranca daba vueltas a la jarra entre las manos—. Y que los cadáveres los echamos al mar.

Sobresaltado, el teniente se tocó la pluma del chapeo pensando que se le había caído. «Y qué ocurre si vuelven», se dijo.

—¿Tan confiado estáis de que no regresarán? —preguntó, inquieto.

Villafranca tenía el pelo desordenado y su rostro huesudo se veía cetrino.

—Espero no verlos otra vez —dijo sin estar muy seguro de sus palabras.

Aquella misma noche pasadas las doce, recostado sobre un cañón en el entrepuente, el extremeño Nuño «Piolo» Garrote se desfogaba de pasiones pélvicas con su hembra, la negra Dolores, mientras entre mordidas ardientes y crispaciones púbicas esta le susurraba al oído que lo deseaba, que lo gozaba y que también lo amaba pero que luego tenía que confesarle secretos. Él, mudo y sordo, no la oyó hasta después del orgasmo, echándose agotado y sudoroso al pie de la cureña. Un destello de luna se filtró por la porta y le iluminó la coleta rubia. Dolores lo acariciaba.

—El hermano del alférez vive —dijo.

—¿El ahogado?

—Ese mismo.

—¿Cómo lo sabéis?

Ella le contó que todito lo había oído de boca del teniente y de su amo, que no querían que el alférez supiese que el ahogado estaba resucitado, que ellos lo andaban buscando y a otro más para despacharlos, y que habían mencionado al regidor, quien por cuestiones de negocio que ella desconocía ya los creía muertos. Pero había más: Villafranca y Jiménez preparaban un gran golpe que consistía en el desvío de varias toneladas del oro de la Corona. El hurto al rey sería transportado de contrabando en el Santa María del Rosario cuando zarpara rumbo a Sanlúcar, en el viaje de retorno de la flota.

Una sonrisa traviesa se dibujó en el rostro de Nuño Garrote, que había prometido a Dolores vengarla de los abusos verbales y carnales de Villafranca.

—¿Estás segura de que Duarte no sabe nada de eso?

—Nada —dijo ella, haciéndole jurar que no haría ninguna locura.

Cuando al rato el Piolo fue a hurtadillas al camarote del alférez la puerta no estaba cerrada. La empujó suavemente y entró. Avanzó a tientas, tratando de adivinar los obstáculos en la oscuridad para no tropezar con el coy donde a esa hora con toda seguridad dormía el otro. A los pocos pasos reconoció al tacto una pequeña mesa con la espada. Extrajo la nota que guardaba en la camisa y la colocó dentro de la cazoleta del arma. Duarte resopló entre sueños y el subconsciente lo despertó. Pero al Piolo le dio tiempo a salir en silencio. Medio dormido aún, el alférez se sentó en el coy y cuando se percató de que la puerta estaba entreabierta se levantó a cerrarla. Nada le hizo sospechar que alguien había estado allí, por lo que se echó de nuevo a dormir.

La mañana se abrió ventosa y el balanceo del coy lo despertó. El misterio de los dos desconocidos volvió a darle vueltas en la cabeza mientras se echaba agua de la jofaina en la cara. Luego se vistió, se calzó la botas, se ciñó el tahalí y cuando fue a tomar la espada descubrió el papel, que decía:

Vuestro hermano está vivo. Os diré más hoy a la caída del sol en la Plaza de la Ciénaga, junto al Callejón del Jagüey. Ve solo.
    Un amigo

Algo en el pecho le dio un salto y la boca se le secó. Primero el lance en la calle de las Cruces que aún lo traía turbado. Luego una carta, suscrita por otro desconocido, que presuntamente no lo era. Primero la madre; ahora el hermano. Demasiadas perlas en una sola ostra. «No puede ser», se dijo, ofuscado. Pero tenía la nota en las manos. Aquello no era fantasía. Era realidad. De momento, el *ve solo* le hizo sospechar que podía tratarse de una encerrona. ¿Pero de quién? No creía tener enemigos a bordo, ni a nadie que tuviese motivos para hacerle una mala jugada. Su único amigo, Nuño, no iba a bromear de esa manera. Además, hasta donde sabía era analfabeto y en ese momento no lo hacía en el barco. Se sentó y estuvo un rato reflexionando qué hacer. Y no lo pensó mucho. Podía parecer atrevida, pero la única salida razonable era acudir a la cita.

Los últimos fulgores de la tarde se extinguían cuando el alférez atravesaba la plaza para llegar al Callejón del Jagüey. La actividad portuaria había cesado. El hormigueo de calafates, estibadores y carpinteros lo remplazaba ahora el ir y venir de unos cuantos boteros de una orilla a otra de la bahía, y de vecinos llenando de agua cántaros y botijas en la zanja que servía de surtidor en la Ciénaga. La claridad mermaba, pero aún era posible distinguir figuras y rostros a cierta distancia. Sintió pasos a la espalda y se volteó con la mano en la empuñadura de la espada.

—¡¡Vos??

Nuño Garrote le dedicaba una abierta sonrisa.

—¿No imaginabas? —Tutear al alférez no podía tomarse en su caso como una ofensa. Eran amigos desde que Duarte se enroló en el Santa María del Rosario, cuando todavía Nuño no daba la vida por Dolores.

—Te hacía enfermo —repuso, abrazándolo.

El alférez había preguntado hacía una semana por Nuño y alguien le dijo de coña que estaba con «dolores», por lo que dedujo que el marinero se hallaba hospitalizado en tierra. Desde que sus amores con la negra esclava se rumoraban entre la marinería, Nuño ya no era Nuño sino el Piolo. Y Duarte lo desconocía.

—Es que hace días mi cabeza es un avispero —dijo.

Nuño escuchaba con desconcierto pormenores que ignoraba: el lance con los dos espadachines, la confidencia sobre la Mallorquina, la oscura conversación que después oyó entre Villafranca y el teniente. Desde entonces Duarte no salía de una pesadilla para entrar en otra. La imagen de su madre lo tomaba de la mano y ambos caían por un abismo sin fondo, ensordecidos por las risotadas de hombres sin rostro que intentaban vendarles los ojos. Los sueños lo atosigaban de noche y la incertidumbre de día, atrapado entre las sospechas y los presentimientos. Y ahora, después de todo eso, su carta. El alférez le preguntó cómo sabía él del hermano.

—Por una mujer.

—¿Qué mujer?

Las sombras añadían un toque lúgubre a la gruesa cicatriz en la sien de Nuño.

—No me fuerces a decirte porque no debo.

—Y ella —El alférez lo agarró por un brazo, impaciente—, ¿cómo lo sabe?

—Oyó hablar en secreto al capitán y al teniente.

—¿Te fías de esa mujer? —Lo miraba ahora a los ojos, buscando en ellos la respuesta.

—Absolutamente.

Aparecieron en la plaza las largas siluetas de dos gendarmes proyectadas por la luz de un hachón, y ellos se corrieron más hacia una sombra para pasar inadvertidos. La noche había descendido con premura. Pero era más la que sentía él por enterarse de todo lo que Nuño iba narrando. Lo escuchaba con el ceño fruncido, y sin proponérselo iba dando respaldo a la tesis de su amigo de que el tránsito de Villafranca por los círculos del infierno sería largo y penoso. Los nexos de este con su madre y su hermano aún eran nebulosos, pero la conjura con el teniente para llenarse el bolsillo robando al rey le parecía una infamia imperdonable, una vil afrenta al honor, algo indigno de cualquier oficial de la Armada. Se preguntaba qué más sorpresas le deparaba el día cuando el Piolo le confió lo persuadido que estaba de haber visto a los dos misteriosos espadachines en la taberna La Jutía. Tenían que ser ellos. Y no solo eso: quién otro que no fuese su hermano redivivo podía reconocerlo y saber quién era la Mallorquina.

—¿Crees que era él? —El alférez lo miraba con ansiedad.

—Me cortaría una oreja.

La resolución con que se lo dijo lo expresaba casi todo. Mejor aún, no dejaba en vilo casi nada. Otra persona pudiera mentirle, pero Nuño Garrote, amigo en las malas y en las buenas, no iba a engañarlo. De modo que cuando se marchó de la plaza ya no era el joven alférez de antes, confiado en su capitán. El recelo y la antipatía empezaban a separarlos.

Haciendo cuenco con la mano, Doiteadiós bebió agua de una cuba, echándose un poco en la cara. Luego recostó la espalda contra el trinquete de cara a la proa para aspirar a todo pulmón el viento de mar, que en cuestión de minutos se volvió frío y fuerte. Con mal tiempo avistado, su timonel mantenía la embarcación en aguas no muy profundas, acuartelando velas para apurar la marcha, convencido de que aquello no era una simple turbonada. Le olía a ciclón. Por suerte Cayo Esquivel ya estaba a la vista. Estaban casi en casa. El capitán se abotonó la camisa que ondulaba suelta, y miró a tierra por la banda de estribor. Una espesa franja de nubarrones avanzaba desafiante a poca altura desde la costa, devorando el horizonte, agrisado. Un cabo se soltó a babor, serpenteando con mucho peligro por los bandazos de la marejada, que se ponía fea. Cuando Doiteadiós abrió los brazos para avisar ya venía a su encuentro uno de los hombres del contramaestre, Francisco Carrancho, alias Paco Finura por la solemnidad con que acometía a los rivales, un asturiano de buenos modales con el estoque en la mano, menudo y afable, pero tan peligroso como un pulpo diplomado en esgrima.

—El maestre pide que baje al pañol de sangres —dijo, escupiéndose las palmas antes de trincar la driza.

Allí estaba Hawkins, acodado en la mesa sin el tricornio y con la mirada más torva de lo habitual. Por el piso rodaban a un lado y a otro del pañol dos garrafas de tafia vacías. Míster Blood yacía descuajaringado en una esquina, con la cabeza ladeada hacia el bacín de latón que en circunstancias normales le servía lo mismo para jabonar barbas que para sangrías médicas, ahora atestado de vómito.

—¿Qué vais a hacer con él? —preguntó el maestre al capitán.

Incapaz de reparar en la llegada de Doiteadiós, el cirujano creyó que le hablaban.

—Nada —dijo, dando por hecho que era con él.

El capitán se colgó los pulgares del cinto y dio una vuelta completa a la mesa, tratando de ocultar la sonrisa

—Ahora, bañarlo —repuso—. Cuando se le pase la borrachera, aplicarle ley seca.

Hawkins, escéptico, hizo un cero con los dedos.

—¿Cero tafia? ¿Nada de nada?

—Ni un trago —dijo el capitán.

—Nada de nada —repitió Míster Blood todavía ido, apenas conteniendo el hipo.

Cuando la Centella hendió al fin las aguas del Undoso llovía con furia. Las gotas chocaban con estruendo contra la tablazón de cubierta. El trecho desde el delta hasta el meandro donde el río se ensanchaba y estaba fondeado el San Gabriel era corto, pero la poca visibilidad lo hizo más largo. Traspuesto el recodo vieron el patache. Los cimarrones habían reforzado las amarras que lo sujetaban a tres solidos algarrobos que guarnecían la margen del río. Una vez fondeados ellos hicieron lo mismo con la Centella, tirando una codera por popa para asegurarla con el patache, y atándola a otro grupo de árboles con gruesos cabos para impedir que el viento o la fuerte corriente se la llevara. Las cavernas de Jumagua estaban relativamente cerca, pero bajo el torrencial aguacero el trayecto por la vereda resultó agotador.

No habían avanzado mucho sorteando obstáculos en la maleza cuando les salieron al paso dos negros fornidos, descalzos, con sombrero de guano y en taparrabos. Uno de ellos llevaba al hombro un arcabuz. El capitán se alzó el ala del chambergo para que lo reconociesen, pero ellos ya sabían quién era. A partir de ahí la caminata prosiguió con despejada diligencia. Las ráfagas y las lluvias arreciaban cuando penetraron en la cueva, de conveniente tamaño para acomodarlos a todos; una galería la comunicaba con otra gruta más espaciosa, donde se guarecían Ololó y su grupo de esclavos rebeldes.

Para matarles el hambre los cimarrones asaron un venado, un par de iguanas y varias jutías. El capitán advirtió a sus hombres que iban a pasar allí la noche a la buena de Dios, sin desórdenes ni bullicios. Quería que lo tuviesen claro. No habría mano suave si alguien se propasaba con alguna de las mujeres. Ololó y su gente compartieron con ellos el rancho y también anécdotas, que el Lengua les tradujo con vivo entusiasmo. Industriosos y tenaces, los negros habían fundado aquel palenque en un pedazo de tierra al pie de las cavernas que se extendía entre los mogotes y un humedal cercano. En otras palabras, en medio de la nada. Usaban la manteca que extraían del coco para cocinar, recién empezaban a producir cuerdas de corojo, esteras, serones y sombreros de yarey; tenían algunos sembradíos de yuca, maíz, boniato y plátanos; recolectaban frutas silvestres: mangos, mameyes, guayabas, anones y caimitos; cazaban además puercos jíbaros y se alimentaban de peces, ostras y tortugas. Practicaban de manera incipiente el trueque con una tribu de pacíficos indígenas asentados en las inmediaciones, conocedores de los secretos de aquellos matorrales, incluido el poder curativo de ciertos bejucos. Y gracias a las armas que Doiteadiós les dio podían defenderse de otros aborígenes más belicosos que a cada rato merodeaban por la costa.

El sopor los venció al rato. El cansancio hizo el resto. Afuera el mundo parecía caerse a pedazos. Aquello no era un ordinario chubasco. Estaban siendo azotados por un huracán. Esa noche el capitán tuvo sueños atropellados. Se vio de nuevo a bordo del *Bonaventure* en el asalto a Cartagena de Indias. La flota de Drake, compuesta por una veintena de nuevos galeones y pinazas, hacía trizas las galeras de don Pedro Vique, que resistía a pesar de vérselas en desventaja frente a los experimentados corsarios del inglés, entre los cuales iba de bisoño el *Boy*. Pasada la medianoche desembarcaron en una playa al sur de La Caleta tras haber pasado a cuchillo a todos los centinelas. El humo de la pólvora les abrasaba las narices. El fuego cerrado de unos trescientos milicianos españoles, y las flechas envenenadas de dos centenares de indígenas aliados a los defensores no lograban detenerlos; tampoco podía pararlos la tropa parapetada en el fuerte El Boquerón, ni la que los españoles tenían a bordo de dos galeras. De nuevo lo dominaba el ardor del combate. Otra vez avanzaba por las oscuras callejuelas de la ciudad al igual que lo había hecho más de una década atrás. Una vez más apareció aquel soldado con el furor retratado en el rostro. La misma expresión de entonces. La embestida ciega. Los golpes de acero de espada contra espada. La boca sedienta. El pulso latiéndole con fuerza en los tímpanos. El sudor quemante en las sienes. La rauda estocada encajándose en el torso del adversario. Por enésima vez tenía ante sí la mueca de la muerte. Era la de su primer hombre despachado al infierno y tal vez por eso la recordaba con tanta nitidez. Pero de repente aquel atormentado semblante se le borró. La cara que ahora tenía delante era la de Hugo Valdés de Villafranca, riéndose a carcajadas.

Puñales lo vio removerse en el jergón y alzar la cabeza.

—¿Qué hora es? —preguntó.

—No sé —repuso el contramestre—. Pero ya hay luz.

El capitán rechazó el pedazo de mamey que le brindaba, inapetente, limpiándose las legañas con las dos manos. Lo peor de la tormenta había pasado y reinaba la calma pese a que seguía lloviznando. No terminaba de desperezarse cuando se le acercó Míster Blood, soplándose la nariz con el jirón de vela que usaba de pañuelo. Venía a rogar que le condonara el castigo, prometiéndole que no volvería a suceder. Pero escogió mal la frase y el momento. Por segunda ocasión en menos de tres meses el cirujano prometía lo mismo. Y Doiteadiós estaba de muy mal humor por el retraso en sus planes de regresar a La Habana.

—Un mes sin aguardiente —dijo, inflexible—. Ni un día más, ni un día menos.

Los que los rodeaban se miraron con cara de aquí no hace falta decir nada más. Míster Blood se percató al vuelo de que lo mejor era desistir, y ya se retiraba cuando Santino Dal Corso ocupó su lugar. Doiteadiós le había garantizado que a la vuelta irían directo a carenar y allí estaba él para reclamar lo que se le debía. El capitán abría los labios para emitir un largo suspiro o hacerle una propuesta cuando el calafate tomó la delantera, pidiendo una semana para hacer su trabajo. La confirmación de que la Centella era toda suya le hizo bailar los ojos de satisfacción, pero la noticia de que solo tenía tres días para repararla estuvo al borde de provocarle un infarto.

—Al menos cinco —suplicó, llevándose las manos a la cabeza—. Y todavía son pocos.

Doiteadiós hizo un gesto de fastidio. Había amanecido displicente esa mañana, pero ante el calafate terminó transigiendo, a su manera.

—Cuatro —concedió con resignada molestia.

En cuanto amainara y mejorara el tiempo se irían a un islote a corta distancia de la desembocadura, Cayo Chubasco, que reunía todos los requisitos para carenar y además fondear el San Gabriel sin temor a ser vistos si un navío bordeaba la costa. El veneciano exigió que la dotación en pleno del barco, incluido el cirujano, participara en la reparación del casco habida cuenta de que era muy corto el plazo. Solo quedaba excluido de las labores el Lengua, que como cocinero tenía la responsabilidad de garantizarles pitanza con algún que otro pescado, carey o marisco fresco. Con todo, tenían que bregar de sol a sol para tener el barco listo en ese tiempo porque, en adición, se quejó una vez más el calafate, andaban cortos de herramientas.

Con el viento suave y el cielo despejado, en menos de cuarenta y ocho horas zarpaban de Jumagua en los dos bajeles. Los daños ocasionados por el temporal en la maraña de palos, vergas, jarcias y lona eran mínimos. Esa misma tarde cuando el sol desapareció tras el horizonte y la luna brilló en el cenit como moneda de plata, la Centella reposaba tumbada sobre el costado de babor fuera del agua, calzada con cuñas sobre la arena. La noche fue húmeda y muy templada. Dormir en un barco extraño era una tarea engorrosa, en especial para el capitán y el Holandés, que hallaban incómodo el San Gabriel, por lo que estuvieron despiertos hasta tarde.

El piloto arrojaba espesas bocanadas del humo de la pipa para espantar los mosquitos, que intentaban posarse sobre su rostro limpio, bien afeitado. Le seguía molestando la idea de dejar atrás tanto oro cuando asaltasen la fortaleza.

—¿Y si vais con más hombres?

—Imposible —repuso Doiteadiós, ahuyentando la nube de zancudos con el sombrero.

El éxito de la empresa dependía de que pasaran inadvertidos. Tenía muy claro que a menos hombres, menos sombras.

—Ya os dije —remachó—. Mejor poco que nada.

Aquella templanza del capitán, insólita en un pirata, era una de las cualidades que el Holandés más admiraba. «Sensato, firme y decidido» dijo para sí. Y se echó sobre el enjaretado del combés a contemplar el infinito. El aro de plata le brillaba en la oreja. El claro de luna impedía ver en todo su esplendor la bóveda celeste. Definitivamente no era una de sus noches preferidas. Cuando la oscuridad era total solía estar horas observando el firmamento. Así lo conoció el capitán, siendo Theo aprendiz de timonel; un tipo insólito que hojeaba en sus horas de asueto un tratado de astronomía. Un corsario leyendo a Copérnico no era cosa que uno viese todos los días. Esa era su *Biblia, De Revolutionibus Orbium Coelestium,* encuadernada en tapas de piel con caracteres dorados ya desvaídos por el mar y el tiempo. Repasando sus páginas se había vuelto un ferviente seguidor de la teoría que situaba al Sol en el centro del universo, y aún guardaba el libro con celo en un pequeño arcón, junto a sus pocas y más preciadas pertenencias.

—El cielo infinito —filosofó el Holandés.— Y nosotros con tantos límites.

El capitán lo miraba, muy quieto.

—Todos tenemos límites —dijo—, incluso los muertos.

Que aquello lo dijera él, poniéndose a sí mismo lindes, reflexionó el Holandés, añadía a la conversación una dosis de interés adicional.

—¿Lo decís pensando en alguien?

Doiteadiós pensaba en la pesadilla de la víspera, y en el transfigurado rostro del soldado que había matado en Cartagena. Pero mintió a medias.

—Nadie en particular. Solo un sueño.

—¿Importante? —preguntó el piloto en tono desinteresado, y se quedó aguardando una respuesta que llegó con una negativa de cabeza. Luego prosiguió en la arriesgada tarea de hurgar en los pensamientos del capitán—. Me pregunto si algún día os daréis una tregua.

Doiteadiós ni pestañeó, con aquella flema suya que no lo abandonaba nunca, y que ni remotamente era española.

—Nada que hacer —dijo—. A lo mejor llega el día.

El Holandés se incorporó, exterminando a manotazos los mosquitos que le trucidaban las piernas.

—¿Sabéis una cosa? Creo que os jugáis el pellejo más de lo necesario.

El piloto intuía que el oro no era el motivo principal de aquella segunda y peligrosa incursión en La Habana

—Os referís a las probabilidades... Imagino.

—Sé que merecéis una hermosa venganza.

—La tendré —dijo el capitán, sin mover una ceja—. ¿Lo dudáis?

—No. Solo quería precaveros, como amigo.

—¿Precaverme de qué? —preguntó Doiteadiós, mirándolo fijo y demorando las palabras.

—De las obsesiones —El tono del Holandés era persuasivo—. Las obsesiones matan a los hombres.

La distante luz de un fanal parpadeó, brillosa, en los ojos pardos del capitán.

—Algunas los matan —dijo—. Otras los salvan.

A la mañana siguiente, una docena de hombres, los más entrenados, ayudaban al calafate raspando bromas del casco con las azuelas y descalcando con los magujos para luego rellenar las juntas de los maderos con estopa de cáñamo; el resto de la tripulación recopilaba gajos y arbustos secos para mantener encendida la pira donde calentaban la brea. El veneciano Dal Corso iba y venía dando instrucciones de cómo hacer bien las cosas: *Capisci,* la ropa embetunada de negro de tanto trasiego con aquella pegajosa mezcla de pez, resina y sebo para cerrar las junturas y hendijas de las tracas. Una vez que reparasen el calado y la obra muerta en ambos costados del barco, había que pasar brea rubia a toda la cubierta y los masteleros.

Con el sol dándoles de plano en la cabeza, buscando escapar del calor hicieron un receso para almorzar. Toda la cuadrilla se reunió en torno al capitán, algunos sentados sobre piedras, otros encima de troncos o en la arena. El calafate dentelleaba una suculenta loncha de carey sin apartar el ojo de una mosca que daba vueltas con persistencia sobre su varicosa nariz tiznada de brea. El Lobo lo observaba atento, frotándose el cráneo con una piedra de alumbre para desinfectarse una cortadura. A su lado, Míster Blood, nostálgico, daba sorbos de agua a un odre que aún olía a aguardiente y que estuvo a punto de caer de sus manos cuando el Holandés soltó la escudilla y echó a correr hacia la maleza, con apremios intestinales. El maestre Hawkins ni se inmutó, pegado como un tudesco a su plato, el torso al aire mostrando los tres indelebles recuerdos de un memorable asalto en la playa de Montecristi: una cicatriz en la nuca, otra en el antebrazo y la tercera en la espalda, mientras a la sombra de un arbusto Puñales se burlaba del Lengua, que traía en el sedal una corvina, triunfante, cuando a escasas varas de la orilla una corúa se sumergió y alzó vuelo con el pez en el pico. En cuestión también de segundos un rabihorcado vino y se la arrebató al otro pájaro en el aire.

—Ladrón que roba a ladrón —declamó Puñales— tiene cien años de perdón.

Las risotadas se acallaron con el chapoteo del vigía, que se bajó del esquife con el agua a la rodilla y corría hacia ellos. El Mozo venía a avisarles que una pequeña pinaza andaba al raque buscando restos de naufragios, y se aproximaba por barlovento a la cayería. Doiteadiós ordenó al Lobo regresar al patache con cuatro artilleros y poner a tiro un par de cañones apuntando hacia la entrada poniente de la caleta. El vigía regresaría a la cofa para alertarlos en caso de peligro.

—Agita grímpola roja si vienen —dijo el capitán

Diez hombres con arcabuces se posicionaron al otro lado del cayo por si aquella gente osaba acercárseles. El resto retornó a sus labores con el calafate. Estuvieron alrededor de dos horas vigilantes. El único que podía divisar la pinaza era el Mozo, que los vio pasar de largo en busca de restos de velas o maderámenes arrimados al litoral por las olas. Despejado el peligro de que los descubriesen, el capitán decidió de todas maneras mantener dos artilleros alertas en el San Gabriel. Fue una decisión oportuna, porque esa misma tarde, antes del crepúsculo, cuatro embarcaciones de indígenas se les acercaron tanto que no parecían traer intenciones de curiosear. Sus cuerpos pintados, la enormidad de flechas que llevaban en las aljabas y el tipo de canoas se ajustaban a la descripción hecha por los cimarrones sobre los belicosos taínos, por lo que el capitán dio orden de disparar y les hundieron dos embarcaciones del primer cañonazo. El segundo no hizo falta, porque los nativos recularon con mayor velocidad de la que habían llegado. De cualquier modo esa noche redoblaron la vigilancia a bordo del San Gabriel.

Las faenas progresaban según lo previsto y al término de la tercera jornada el casco lucía como nuevo. La Centella estaba de nuevo a flote y solo restaba terminar de embrear la cubierta, tarea en la que ya andaban y que el capitán decidió concluir sobre la marcha para no perder más tiempo. Ni la caverna de los cimarrones ni la reducida cámara en el San Gabriel probaron ser lugares propicios para que él pudiese conciliar tranquilidad y sueño. Y esa noche regresaron las pesadillas, que hasta entonces nunca habían logrado alterar aquella estoica fortaleza de ánimo que parecía dominarlo hasta en los sueños. Las imágenes esta vez fueron menos oscuras, aunque igual de perturbadoras. Escondido bajo la cama, llegaban a sus oídos las palabras de la madre: «Un antro de mala muerte». Lo escuchaba todo: los sollozos de ella, las frases de aliento de la tía, los lamentos por la miseria en la que los abandonó su padre, y el apodo con que conocían a este sus amigotes de farras. Todo lo veía igual de claro: su deambular por las calles de Triana en busca del «antro de mala muerte», la sordidez de aquella taberna en la Alcantarilla de los Ciegos, el mal olor, el piso mugriento, el tabernero señalándole una mesa en la esquina, y el gesto precavido cuando le dijo: «Mucho cuidado con el Sobao, chaval». Estaba otra vez frente a ese hombre sin rostro, temblando de ira, abrigando esperanzas de que su invocación: «Sos mi padre. Soy hijo de la Mallorquina» fuese a surtir algún resultado. Pero no, volvió a escuchar lo mismo: «Las putas no tienen hijos», y la frasca de vino que tenía en la mano voló una vez más por el aire para estrellarse contra la boca del Sobao, antes de salir corriendo y jurar que borraría para siempre la faz de aquel canalla de su memoria.

Lo despertó el golpe de la mano contra el tabique de tablas. Se miró indiferente el puño, aún soñoliento. El rumor de que ya venían los cimarrones acabó de espabilarlo. Cuando salió a cubierta, el Lengua repartía mangos para el desayuno que muchos hubiesen cambiado a gusto por cecina. El Holandés se tersaba el cutis, pasándose la navaja. El ruido de un chorro lo distrajo. Agarrado a una escota y subido a un falconete por estribor, el maestre Hawkins se había abierto la portañuela del calzón y aliviaba la vejiga. Entretanto, sentado bajo la vela del mayor, jubiloso porque ya zarpaban, Puñales se burlaba de las manos inquietas del veneciano Dal Corso que según él iban a matarlo de tisis, porque el varón se pasaba las noches entretenido meneándosela demasiado. Los emisarios de Ololó llegaron justo a tiempo en media docena de piraguas, con suficiente agua de manantial como para tres semanas, carnes listas para salar, tubérculos y frutas frescas. A cambio, Doiteadiós les entregó una buena provisión de pólvora y balas.

Dividida a la mitad la tripulación, una en el San Gabriel y la otra en la Centella, y subidas a bordo las provisiones, un catey llegó chillando y se posó con azoro un instante sobre la regala a solo unos pasos del capitán. Perseo, que ronroneaba a los pies del amo, en un alarde de malabarismo felino dio un salto y apresó el pájaro cuando emprendía vuelo. Luego desapareció, vertiginoso, con el ave en la boca. Esa fue la señal para que el capitán ordenase levar anclas y dirigiese personalmente la maniobra junto al piloto. Todo el mundo a sus puestos, en la popa, la crujía, las amuras, las escotas... Los velachos flamearon. Las quillas de la Centella y el San Gabriel cortaron las aguas. Los barcos, ayer adversarios hoy aliados, pusieron proa a Cayo Mariposa para remontar un canalizo y salir a aguas profundas. En mar abierto acuartelaron velas para aprovechar la brisa favorable y acortar lo más que pudieran la travesía.

Las nubes bajas, blancas y espesas, parecían galopar en el cielo, azul y soleado. Tremolaban al aire los bucles del piloto, que se volvió hacia el capitán, sonriente.

—Esta vez lo conseguiréis —dijo.

Doieadiós le devolvió la sonrisa, tocando el puño de la espada.

—Que te oiga esta —dijo.

El Holandés tenía la corazonada de que todo saldría a pedir de boca. Si el ciclón les había retrasado cuatro días la jugada, los fuertes vientos y lluvias también habrían hecho estragos en La Habana, donde los soldados, los marinos y gran parte de la oficialidad de la flota en vez de hacer bien su trabajo solían entregarse sin mesura a los placeres, la bebida y el juego.

Y no se equivocaba. Solamente la reparación de los navíos averiados en puerto, sin contar los que no pudieron zarpar a tiempo de Veracruz a causa de la tempestad, obligaba a los españoles a aplazar el viaje de vuelta a la Península al menos otras dos semanas.

A igual conclusión habían llegado don Alonso Caso y el capitán Villafranca mientras examinaban uno de los cajones con oro que viajarían ocultos en el Santa María del Rosario. Era parte de los doce que componían la remesa. El resto permanecía en las mazmorras de la Fuerza, y los irían sacando poco a poco para no levantar sospechas, antes del arribo de los últimos dos barcos con riquezas procedentes de Cartagena y Portobelo que aún estaban por llegar. El capitán de mar y el regidor se disputaban la presa pluma a pluma, como viejos gavilanes.

Villafranca acariciaba el cajón con su mano filosa como una garra.

—¿Cuánto dijo vuestra merced? —preguntó, receloso.

—Descontando mi parte y la de los otros —repuso el regidor—, ya sabe usted a quiénes me refiero, unos cien escudos limpios.

Ambos quedaron mirándose en silencio, con una sonrisa a flor de labios. El capitán de mar contaba con los dedos de las dos manos. La cifra no le daba.

—¿Solo cien?

Don Alonso Caso se acariciaba impaciente la nariz con el índice y el pulgar.

—Dese con un canto en los dientes —dijo.

A Villafranca no le pasaba inadvertido lo despectivo del comentario, pero pese a la resolución con que el otro había rematado la cuenta, insistía.

—Algún número se me escapa.

—Pues procure encontrarlo pronto —Le apuraba el asunto a don Alonso Caso, que tenía una cita importante en su despacho—. A ver, sume conmigo: cien y trescientos, ¿cuántos son?

—Cuatrocientos.

—Muy bien. ¿Y ochocientos más?

—Mil doscientos escudos.

—Rebañando mucho, eso es todo —Al regidor se le crispaba el gesto—. ¿Y todavía se queja usted?

Las ojeras grises de Villafranca hacían resaltar el brillo de la codicia en sus pupilas; sentía la boca muy seca de repente, tanto que fue a tragar y no pudo. Pero nada podía hacer. Tenía que capitular. En aquella apuesta para él ya no había marcha atrás. Ni aunque pudiese. Cosa que tampoco quería.

Lo que menos imaginaba en ese momento el capitán de mar era que el alférez Duarte husmeaba entre sus papeles. La puerta de la cámara estaba abierta y él la había empujado.

Titubeó un instante, mirando atrás para cerciorarse de que nadie lo veía entrar. Al fin se decidió, dio un paso adelante y dejó la puerta entornada. Sobre la mesa había una jarra de vino, una garrafa vacía, restos de comida, una plumilla, salvadera, tintero de bronce y papeles: una carta del capitán general posponiendo la partida de la flota, un par de órdenes sobre bastimentos, otra dictaminando dos días de calabozo para un centinela dormido durante la guardia, y una hoja garabateada de números, con sumas y restas. Nada más. Registró con detenimiento el armario junto a la cabecera del lecho. Tampoco halló nada de interés. Faltaba el bargueño. Cruzó de un extremo a otro de la habitación. La gaveta superior guardaba varias barras de lacre rojo, un sello de metal y un abrecartas. Escogió abrir entonces la mayor, en el centro del mueble, de la que brotó una nubecilla de polvo que se quedó suspendida en el aire. Desenrolló un manojo de viejas cartas. No le interesó una con el encabezado: *Querido hijo*. Tampoco otra que informaba del ascenso de Villafranca a capitán de mar. Sin embargo, hubo dos que lo hicieron poner a un lado las demás. Una mostraba estampado el sello del Hospicio de Niños Expósitos de Sevilla, con su nombre. La otra estaba dirigida a: *Mi muy estimado Don Hugo Valdés de Villafranca y Menéndez,* y como asunto mostraba subrayada la palabra *bastardo*. Estaba fechada en Sevilla en 1579. Ardiendo de curiosidad, bajó la vista para ver quién la firmaba y allí estaba el nombre que sospechaba: *su fiel servidor, Don Francisco Jiménez Albear*. Iba a leer el cuerpo de la carta cuando estornudó. El sonido de pasos que se acercaban a la puerta le apretó la garganta, devolvió la misiva a su lugar, empujó la gaveta y corrió en puntillas a ocultarse junto al armario. Alguien tocó a la puerta dos veces.

—¿Señor capitán? —dijo una voz.

El alférez respiró hondo y se apretó más contra el rincón. De pronto se descubrió empapado en sudor. Las gotas le corrían por las sienes.

—¿Señor capitán? —volvió a escucharse.

Un impulso instintivo le hizo abrir el armario, tomar una chaqueta y salir al encuentro del que fuese. Abrió la puerta.

—¡Alférez! —El condestable metió la cabeza en la cámara, muy asombrado de verle allí. Sabía que los únicos con acceso en el barco a la cámara de Villafranca eran las tres sirvientas y el teniente Jiménez.

—¿Qué se le ofrece? —inquirió Duarte.

—Venía por el capitán —apuntó el otro, aún sorprendido.

—No he preguntado por quién —dijo con una rudeza deliberada, disfrazando el susto— sino para qué.

El condestable observaba fijamente la chaqueta doblada en el brazo del alférez.

—Tengo una pequeña vía de agua en la santabárbara —dijo.

—Espéreme y le acompaño —Alzó el brazo, mostrándole la ropa—. Pero primero pongo esto en el armario del capitán.

Dolores se cruzó con ellos cuando salían de la cámara. Algo ha sucedido y ya lo sabré, insinuaba su mirada. «Cogido con las manos en la masa», se dijo el alférez. Cuando se marcharon, la sirvienta revisó la habitación minuciosamente. Cerró por completo una gaveta del bargueño que halló semiabierta. ¿Habría estado el alférez registrando en el mueble? La tentación de abrirla y ver lo qué había dentro era fuerte. Pero no lo hizo. «El que mucho sabe, mucho debe», pensó. La conversación del otro día entre el capitán y el teniente aún la tenía turbada. Y ahora aquella furtiva visita del alférez a la cámara. «Demasiado ajo en la olla, aquí se cocina algo», se dijo. Pero era mejor hacerse la desentendida, a menos que su amo descubriese algo y le preguntara, en cuyo caso se limitaría a decir que vio salir de allí al alférez y creyó que tenía autorización. Aquel asunto se estaba enredando de mala manera. Y no iba a ser ella quien lo desenredara. Así que se sacudió las manos como quien se libra de culpas, dejó sobre la mesa el vino que había traído para el capitán, y se fue con el firme propósito de contarle lo sucedido a su entrañable Nuño, que para entonces iba camino de empinar el codo como de costumbre a La Jutía, aunque con una intención adicional: comprobar si sus sospechas tenían fundamento.

El Piolo estaba obcecado con el presentimiento, y se devanaba el cerebro en busca de alguna reminiscencia que le confirmara que aquellos dos tipos, el del chambergo y el del pañuelo azul, eran los que él suponía. El único que podía saber si se equivocaba era el Chifle. Ya se había jugado una oreja, y no la pensaba perder. En esas estaba cuando llegó el andaluz entonando una tonada flamenca.

—¿Te sirvo lo mismo? —preguntó, pasando el paño a la mesa. Pero no tuvo respuesta.

—Los dos amigos, ¿regresan? —se interesó el Piolo.

Mirada de intriga.

—¿Qué amigos?

El Piolo ignoró que el tabernero se había quedado de una pieza.

—Gente fogueada, ¿eh? —dijo.

Hubo una larga pausa, tirante, al cabo de la cual el otro retomó la tonadilla por toda respuesta.

—Chifle, no andéis con efugios que me conocéis —persistió.

—¿Efu qué?

El Piolo le tradujo que no diera más rodeos y acabara de decirle. Pero ni hablar, ya entendida la pregunta, el tabernero hizo ademán de irse.

—¡Sé que sabes! —Lo agarro por un brazo—. ¡Por amor de Dios!

El «sé que sabes» y el «por amor de Dios» lo hicieron vacilar. Aquellas dos frases tenían acento a cosa de la cofradía. ¿Quién iba a preguntarle por los amigos de semejante manera? ¿Quién podía conocer que él sabía, con Dios de por medio? Solo uno de ellos. «No me equivoco, este es otro emisario del mismísimo oficio», pensó.

—¿Estáis hablando de lo que pienso? —El Chifle afinó la mirada, inquisitivo.

«Atrapado en la red», se dijo el Piolo, y redondeando la idea echó guante al conejo.

—¿De qué otra cosa podría ser?

Que sí. Que no se equivocaba. El Piolo era otro de ellos. Un templario de la curia divina. Del Santo Oficio, rediós, que ya estaba confundiendo las cosas. El Chifle frunció la bayeta entre las manos, miró a los cuatro costados y se explayó sin recelos:

—En unos días regresan. Eso dijeron.

Era la segunda vez en esa semana que Nuño Garrote sonreía con ganas.

CAPÍTULO IX

¡QUIÉN VIVE?

Antes de subir al puente el capitán echó un vistazo a Perseo, que se lamía la pata en un rincón. Durante toda la mañana los dos bajeles habían navegado deprisa a sotavento, pero ahora iban con viento calmoso y el Holandés no estaba de buen humor. Crispaba demasiado los dedos en el timón y todos en la Centella sabían lo que sucedía en situaciones de esa naturaleza: el timonel blasfemaba por dentro y mordía por fuera.

—El sirena anda con el hígado a la vinagreta —murmuró Puñales por lo bajini, acodado sobre la regala.

Doiteadiós lo mandó callar y siguió de largo al encuentro del piloto, que en efecto estaba frenético. Intentó tranquilizarlo sin mucho éxito. El Holandés se declaraba impotente. Contra aquella quietud nada podía hacer. Ni contra el calor, espeso por la falta de brisa. Aire apocado, timonel averiado. Pero si se fijaban hacia poniente, el viento ya venía en camino. El capitán, que lo escuchaba pacientemente, dirigió la vista al horizonte por la amura de estribor haciendo visera con una mano. En efecto, en la distancia amenazaba tormenta. El vigía, que había bajado a beber agua, trepaba de vuelta por un obenque a la cofa.

—¿Cuán retrasados vamos? —preguntó Doiteadiós.

A pesar de la mala leche que transpiraba, el Holandés iba pulquérrimo como siempre, con el pecho al descubierto y tocado con el sombrero de *capotain*.

—Quedan veinte, veinticinco millas tal vez.

El maestre Hawkins se tocó con disimulo el codo y comprobó que se le había zafado el parche cosido al jubón.

—¡Puta hostia! —gruñó.

Todos rieron, clamorosos.

—¿No hablaba usted inglés? —bromeó el capitán.

Hawkins, que no captaba la chanza, quedó un rato en Babia hasta que se rascó la barba con la uña, y al fin sonrió. Por el pasamanos, a paso muy lento, venía el condestable ladeado de forma muy extraña y con una mano sobre el cachete.

—Mesié —lanzó la pulla el Holandés—, ¿qué le pasa que anda un poco escorado de babor?

El Lobo abría y cerraba las mandíbulas rabiando de una muela. Había estado con sus artilleros ensebando cañones para protegerlos del salitre, pero tuvo que interrumpir la tarea. Se detuvo frente a ellos, el aspecto fatigado, y se quedó mirando fijo, a los pies, la tablazón recién embreada de cubierta. De súbito además del tormento dental se sentía tullido, una recurrente dolencia provocada por las heridas sufridas en el combate de la Terceira.

—Ando con la mitad del cuerpo entumida —se quejó.

—Desentumézcala con la otra mitad —repuso el capitán—. Y vaya a ver de urgencia a Míster Blood para sacarse la muela. —Nunca mejor que ahora, pues el cirujano llevaba varios días sobrio y no se corría el riesgo de que le extrajese el diente que no era.

Charlaban Doiteadiós, Hawkins, el Holandés y Puñales, que hasta ese momento respetando órdenes había permanecido más callado que una lombriz, cuando se oyó la voz del Mozo desde la cofa.

—¡Muere! ¡A estribor!

Lo que significaba cautela. El capitán abrió el catalejo y pegó el ojo al ocular. Aún estaba lejos para distinguir qué tipo de navío era. Desde el San Gabriel también lo divisaron, pues venían atentos, prestos por instrucciones precisas de Doiteadiós a secundarlos en todo, como un barco gemelo. El viento levantaba y eso los acercaba más al destino, al horizonte cada vez más encapotado y ahora también a aquel barco, que navegaba a poniente un poco más retirado de la costa mar afuera. Si era de guerra, malo. Y si no lo era también. En sus planes no figuraba ningún desvío que lo apartara de la meta: el oro de la Corona, que le daba la oportunidad adicional de tentar de nuevo la suerte de toparse con Villafranca. En cualquier caso salir al encuentro del enemigo estaba desaconsejado. Desde el alcázar, el maestre imitó al capitán y alzó su propio anteojo. Efectivamente, era un galeón. De modo que, como primera medida de precaución, izaron pabellón amarillo y rojo para confundir. El peligro todavía avanzaba lejos. A unas cinco millas. Doiteadiós no apartaba el ojo del lente. De repente el barco parecía virar a estribor, como si hubiese elegido seguirlos. Apareció un tercer anteojo en manos del Holandés, que había dado el timón a su segundo y también oteaba, apresurado, calculando tiempo, distancia y derrota. Puñales preguntó si era o no un barco de guerra. «Para mi que no», dijo alguien asido a una jarcia, una sospecha en exceso optimista. Capitán, maestre y piloto no demoraron en percatarse de que sí lo era.

—¡Adónde carajo van esos? —bufó el Holandés.

El maestre escupió, furioso. Sabía que si aquel navío los atacaba tenía mucho a favor. Según la vieja regla del mar, el que gana barlovento lleva ventaja. El capitán logró atajar la maldición que le subía a los labios sin apretar ni un solo nervio en la cara. Seguía mudo. Con la frialdad intacta. El barco ya era perceptible, se trataba de un galeón de los grandes, de los que rebosan artillería. Hawkins tomó la iniciativa y ordenó revisar si la Centella navegaba con alguna porta abierta. Eso podía delatarlos. Nunca son buenas las intenciones cuando se muestran las garras. Orden cumplida. Las pocas que iban abiertas fueron cerradas. Un minuto más y nada. El piloto guardó su catalejo. La suerte parecía echada. O quizás no.

—¿Qué hacemos, capitán?

—¡Botad a babor!

El maestre y el contramaestre se miraron. Repliegue inusual, aunque no sorpresivo. El bauprés cabeceó y el barco dio la impresión de que se detenía. La proa empezó a moverse cazando a tierra. La vela mayor flameó. Los rociones que levantaban la marejada y la brisa —ahora más fría— les mojaban el pecho y la cara. La treta debía dar resultado. Atrevida porque un arrecife podía averiarlos. Hasta hundirlos. El Mozo escudriñaba los fondos desde la cofa. Otro vigía iba atento sentado en el palo de proa. Terminada la maniobra, el capitán miró atrás buscando ubicar al enemigo.

—Para mí que no —zanjó el Holandés—. Ya no pueden.

De espaldas a proa y sujeto con firmeza al timón, que el piloto tampoco descuidaba, el capitán no separaba el ojo del vidrio hasta que, tal vez por saberse impotente o por creerse errado, el galeón español desistió.

—Vamos con suerte, dijo alguien.

—Suerte diablos —clareó Puñales—. Supremacía náutica.

Atardecía y Doiteadiós se volvía a escuchar al maestre, interesado, con la expresión serena pero sin despegar el ojo del horizonte, muy a su manera. No era usual que Hawkins hablara tanto. Pero lo sacudía un desusado ataque de locuacidad, rememorando historias comunes y bajando la voz para que todo quedase entre ellos, sin más testigos que los propios protagonistas del bautismo de fuego mutuo en Santo Domingo, y luego en el asalto a Cartagena. Sus aventuras y desventuras en las islas Caimán, Nueva Providencia, Martinica, Monserrate, San Juan Bautista y muchas más. Habían pegado hombro con hombro en infinidad de combates, abordajes y refriegas por las Antillas. Todos duros y agotadores, pero ninguno como el ataque a aquella pinaza fondeada en una playa de Montecristi, en La Española. Divisada a media mañana desde la distancia, el barco no tenía aspecto ni de guerra ni corsario. Pensaron que podría ser Michael Geare, otro perro de mar como ellos que operaba en la zona y con quien compartían una larga enemistad. Solo cuando se acercaron más comprobaron que el barco portaba dos falconetes en cada borda. Y que al lado anclaba otra embarcación, más pequeña, no artillada. Las dos con pabellón rojo y amarillo. En ambas cubiertas no había ni un alma. En la orilla, a unas doscientas varas de la popa de la pinaza, que apuntaba a sotavento, ascendía la débil columna de humo de una hoguera, también desierta. La playa, en herradura, era chica, a lo sumo cien varas de arena, coronadas por un farallón cercano al agua de unos veinte hombres de alto, al que se subía por una cuesta lateral de fácil acceso. Ellos, que eran una veintena y navegaban en una vieja carabela con suficientes lombardas, se sintieron confiados. A medida que acortaban distancia cañonearlos parecía más y más un contrasentido. Si la tripulación estaba en tierra, como sugerían las circunstancias, los que quedaban a bordo, dos o tres centinelas a lo sumo, dormían o tonteaban, en cuyo caso ellos tenían servido el éxito en bandeja de plata. «No son piratas», dijo el vigía. El capitán, que ya hacía gala de su astucia felina, desconfiaba. Lo fácil nunca le pareció bueno. Pero la dotación en pleno de la carabela quería el abordaje. Se decidió que la mitad de la tripulación permaneciera a bordo para mantener a raya al enemigo cañoneándolo con las lombardas si aparecía en la playa, mientras él con el resto de los hombres, una decena en la que figuraba Hawkins, se lanzarían al mar para apoderarse de la pinaza. Y así lo hicieron. Nadando un tramo, esguazando con el agua a la cintura otro, y volviendo a bracear superaron las cuarenta varas que los separaban de la embarcación. El primer zambombazo los sorprendió cuando ya todos estaban a bordo y se veían rodeados por un tropel de soldados que los doblaban en número. Dos fauces de bronce escupían fuego desde lo alto de la roca, una ubicación privilegiada, y los proyectiles silbaban sobre sus cabezas para ir a pegar muy cerca de la carabela. ¿De dónde habían salido? Nadie sabía. Tampoco era momento para averiguarlo. Hawkins se batía con arrebato a dos manos, sable y daga, y el capitán blandía como un torbellino su espada ropera. Uno, dos, tres, cuatro arcabuzazos y a su lado cayeron tres de sus hombres, uno con la cabeza perforada como una argolla, y los otros dos cubiertos de sangre, uno con el pecho y otro con el vientre echando humo de los fogonazos. Un clamor de ira se apoderó del bajel. Agotadas las cargas de los escopeteros, los soldados echaron mano al acero. Hawkins tenía arrinconados junto al trinquete a dos rivales en tanto que Doiteadiós tiraba estocadas sin piedad, girando en redondo para neutralizar a tres espadachines que lo tenían rodeado. Uno de ellos trató de engañarlo con una finta y se llevó un tajo en el cuello, del que sangraba profusamente. El segundo se batía reculando, sesgada de lado a lado la nariz, y el tercero no hacía más que mirar atrás esperando socorro. Con el rabo del ojo vieron llegar refuerzos de su barco, pero de cualquier manera estaban en desventaja. Uno de los cañonazos disparados desde el farallón retumbó atrás con ruido de astillas, quebrando la guarnición del trinquete de la carabela pirata. Hawkins y Doiteadiós se miraron: mala cosa. En lugar de achicarlos aquello los enardeció. «¡Que no quede uno!», gritó embravecido el capitán, y el bramido tomó por sorpresa a los soldados, que no esperaban oír voces en español. Y menos con semejante presagio. Ahora eran ocho contra doce. Habían perdido siete hombres, y el enemigo más. Con todo, aquella seguía siendo una pelea desigual. De súbito Hawkins se defendía de tres valentones que tal vez por verlo más fiero se ensañaban. El inglés sangraba de tres heridas: una en el antebrazo, otra en la espalda y la tercera en la nuca, las dos últimas infligidas con alevosía. Fue entonces que el capitán, que acababa de ensartarle el hígado a su oponente, vio cuando se abalanzaba sobre su compañero un cuarto baladrón. Y se metió en medio, brincando por encima de los cadáveres todavía calientes. Soltó la espada tras halar a uno por el cogote, llevándose de un solo tajo a dos en la golilla. Se palpó atrás para asir la daga con la que hirió de muerte de dos piquetes a un tercero. Hawkins había resbalado en la tablazón ensangrentada y con la zurda —la derecha de baja— se batía de espaldas sobre cubierta. Doiteadiós giró sobre el tacón de una bota para aventajarse en la arremetida; alzó de nuevo la toledana, en veloz artificio se la cambió de manos para confundir al soldado, que ya tenía un tajo de obsequio en el brazo, y de un puñetazo lo tiró por la borda justo cuando la punta de la espada enemiga estaba a un palmo del corazón del inglés, que de ahí en adelante juró serle fiel hasta la muerte. Nada, que aquel día los bendijo la suerte. Y ahora podían hacer el cuento.

Después de aquello navegaron juntos decenas de veces el litoral norte de la isla de Cuba, desde Punta de Gallinas y los Jardines del Rey hasta el Cabo de San Antonio, bordeándolo por el sur hasta el Cabo de Cruz. Se sabían los canales, fondeaderos, cayos, rompientes, bajos y ensenadas a lo largo de la ruta tanto como el lobo conoce su guarida. El caso es que entre una cosa y otra, el capitán y el maestre conservaban una amistad que ya iba para quince años, bautizada siempre con menos oro que peligros; sellada con lealtad y sangre, también en mancebías y tabernas durante las borracheras del inglés, porque el capitán nunca solía darse más de un trago. «La bebida —decía— puede llegar a ser tan peligrosa como el capricho de una mujer». Hawkins lo observaba con fidelidad espartana. El capitán era tres años más joven, pero lo admiraba por su intrepidez. El inglés le debía la vida y también una lección, aprendida muy a pesar de sus fieros instintos:

«A los hombres se les mata con honor». Finalizado el recuento de historias comunes, Doiteadiós vio a su maestre componer una mueca indómita y ponerle una mano en el hombro. El mar volvía a ser un plato. Las últimas sombras se desvanecían y el rostro de Hawkins era ya una mancha oscura. La noche había empezado a tragarse las siluetas de los que aún faenaban en cubierta o se apoyaban sobre las barandillas de las bordas mirando al mar, de cara a la próxima aventura, una nueva mano de naipes con la muerte de la que quizás algunos no regresarían.

Pese a que el rastro de destrucción dejado por el ciclón en La Habana era ostensible y ponía en veremos los planes de la Flota de Indias, la Casa de Contratación, encargada de gobernar los embarques, se sentía optimista. Las pérdidas no eran tan graves como parecían. Podía haber sido peor de no estar fondeadas las naves en una bahía tan segura como aquella. Cuatro mercantes y dos galeones de guerra tenían dañados velámenes y arboladuras. Pero un enjambre de marinos y carpinteros subidos a los palos ya remendaban trapos y reparaban vergas y arbotantes. El trabajo debía tomarles a lo sumo dos semanas. Mucho menos de los dos meses que la mayor parte de las veces demoraban en llegar a España los buques excedidos de carga. Con tal de que el tesoro llegase a su destino, a la Corona le importaba un bledo que se retrasara el viaje, siempre que los navíos partieran antes de agosto, cuando se agravaba la temporada de huracanes y era doblemente peligroso atravesar el Canal de Bahamas. En circunstancias normales tomaba tiempo poner de acuerdo a los comerciantes, esperar por los buques rezagados —que esta vez ya habían llegado—, pagar a la marinería, hacer aguada y acopiar los víveres para la travesía. A fin de cuentas, por miedo a que se enterasen antes los piratas, en Sanlúcar nunca se sabía la fecha de regreso de la flota hasta que la veían llegar. Sumando el tiempo de tránsito por La Habana, la mercancía proveniente del Pacífico demoraba no menos de un año entero en llegar a España, donde se le daba la bienvenida con efusivas manifestaciones de júbilo. De modo que la paciencia era parte intrínseca de la espera.

Pero a don Alonso Caso y a Villafranca no les daba igual la demora. Les tenía inquietos la eventualidad de que dándoles de larga a la operación —catorce días no eran pocos— pudiese descubrirse el aletazo que le daban a Su Majestad. Tramaban el negocio bajo un buen antifaz, pero de cualquier manera era un delito de peculado. En buen castellano, un desfalco que podía costarles el pescuezo. El miedo del regidor era que el capitán de mar, por quien no las apostaba todas, se amedrentara y lo dejara colgado de la brocha, sin barco y sin beneficio. Así que visto el caso hizo traer de vuelta a la sobrina. No había mejor manera de tener controlado al zorro que mostrándole la gallina.

La súbita enfermedad del padre, motivo por el que Beatriz había regresado a Matanzas, no tuvo mayores consecuencias. Inicialmente temieron que se tratara de malaria, pero el barbero sangrador y médico oficial del cabildo, que hizo el viaje con ella desde La Habana, redujo el diagnóstico a unas simples fiebres tercianas, probablemente causadas por la picadura de una garrapata. Los remedios fueron efectivos: cocimiento de quinina, cataplasmas de mejorana, reposo, y cero vino durante una semana. De modo que ella retornó a la ciudad sin poner reparos una vez que el padre mejoró y la tranquilizó, asegurándole que lo del noviazgo con Villafranca era pura filfa. Maniobras de tu tío para aprovecharse de él «en no sé qué negocio», le dijo. En cuanto a deseos de volver, no necesitaba ningún aliciente adicional. Estaba más que intrigada, diríase que encandilada, con el alférez Duarte y los enigmas que lo rodeaban.

En consecuencia, cuando don Alonso Caso se despedía de su sobrina dándole un beso en la frente, ella era presa de una progresiva excitación. El regidor partía a un encuentro con el gobernador de la isla en la fundición de artillería, donde iban a hacer una demostración del método adoptado a instancias suyas para la fabricación de pólvora utilizando carbón de almácigo, toda una novedad considerada muy oportuna dados los crecientes rumores de que La Habana no estaba bien preparada para hacer frente a un ataque pirata. Beatriz lo vio encaramar un pie en el estribo y bambolearse. La voluminosa anatomía de su tío meneó la calesa, haciendo chirriar los herrajes. El caballo, asustado, bufó, pero el cochero sostuvo las riendas. Ya arrellanado, más bien desplomado sobre el asiento, don Alonso se atusó el copioso bigote y le dijo adiós. La casa era similar a la de otras familias pudientes de la ciudad, de dos plantas, balcones que daban a la calle de los Oficios, con muros de tapiales y azotea. Por los corredores laterales del patio central, apuntalados con horcones de caoba, corría una suave brisa. El alférez se recostó en el respaldo de la silla, mirando a Beatriz, arrobado.

—Puede considerarse afortunado —dijo ella.

La joven aludía al beneplácito concedido por el tío para que el alférez la visitase sin restricciones.

—¿Por qué lo dice, por usted o por el permiso?

Ella apartó la mirada, restándole importancia a la traviesa pregunta.

—Por la visita —dijo—. Claro está.

Duarte quiso corregir la insinuación y no pudo evitarlo, se ruborizó.

—Era una broma —aseveró, aunque su mirada decía a las claras que no lo era.

Beatriz enarcó las cejas con calculada indiferencia.

—Me pareció gracioso curiosear un poco —Se permitió una sonrisa—. Todavía encuentro muy raro lo de esos dos hombres.

Un rayo de sol arrancó un destello a la copa de agua fresca que Beatriz se llevaba a los labios. De manera inconsciente, él tomó la suya y la imitó.

—¿Ha sabido algo más? —prosiguió ella, ahora manifestando candor— ¿Alguna novedad?

Duarte movió un brazo como si quisiese retroceder, pero no podía. Beatriz lo llevaba de la mano y él se dejaba conducir hacia donde fuera, placenteramente. Así que se lo dijo todo sin saber por qué lo hacía. Sus sospechas cada vez más embrolladas acerca de los dos desconocidos. La rara conducta, que ya era más turbia que extraña, de su capitán y el teniente. La confidencia que le hizo su amigo Nuño Garrote, y la versión de la mujer según la cual su hermano estaba vivo.

—¡Qué mujer? —inquirió Beatriz, perentoria.

Lo vio agitarse y recorrer el patio con la mirada antes de que sus ojos regresasen a observarle los labios y el pelo. De manera casi imperceptible él se acercaba, y ella se echaba hacia atrás en la silla.

—No sé quién es. Mi amigo no quiso decirme.

Un mechón se le soltó y Beatriz lo sujetó con los dedos, volviendo a recogerse el cabello en la nuca con un pasador de plata, sin dejar de mirarlo.

—Si lo dijo una mujer —solventó, vanidosa—, debe ser cierto.

Duarte se aproximó un tanto más y pudo sentir una fragancia suave, como de azucenas, que le alivió el olfato del fuerte olor a tanino y a pieles curtidas que llegaba de una tenería cercana. Decidió no decir nada a Beatriz sobre el robo del oro porque en definitiva aquella era una afrenta que debía ser resuelta entre militares. Pero le contó que había allanado la cámara del capitán en busca de algún indicio revelador, alguna pieza que lo ayudase a componer aquel rompecabezas. La sorpresa iba y venía a la boca de Beatriz.

—¿Y halló algo?

El alférez se tocaba las manos, nervioso, ansioso por contarle, pero temeroso de propasarse en cosas que no quería revelar.

—Una copia de mi certificado de ingreso al orfanato —dijo—. Y una carta, fechada el mismo año de mi nacimiento.

—¿Qué decía la carta?

La palabra bastardo la hizo llevarse un dedo a los labios. El hecho de que la carta estuviese dirigida a Villafranca y la firmara el teniente Jiménez le añadía al asunto la dosis perfecta de intriga. Faltaba por precisar en qué punto de todo aquello quedaba situado el alférez.

—¿Qué más? —Ahora Beatriz se mordía la uña.

—No sé. No pude seguir leyendo porque alguien vino.

De súbito las expectativas de desentrañar el misterio caían de nuevo al vacío. En aquel momento ella hubiera dado cualquier cosa por tener en las manos esa carta. Beatriz suspiró hondo, decepcionada. Sin embargo, no todo era desilusión. Su percepción del alférez había cambiado en un instante. Aquel joven no era ya un manso peón de Villafranca. Ahora lo veía más elegante, atractivo y valeroso que nunca.

—Entonces —Sonreía ella—, ¿no confía usted en el capitán Villafranca?

Hubo un silencio y él negó con la cabeza. Beatriz lo miró como si lo viese por primera vez, extasiada.

—Hábleme de ese hermano —recabó.

El semblante de Duarte se aflojó, y por él desfilaron los recuerdos de su infancia y de cuando el hermano se enroló en la Armada. Nunca se hablaron. Jamás se abrazaron. No tuvieron oportunidad de confiarse las cosas que solo podían decirse uno al otro. Imprecisa, lejana ya, pero aún viva, la imagen que tenía de él era la del hombre que nunca estuvo ausente en su vida aunque estuviese lejos. Luego vino la noticia de su muerte. Aunque muy joven, había sido honrado, leal y valiente. Eso decían todos los que le conocieron, incluyendo su tía. Su nombre: Álvaro López Duarte. Lo demás ella lo sabía.

Beatriz enmudecía con la vista perdida en el espacio y en el tiempo. Así estuvo un rato, hasta que sus dos pupilas se enfocaron nuevamente en él.

—Si ese hermano vive, ¿dónde podría estar?

—No sé —titubeó Duarte unos segundos—. Mi amigo Nuño dice que aquí.

—¡¡Aquí?? —El salto de ella fue inconsciente.

—Nuño cree haberlo visto la misma noche de la celada en una taberna.

La mente de Beatriz escapó de momento del presente, hilvanando cada detalle de la conversación. Luego miró fijamente a los ojos negros del alférez, que se mantenían pendientes de ella. Y sentada en el borde de la silla le tomó las manos entre las suyas.

—¡La carta! —dijo, agitada—. ¡Tiene que leer la carta!

Era una manera de infundirle valor, de persuadirlo encarecidamente. Pero el estremecimiento que le bajó a Duarte por la espalda le dijo otra cosa. Iba meditándolo después cuando el remero trató de ayudarlo a subir al bote, y por poco cae al agua por ir tan absorto pensando en Beatriz. Su yo interno le dijo que lo intentara otra vez. Por él y también por ella. Tenía que esclarecer por qué aquel certificado de la casa de beneficencia estaba en poder de Villafranca, y averiguar si el bastardo era él. La visita del capitán de mar y el regidor a la fundición de artillería esa mañana era una buena ocasión. No daría más largas al asunto. Ascendió decidido por la escala, enfiló el pasamanos y a los pocos pasos un clamor de risas lo hizo aminorar la marcha. Un grupo de marineros gastaba bromas bajo el palo mayor, pero abrieron paso y saludaron al verlo venir. El sol se cubría de nubes y la temperatura era menos desagradable. De todas maneras le sudaba la frente. Dirigía miradas de desconfianza atrás, asegurándose de que nadie lo seguía. Llevaba metida dentro la aprensión del que hace algo a escondidas. Ya estaba cerca. Sorteó un rollo de cabos adujados sobre cubierta. Traspuso la toldilla. Subió por la escalerilla que conducía a la cámara. Torció a la izquierda, y de repente tuvo que echarse a un lado para no tropezar con el centinela.

—¿Qué hacéis aquí? —preguntó, pasmado.

—Cumplo órdenes del capitán —respondió el soldado, casi ladrando.

Eso no estaba en sus cálculos. La noche anterior Villafranca había guardado en el armario una arqueta con monedas de plata como parte del tesoro escamoteado a la Corona. Era inusual que hubiese un centinela en su puerta, pero la seriedad del robo justificaba medidas extremas. Ni él ni el teniente podían correr el riesgo de que los descubrieran.

—¿Qué órdenes?

—Que nadie, salvo el teniente y la... —Trastabilló el soldado, pero logró destrabarse y compuso la frase—. Que solo el teniente y la sirvienta esa pueden entrar en su ausencia.

Frustrado, Duarte se miró la punta de las botas, lustrosas, y se sacudió la impecable guerrera del uniforme, molesto. En menos de lo que canta un gallo se le desmoronaban las perspectivas. Consideró la posibilidad de entrar de todas maneras. Pero era demasiado imprudente; diríase que descabellado. El soldado abría los ojos como si el alférez fuese a ponerlo en un trance difícil. Sin embargo, no lo hizo. No dijo nada, taconeó fuerte, dio media vuelta y por donde mismo había llegado se marchó. Le sonaban al oído todas las alarmas. ¿Sería que Dolores le dijo algo a Villafranca? ¿Se habrían dado cuenta de que registró en el bargueño? ¿Sabrían que tuvo en sus manos aquella carta? Si sus temores tenían fundamento ya nada podía hacer. Pero si no había realmente razones para preocuparse la mejor manera de comprobarlo era sondeándola a ella. De suerte que salió en busca de la sirvienta, que a esa hora se dirigía del pañol de víveres hacia la cocina.

—¿Sabes del capitán? —preguntó Duarte.

Dolores casi tropieza con él.

—No —repuso, imperturbable, mientras sujetaba firmemente con las dos manos una frasca de vino para Villafranca. Tenía plantado delante al alférez.

—Fui a verlo y no estaba —dijo él, examinándola con actitud felina.

—Ah... —Sostuvo ella la mirada, inexpresiva.

Guardaron silencio unos segundos. Dolores se mantenía impávida, lo que lo tranquilizaba un poco. Era imposible que una persona pudiese disimular algo tan serio bajo un semblante impasible. Esperó un rato más sin decir palabra, examinándola, y luego le dijo que no era nada importante. Que solo pasó a saludar al capitán y le extrañó no encontrarlo. Dolores sonrió con inalterable tranquilidad, y él la vio hacer una genuflexión e irse caminando descalza sobre las enseradas tablas del combés, serena como un mar sin olas.

Horas más tarde, toda esa quietud de Dolores se transformaba en suplicio. Villafranca había regresado pasado de tragos y, muy a su manera, la desnudó como quien descuera un animal, la lanzó bocabajo en el lecho y la forzó a ser esclava otra vez de sus atroces pasatiempos carnales. Ninguna de sus criadas se salvaba de tales tormentos, asiduos y siempre brutales. Aunque la que llevaba la peor parte era ella por ser la favorita. Y pobre de la que se resistiera. La pena mínima por desobediencia conllevaba tres días de calabozo, sin comida ni agua. La reincidencia se pagaba con el cepo. Para él era tan simple como llevar una bestia al desolladero. En su barco, él era el matarife.

Duarte despertó después de la medianoche y no pudo recobrar el sueño. Estuvo unos minutos sentado a oscuras en el coy, pero decidió salir a cubierta en busca de aire fresco. La noche era plateada. Aspiró con placer la brisa que ondulaba tenuemente las aguas de la bahía y mecía a su antojo los chinchorros de los pescadores y las barcas ligeras, fondeadas entre los formidables galeones, silenciosos e inmóviles, diseminados por la rada. Sintió voces y se dio vuelta. Se preguntó quién podía ser a esa hora. Las voces enmudecieron, y en su lugar oyó pasos que se iban aproximando. En las sombras se recortó una silueta, luego otra. Por lo encorvados que iban los cuatro soldados parecían acarrear algo muy pesado. Abrieron la cubierta de la escotilla que bajaba del combés a las bodegas del barco y primero descendieron dos; levantaron con trabajo el cajón, apoyándolo en el borde mientras bajaban un escalón más y los otros sostenían el peso desde arriba. «El oro. Eso es, no puede ser otra cosa», dedujo Duarte. Se acercó unos pasos más, tratando de averiguar hacia dónde llevaban el tesoro.

—¡Alférez! —La voz del teniente lo congeló. Parecía que el corazón dejaba de latirle—. ¿Busca algo?

El dilatado silencio que sobrevino era de los que no auguran nada bueno. Duarte dibujó una sonrisa ingenua pero inútil: era inapreciable en la penumbra.

—No —respondió.

Jiménez lo agarró con fuerza por un brazo.

—¿Cuánto tiempo lleva aquí?

—Ni un segundo —balbució —. Salí a cubierta porque perdí el sueño, teniente.

La mano de Jiménez retornó a su lugar. El brazo del alférez sintió alivio, pero el apretón no dejó de taladrarle la mente.

—Presumo que preparáis la partida —añadió, en un nuevo intento por hacerse el bobo.

—Imagináis bien —dijo el teniente, comprobando de reojo que los otros ya habían bajado con el oro.

El alférez compuso lo primero que se le ocurrió.

—O sea, que partimos en corto tiempo.

Las afeminadas facciones del teniente se habían endurecido.

—Imagináis mal.

Hubo otro silencio, ahora más corto. «Llegó la hora de irme para ver si salgo de este aprieto», pensó Duarte.

—Me voy a la cama —dijo, haciendo ademán de girar sobre los talones para escapar de aquello, pero Jiménez se lo impidió.

—Alférez —advirtió, cortándole el paso—, hay asuntos de los que es mejor no enterarse.

Lo había dicho arrastrando las palabras. Mejor desinformado que muerto, era la idea. Horas después, el alférez no lograba reponerse del mal rato y seguía reprochándose haber tolerado aquella amenaza sin chistar. Su amigo no pensaba igual. Fuiste muy afortunado en actuar con sensatez, le habría dicho con todo gusto Nuño, que lo miraba con indulgencia. Sin embargo, calló. El alférez tenía el semblante tan rojo de ira que en ese momento hubiese sido inútil tratar de convencerlo de lo contrario. «La suerte —le dijo el Piolo— es que has salido con vida de territorio hostil, y además con información privilegiada». Ahora sabían algo más sobre el hurto del oro y podían actuar. En resumen, a él le sería mucho más fácil vigilar en lo adelante al teniente para saber de dónde se robaban los lingotes y cómo los transportaban al barco, entre otras razones porque él no estaba bajo la lupa como el alférez. Quién iba a sospechar del Piolo.

—¿Vienes mucho aquí? —preguntó Duarte, paseando la vista por la taberna.

—A menudo —repuso Nuño, mirando a un cura que cayó de nalgas en el lodo de la calle y se levantaba con una plasta de boñigo pegada en la sotana.

Estaban en La Jutía. Era la primera vez que visitaba el sitio. El Piolo lo había llevado allí con toda intención. En ese lugar esperaba toparse muy pronto con el otro Duarte y quería que él lo supiera. Años de pesadumbre podían pasar a ser muy pronto cosa del pasado. Aún no podía creer que aquel hombre fuese en efecto su hermano. Ni que él y su amigo estuviesen tan cerca de desenmascarar y ocasionarle la ruina al hombre que hasta ayer había creído un benefactor. Miró pensativo la mano que apoyaba en la mesa y luego la jarra de vino al lado, casi intacta. Ya no parecía dudoso sino esperanzado. Movía repentinamente la cabeza, dándose aliento. Por supuesto que iban a lograrlo. Cada cual librando su propia guerra contra Villafranca, por razones muy diferentes pero igual de justificadas.

Tras la cita en la taberna no hubo que darle más vueltas al asunto. Esa noche, Nuño Garrote se apostó embozado en un lugar estratégico. En una ciudad tan chica, donde todo lo importante ocurría en pocos cientos de varas a la redonda, y a una hora en la que las calles por lo general estaban desiertas, no era difícil descubrir cualquier movimiento extraño. Y no se equivocaba. Cuando el sereno de ronda cantó la medianoche, vio venir desde un extremo de la calle de los Oficios a cuatro soldados en un carretón. Solo un par de hachones relucían en todo lo largo del camino, lo que lo favorecía. Un borracho pasó por la esquina hablando jerigonzas y se detuvo un poco más adelante para vaciar la vejiga. En mal momento, porque entonces lo asaltaron las ganas, y abriéndose la portañuela de las calzas, sin perder de vista a los soldados, meó contra el muro. Los vio pasar de largo frente a la taberna, que ya tenía muy pocos parroquianos. Para entonces no le quedaban dudas. Iban rumbo al Castillo de la Real Fuerza. Los siguió con la mayor cautela que pudo, escudándose en la oscuridad. Si en efecto se dirigían a la fortaleza tendría que descubrirse el rostro aun a riesgo de que lo reconociesen. Un soldado embozado siempre era cosa de no fiar. Además, estaba obligado a acercárseles porque si pretendían entrar en la ciudadela, como se podía inferir, con toda seguridad tendrían alguna contraseña y debía oírla. De cualquier manera, si lo veían estaba perdido. Así que cuando se hallaban próximos a la puerta corrió hasta agazaparse tras el carretón. El rechino de las ruedas acalló el ruido de sus pisadas chapoteando en el lodo. Antes de trasponer el puente levadizo un centinela les salió al encuentro.

—¡Quién vive?

—El brazo y el arrojo del rey —respondió alguien en el carromato.

Acto seguido se alzó el rastrillo de la fortaleza y la carreta traspuso la puerta escoltada por el vigilante, que no alcanzó a verlo cuando él desaparecía de nuevo entre las sombras.

Aguardó con paciencia en un recodo a un costado de la hostería el Parnaso, desde donde podía divisar la puerta por la que debía salir el carromato, que una media hora más tarde reapareció con un quinto y sexto pasajeros: dos cajas. Los siguió ahora con igual cautela. Habían avanzado poco más de un centenar de varas cuando se detuvieron y quedaron inmóviles, como si esperasen a alguien. Los soldados estuvieron un rato charlando en voz baja hasta que todos dirigieron la vista hacia el extremo de la calle. Se vio una silueta. Alguien se acercaba. Venía junto a las paredes, protegido por la sombras. Algo le decía al Piolo que aquella forma de caminar le era conocida. Sacó la cabeza un poco más y no se llevó ninguna sorpresa: era el teniente Jiménez, que seguro venía de jugarse la última mano de naipes de esa noche en La Jutía; dijo algo a los soldados que él no pudo oír, dio una vuelta en derredor, intentó mover las cajas con una mano como reconociéndolas y terminó subiéndose al pescante. De ahí en adelante la carreta apretó la marcha y el Piolo tuvo que apurar el paso para no quedarse rezagado. En la caleta ubicada detrás de la aduana los esperaba una tartana. Los vio abordarla y partir hacia el galeón. Un centinela que había salido de un deteriorado cobertizo de madera junto a las matas quedó al cuidado del carruaje. Entonces caminó sin luz hasta el pilote del embarcadero donde tenía amarrado el bote y remó sin apremio, con toda su calma. Como decía el refrán, apurar mucho al testigo es más obra de enemigo que de amigo. Si se anticipaba podía malograrse el asunto. Ni el teniente ni sus hombres debían verlo. Podían inferir —el más tonto lo hubiera hecho— que los estaba vigilando, y todo se iría al garete, empezando por él. Tampoco podía seguirlos a lo descarado hasta el pañol donde ocultaban las cajas. Aunque no hacía falta pues ya tenía una idea de cuál podía ser. De modo que cuando subió por la escala ya los otros habían guardado los lingotes de oro en el escondrijo.

—¿Qué hay ahí? —preguntó el Piolo a media lengua y tambaleándose.

El guardia al pie de la puerta lo miró con cara de adónde cree este borracho que va.

—No os interesa —repuso, rígido.

—¿Qué guardas con tanto celo? —machacó, hipando. Y falseando un traspié se le echó encima.

El otro lo empujó, furioso.

—¡Mejor te vas!

El soldado lo agarró con fuerza por el cuello de la camisa, forzándolo a regresar a cubierta. «Aquí es», se dijo él.

Ya sabían de dónde robaban el oro, cómo lo sacaban y dónde lo escondían. Ahora debían idear cómo hacer para que el delito del capitán Villafranca y el teniente Jiménez no quedase sin castigo. La forma en que pagasen la villanía, limpia o suciamente, era un trámite secundario con tal de que se cumpliera el dicho, donde las dan, las toman».

CAPÍTULO X

MUERTE AL MATÓN

El cielo estaba en parte cubierto y la mar tranquila cuando se arrimaron a tierra. No se movía ni una ola. Parecían estar remando en un estanque y solo se oía el leve chapaleo de los remos entrando y saliendo del agua, y el tenue crujido de estos rozando en los escálamos contra las chumaceras. Doiteadiós, Puñales, Berrinche y Bocamuerta iban en un esquife. Los acompañaban en otro Paco Finura y tres hombres. Detrás, fondeados en el estuario, se recortaban contra la sutil claridad de la noche las siluetas de La Centella y el San Gabriel, como dos guerreros dormidos sobre el océano. El malagueño cascarrabias creyó ver sombras moviéndose en la arena, tal vez soldados, aunque no estaba seguro. También podían ser pescadores, según dilucidó el castellano del aliento mortal. Una hoguera escasa de llamas dejaba ver a la izquierda una raída tienda de campaña, y al lado opuesto media docena de chozas. Vararon los botes en la orilla. La lumbre apenas conseguía repeler los mosquitos, que dada la calma eran los dueños de la noche. Los ocho avanzaron con prudencia. Sus sombras se reflejaban trémulas en la lona de la tienda. El capitán y Puñales alzaron sigilosamente el entoldado que cubría la parte frontal. Seis soldados, a medio vestir, dormían en el suelo. Igual número de arcabuces se apiñaban en forma de cono en una esquina. Los fueron despertando uno por uno, en silencio, alertándolos con solo dos movimientos de lo que les esperaba si gritaban o se resistían: un dedo sobre los labios y una mano deslizada de canto sobre el cuello. La reacción de todos fue la misma: desconcierto absoluto, mandíbula descolgada y pupilas dilatadas y quietas como las de pescado en tarima, salvo el último, que hizo amago de abalanzarse sobre un arcabuz y Berrinche lo obligó a cambiar rápidamente de idea con una mojada en el brazo. El malagueño se disponía a propinarle un segundo escarmiento cuando Doiteadiós lo detuvo.

—Es suficiente —dijo—. Esa sangre sobra.

Más que una orden parecía un pensamiento manifiesto. Un deseo de no excederse más fuerte que el deseo mismo. Maniatados, amordazados y colocados en semicírculo alrededor de la hoguera, los soldados contemplaban la escena medio lelos, como el que de pronto se ve en un funeral y no de doliente sino poniendo el muerto. Al rato se oyó ruido de voces. Vieron venir a un grupo de aldeanos, y en el acto los piratas se aprestaron a esgrimir las armas, pero el capitán los paró con un ademán decidido. Los otros se acercaban sonrientes, como si aquella inusitada visita más que provocarles miedo fuese motivo de fiesta. Así los tendrían de hastiados los soldados que sin ellos pedirlo les brindaron cuanto tenían, que no era mucho. En reciprocidad, Doiteadiós mandó traer del barco una garrafa de vino. Los pescadores le dijeron casi todo lo que quería saber. Las autoridades militares de la isla mantenían ese puesto de vigilancia permanente en la desembocadura del río para prevenir el acceso de corsarios ingleses a la ciudad. Las características del estuario, con un meandro bien protegido, eran ideales para anclar naves como las de ellos, fuera de alcance de la vista de los bajeles que navegaban mar afuera en dirección al puerto. La función de los soldados era avisar cuanto antes a la guarnición de La Habana de cualquier peligro, pero estos pasaban la mayor parte del tiempo borrachos, abusando de las mujeres de los aldeanos y robándoles la comida. Los seis eran relevados una vez por semana. Los que yacían maniatados en la arena habían llegado la víspera. De modo que en seis días no habría peligro de que viniesen a reemplazarlos. Pero ahora Doiteadiós no tenía mucho tiempo para distraerlo en intercambios amistosos. Tenían que entrar en secreto a la ciudad antes de que amaneciera. Así que tras anunciarles que seis de sus hombres se quedarían en la aldea y que nada debían temer, él fue a lo suyo.

Bocamuerta encendió una tea y alumbraba la cara a los soldados. Doiteadiós los estudiaba sin despegar los labios y con los dos pulgares colgados del cinto. En años de asaltos, refriegas y combates había aprendido a no fiarse de las palabras ni de las apariencias de los adversarios. Pero los ojos rara vez engañaban.

—Este —eligió.

Puñales le zafó la mordaza y sin poder contenerse le dio un coscorrón. Los labios del prisionero temblaban.

—¿Cuántos hombres hay en el Morro?

El soldado tragó saliva y se apresuró en responder.

—Doce piqueros y otros tantos arcabuceros.

—¿Nada más?

—Que yo sepa, vuestra merced.

—¿Cañones?

—Cuatro y dos medias culebrinas.

¿Y en la Punta?

—Cinco medias culebrinas y dos pedreros.

El capitán y Puñales cambiaron miradas. Aquello era más de lo que ellos estimaban. Si era cierto, y los ojos de aquel soldado le decían que sí, resultaba peligroso acercarse a menos de dos millas del litoral de la Habana, puesto que estarían al alcance de los cañones del Morro, con más poder de fuego que las culebrinas. Así se lo hicieron saber a Hawkins y al Holandés, que se quedaban al mando de los dos barcos. Despojaron a los seis prisioneros de sus uniformes, con los que se vistieron Berrinche, Bocamuerta, Paco Finura y el resto de los que en su momento irían con ellos al asalto del Castillo de la Real Fuerza. Si algún soldado viene, aunque los vea uniformados no pueden dejarlo ir. Cuando sea preciso vendremos por vosotros. Esas fueron sus instrucciones.

Anduvieron ligeros para que no los sorprendiese el alba a mitad de camino, que recorrieron sin mayor dificultad puesto que ya lo conocían. En las cercanías del Morro se apartaron del trillo y se metieron por un matorral para eludir el fuerte, donde seguramente habría algún centinela. Al llegar a la garita de Casablanca pasaron como Pedro por su casa. «Para mí que estos tíos son devotos de la manzanilla», pensó Puñales, mirando de reojo al soldado, echado en el suelo con las piernas abiertas y dormido como un angelito.

—Al menos este no ronca —ironizó.

El capitán se viró para amonestarlo.

—Eres incorregible, Puñales —dijo, bajando las escaleras de piedra. Se detuvo un segundo y lo volvió a mirar, entre divertido y estupefacto—. No hay quien te arregle.

El fulano del sombrero de guano y los dos dientes solitarios no estaba en el muelle y fue otro el barquero que les cruzó el canal. La ciudad amanecía entre dos luces, una que iba devorando poco a poco las sombras, y otra de refulgentes rayos que asomaba sobre el perfil de la colina a sus espaldas. Los masteleros de los galeones parecían centinelas inanimados. Doiteadiós no quiso hacer ninguna parada antes de ir a casa del mercader Rojas, aprovechando que a esa hora apenas había tráfico en las calles, y las posibilidades de que alguien inoportuno los reconociese se reducían hipotéticamente a cero. Lo primero que debían resolver era dónde alojarse, y la vivienda del trujamán parecía idónea, por lo apartada y discreta.

Subieron por la calle San Juan hasta la de San Ignacio, donde doblaron a la izquierda hasta la del Barranco. No había ni un alma en el camino; torcieron a la derecha y cuando estaban a pocos pasos el capitán se detuvo en seco. «Algo no está bien», se dijo, y asió a Puñales por la manga. Era muy raro que la casa de un individuo metido hasta el cuello en el tráfico ilegal de mercaderías tuviese entreabierto el portalón que daba acceso al patio contiguo a la vivienda, un descuido demasiado tentador para cualquier ojo indiscreto. Rojas era un pícaro de siete suelas que de tonto no tenía un pelo. Debía de ser lo que estaba pensando. Villafranca y el teniente podían haberle echado garra al trujamán. Pero ya ellos estaban allí. Y él no era de los que dejaban las cosas a medias. De manera que con la sangre fría del que se sabe decidido a todo tocó dos veces a la puerta. Puñales vigilaba de reojo que nadie fuese a sorprenderlos saliendo por el portón lateral.

El que abrió fue el carretonero de las orejas grandes. El capitán le clavó en el entrecejo los ojos pardos como dos dagas.

—¿El señor Rojas?

—No está.

De ahí en adelante todas las contestas fueron monosílabos, que el orejudo acompañaba con guiños sugerentes de que además de él en la casa había alguien. Hasta que adentro una voz le ordenó que los dejara pasar.

Entraron en una espaciosa habitación sin muebles. Un plato frutero y un par de candelabros reposaban en el suelo, en un rincón. De pie en el centro había un hombre de mediana estatura, corpulento, ojos de sapo y mejillas hundidas.

—Llegáis a tiempo —dijo el sujeto, que traía a la cintura dos espadas en lugar de una.

—Depende de cómo lo veáis —repuso el capitán, sereno, sin quitarle la vista a los dos aceros del individuo.

—Cierra la puerta —ordenó el tipo, masticando un chicharrón.

El carretonero obedeció sin chistar. En eso entró a la habitación por la puerta del fondo otro fulano, larguirucho, huesudo y con pinta de valentón devaluado.

—¿Sabéis que le han puesto precio a vuestras cabezas? —dijo el recién llegado e hizo una pausa para ver el efecto que causaban sus palabras.

Los dos bravucones sonreían. El capitán y Puñales no dijeron ni jota.

—A que sabéis de qué os estamos hablando —insistió el de los ojos de sapo, todavía mordiendo el chicharrón.

El capitán seguía mudo, pasándose el índice de la zurda por la mejilla y la mano derecha a un palmo de la toledana. El larguirucho se había corrido un poco hacia el lado de Puñales, que ya tenía una de sus hojas cortantes lista para ser arrojada, agarrada por la punta y oculta detrás del antebrazo.

—Linda espada esa —elogió la toledana el del chicharrón.

Doiteadiós había dejado de pasarse el dedo por el carrillo y la zurda la tenía ahora cerca de la daga.

—Eso dicen.

—¿Eres bueno con ella? —preguntó el fulano, provocador.

—Puede ser.

Y como para que no hubiese dudas, Doiteadiós echó puños de una vez a la espada y la vizcaína, mientras su compañero le encajaba el puñal al huesudo en medio del pecho y de una sola estocada lo enviaba sin remitente a la latitud de la que nadie regresa, con un enunciado como sello de garantía que se pudo escuchar con toda claridad.

—Fanfarrón.

—Este es mío —deslindó el capitán, que le borró al otro del rostro la presuntuosa sonrisa y lo hizo tragar de súbito el chicharrón, tirándole un tajo que le silbó a escasas pulgadas de los labios.

El de los ojos de sapo se batía con un desespero que segundos atrás estaba lejos de imaginar, parando con mucho sudor y ambas espadas los lances de Doiteadiós. Consternado, metió el pie y atacó a fondo con un acero alzando el otro para resguardarse. Nada. Entonces profirió un horripilante grito tratando de amilanar al capitán, que a esas alturas era más adrenalina que oídos. Nada. Y cuando su barata destreza apenas alcanzaba para dilatar el final, pudo esquivar una estocada que parecía traer todas las intenciones de un puntillazo. Ese fue el preámbulo. Había quedado fuera de balance. Y el segundo lance, que sí era el definitivo, llegó como un relámpago.

Los baladrones yacían inertes en el piso. El carretonero había recibido un tajo de refilón en un brazo, ocasionado por los desesperados contraataques del tipo de los ojos saltones y las mejillas hundidas. El capitán y Puñales le cosieron la herida con aguja gruesa e hilo de cáñamo de remendar velas, dejándole un extremo abierto para que supurara. Luego se la empaparon con un remanente de vino que hallaron en la alacena. Todavía agitados por la efervescencia de la pelea, ninguno de los dos había reparado en el hedor a cochambre y orina de mula que despedía el herido.

—Apestas feo —dijo Doiteadiós, arrugando la nariz.

El orejudo, que no se bañaba porque era de los que creían que las enfermedades entraban con el agua por los poros de la piel, les contó prolijamente todo, los cuatro soldados que dieron muerte al señor Rojas, el interés que mostraban en dar con el paradero de vuestras mercedes, la amenaza de que si él se iba de lengua correría igual suerte. Y después la llegada de aquellos dos guapetones venidos en mal momento, cuando una vez muerto el amo él recogía sus cosas para abandonar la casa. Habían estado días esperándolos, comiendo y bebiendo de su despensa, gratis, y vanagloriándose a todas horas de hazañas que tenían que ver más con los delirios que con la realidad.

—La carreta —inquirió el capitán—, ¿la conservas?

—Está en el patio.

Doiteadiós ordenó al orejudo que fuera a cerrar el portón. Luego registró a los dos matones y le dio todo lo que encontró en las bolsas, incluido un doblón.

—Te quedas aquí en la casa hasta que regresemos —dijo.

Cuando cayera la noche el carretonero debía llevar los cadáveres hasta un campo yermo y tirarlos allí para que los buitres dieran buena cuenta de los despojos. Si alguien venía preguntando por los dos tipos, debía decir que nunca habían estado en la casa. Aclarado el punto partieron. Era demasiado arriesgado pernoctar en un sitio tan señalado. Doiteadiós no estaba dispuesto a correr riesgos innecesarios que hicieran peligrar su plan. Primero que todo tenía que asegurar el oro, y después lo más importante, no desaprovechar aquella segunda oportunidad para consumar el primordial de sus objetivos, que perseguía con tenacidad numantina: acabar de saldar su cuenta pendiente con el capitán Villafranca.

Pese al peligro de que fuesen reconocidos por alguien, recorrieron los embarcaderos en el puerto y la gestión fue fructífera. Tras una meticulosa búsqueda lograron hallar una embarcación de las dimensiones apropiadas para que ocho hombres con exceso de peso pudiesen cruzar sin demora de un lado a otro la bahía. Una vez en Casablanca ya verían como arreglárselas con el centinela de la garita, que si la rutina los ayudaba estaría como siempre en brazos de Morfeo. El botero, un sujeto taciturno y de pocas palabras, aceptó de buen grado la oferta que le hizo el capitán. La noche que necesitasen la barca vendrían a buscarla. Cerrado el trato, Doiteadiós se quedó contemplando con ojo conocedor un jabeque en el extremo del atracadero. Tenía tres palos, velas latinas, estaba artillado sin exageraciones, se veía ligero y por su moderado tamaño parecía ideal para una incursión costera. Se prendó del porte y condición de la embarcación.

—¿Es vuestra merced el capitán? —preguntó a un individuo con aire de autoridad que se disponía a subir al jabeque por una pasarela.

—El dueño —repuso el otro, echándole una ojeada de pies a cabeza—. ¿Por qué?

Doiteadiós observaba el Constanza con los brazos en jarras.

—Bello bajel —dijo.

El hombre sonrió orondo por el elogio. Vestía ropa fina, medias de seda y zapatos de tafilete. La espada le relucía en la cintura.

—Si tenéis algún negocio potable —ofreció— aquí estaremos tres o cuatro semanas más.

El capitán miraba ahora al hombre, el aire atento.

—¿Qué precio tendría ese negocio? —se interesó.

—Eso depende de voz. —El dueño del barco tenía un pie aún en el muelle y el otro en la pasarela.

—Sería cuestión de un par de días. Algo rápido.

El otro se mordió el labio inferior, pensativo.

—Cien escudos —repuso al rato—, por ser la primera vez.

—Cincuenta —propuso él, con los brazos todavía en jarras.

La contraoferta era exigua aunque no desdeñable para los tiempos que se vivían en una ciudad sedienta de oro, donde todo se compraba y todo se vendía, pero donde no abundaban los arrendatarios ocasionales, y había pocos en condiciones de pagar así como así esa suma por una embarcación como aquella para utilizarla solo dos días. El patrón del jabeque se quedó mirándolo fijo, como si quisiera entrarle en la mente; tarea imposible si lo que quería era leer qué decían los ojos de Doiteadiós. Por esa suma solo le daría el barco, un piloto y un marinero. El resto de la tripulación corría por su cuenta. Allí estarían esperándolo sus dos hombres y él las próximas tres noches a condición de que el negocio en cuestión no fuese ilegal. Pidió veinticinco escudos de anticipo, pero el capitán le dijo que él no recibía ni daba nada por adelantado. Era de esa manera o no era. Juntando diestra con diestra la negociación se cerró.

Desandaban el muelle y Puñales no lograba entender. Le preguntó qué tramaba, pero él no quiso entrar en detalles. «Nada que nos afecte los planes. Ya sabrás», dijo. En eso vieron venir a una ronda de soldados que los obligó a detenerse, darles la espalda y disimular. Luego prosiguieron sin novedad el camino. Sobre la marcha decidieron que la mejor opción que tenían era probar suerte en la hostería el Parnaso, pasando por alto la irremediable incomodidad de que el lugar era muy frecuentado por soldados, rameras y otras criaturas de semejante naturaleza. Las desventajas podían ser paradójicas. En un sitio tan concurrido nadie se fijaba tanto en los forasteros. Se dirigieron pues hacia allí prevenidos de lo que se encontrarían, sorteando la porquería y el barro acumulado en todos los caminos que atravesaban la ciudad. Temprano en la mañana o ya de tarde, el estrecho trazado de las calles permitía a los transeúntes protegerse de los implacables rayos de sol caminando a la sombra por una de las orillas, la que no estuviese a esa hora expuesta directamente a la luz. Pero al mediodía era imposible huir del ardiente fulgor, que rebotaba con desenfreno sobre las paredes pintadas de cal, que de tramo en tramo mostraban edictos del cabildo advirtiendo a los caminantes que hacer allí sus necesidades, amén de constituir una ofensa pública y ser de mal gusto, estaba penado por la ley. No obstante, al llegar a la esquina de la calle de los Oficios y la de las Cañas tuvieron que apartarse para no tropezar con una mujer que recostada contra una tapia, alzada la falda, apremiaba las tripas acosada por una milicia de moscas. Los desconchados en los enlucidos de las fachadas delataban la perenne disputa tropical entre la humedad y el calor. Bajo un salpicado de manchas y requetezurcido tenderete, un mercachifle pregonaba géneros selectos: marfiles de la India, sedas chinas, sándalo de Timor, especias de Molucas, canela de Ceilán, alcanfor de Borneo, jengibre de Malabar, así como damascos, tibores, tapices y etcéteras de procedencia incierta. Más adelante, una hueste de verduleros, ganapanes, pieleros y buhoneros entorpecía el tránsito, en un trecho de la calle que se recorría con zozobra y los dedos apretando la nariz, huyéndole a los agresivos olores de melazas, mariscos, pieles curtidas, frutas podridas, fritangas, licores fermentados, aguas de albañal y vómitos. Al fin vencida la barrera de efluvios infectos, frente a ellos tenían el Castillo de la Real Fuerza, y a un costado por la calle Honda la hostería, mancebía y leonera del Parnaso.

Tal como les había advertido el Chifle, el lugar estaba lleno de ratones e insectos de picada hiriente y nociva. Y con el trasiego de putas y clientes por los pasillos, en cuanto oscureciera les iba a costar un riñón poder dormir. Con todo, viéndole el lado positivo al asunto, estando más cerca del enemigo podrían conocer mejor sus movimientos. Después de todo, era el sitio donde menos esperaban hallarlos quienes al parecer seguían empeñados en obsequiarles un reencuentro de ultratumba con el trujamán. El posadero los convidó a disfrutar una estancia lo más placentera posible, animada por el vino de la casa, agrio y un poco paliducho pero muy barato, y ocho beldades a escoger: dos andaluzas aceitunadas y muy pervertidas de mente; una holandesa rolliza y blanca como la leche, de una lujuria incitante; tres negras que eran un fenómeno erótico, y un par de chinas un poco flacas pero que trabajaban con mucha eficacia en pareja.

—¿Están en exhibición? —inquirió Puñales, mirando al posadero con ansioso interés. Hacía mucho que no complacía sus fantasías carnales.

No tuvo tiempo de contestar el mesonero. Alguien había entrado a la hostería y se les paró detrás.

—¿Puedo ayudar en algo a sus señorías? —preguntó el recién llegado.

El ofrecimiento los cogió desprevenidos. Aquella voz era conocida. De manera automática ambos se volvieron con la mano en la empuñadura de la espada. El cabo Suárez Muria los saludaba con una sonrisa afable. Doiteadiós reaccionó presto, sin dar tiempo al más mínimo equívoco.

—Nuestro héroe de Empel —dijo, tendiéndole la misma mano que un segundo atrás asía el mango de la toledana.

—Nunca pensé verlos aquí. —No ocultaba el cabo su asombro.

—Ya ve usted —concedió el capitán—. El deber obliga.

Una sonrisa corrosiva iluminó el semblante del militar.

—No me diréis que estáis aquí trabajando —ironizó, acercándoseles todavía más—. Porque no os voy a creer.

Inusitadamente, Puñales callaba y miraba. No era momento de andarse con bromas.

—Déjeme decirle, cabo, que aunque no lo parezca la respuesta es sí —dijo el capitán, el tono severo—. Y me alegra mucho que sea usted tan oportuno.

Al cabo se le notó de pronto intrigado, atento a lo que su amigo supervisor de la Corona tenía que decir pero sin dejar de mirar de soslayo los desmesurados pezones de la puta holandesa, que tetas al aire y una sábana enrollada a la cintura se abanicaba la entrepierna con una hoja de yagua.

—Soy todo oídos.

Doiteadiós lo tomó por un brazo y lo guió hasta una esquina del vestíbulo.

—Algo grande se acerca. Y vos estáis llamado a jugar un importante papel.

El otro, curioso, se le acercó más.

—¿Grande como qué?

—Una conspiración —precisó el capitán, tocándose un botón de la camisa como el que quiere disimular.

El cabo, que discurría con cierto letargo, abrió un ojo, impresionado. El párpado del otro, el de la cicatriz, ni se movió.

—Vuestra señoría hablaba de un papel importante —dijo.

Hasta ellos llegaba el subido olor de un retrete.

—Puede que tenga que ayudarnos en un asunto muy delicado. Alguien está robándole al rey y nuestra misión es reunir pruebas para encausarlo.

—¿Robando qué?

Doiteadiós bajó aún más la voz.

—El oro de la Corona, el que vos guardáis en las mazmorras.

El cabo seguía con un ojo muy abierto. Aquello tenía un matiz espinoso. Pero si lo decía uno de los inspectores de Su Majestad, algo habría de cierto en el asunto.

—Y de lo mío, ¿hay algo? —preguntó, más interesado en su emolumento que en la conspiración.

—Eso viene —aseguró el capitán, haciendo un círculo entre dedo y dedo—. Y con este nuevo problema, si requerimos de vuestra ayuda, dé por seguro que el aumento de sueldo será mayor.

—¡Bendito Dios y todas las vírgenes! —exclamó el cabo, llevándose una mano al pecho.

—No se extrañe si nos ve pronto por el castillo —dijo por último Doiteadiós, dándole una palmadita en el hombro—. Vos ya sabéis...

La frase quedó inconclusa, pero el cabo asintió en silencio y fue él quien la redondeó poniéndose el índice sobre los labios, persuadido de que en boca cerrada no entran moscas.

Se despedían afuera cuando un carruaje pasaba frente a la hostería, desembocando en la calle de los Oficios. Todo ocurrió muy rápido. El capitán estaba de espalda. El cabo, de frente, se inclinó para saludar a las tres damas que iban en la volanta. La esposa y la hija del regidor sonrieron; Beatriz estaba demasiado abstraída para reparar en la reverencia del militar. Aquel chambergo y la figura del que lo llevaba puesto relampaguearon en sus pupilas. Doiteadiós no volteó del todo la cabeza y miró con el rabo del ojo. Fue solo un segundo, eternizado por ella con fidelidad fotográfica. No podía ser. Eran visiones. Beatriz intentó incorporarse para ver mejor aquel hombre que el carruaje ya dejaba atrás, pero el encontronazo que dio la rueda en un bache estuvo a punto de hacerla caer y se lo impidió. Estaba pálida, y las otras dos lo notaron.

—¿Te sientes mal? —preguntó la prima.

No podía hablar. Tenía un nudo en la garganta, por lo que se limitó a negar nerviosamente con la cabeza. Minutos después, viendo que en la casa seguía desencajada, la tía fue a prepararle un cocimiento de tilo.

—Mal de amores —insinuó doña Isabel de la Folla Segura.

La esposa del regidor era una mujer entrecana, que recorría los ingratos senderos de la obesidad igual que el marido, arrastrando la frustración de que sus apellidos y su vida matrimonial marchasen por caminos tan divergentes. Su hija Evangelina, que tejía, salió en defensa de la prima.

—¡Dejadla, mamá! —reconvino.

Beatriz reflexionaba en todo lo dicho por el alférez, la revelación de que el hermano vivía, la creencia de que este podía estar en la ciudad, el paralelo que ella hacía con aquel otro hombre, enigmático, que regresaba una y otra vez a su mente, y que sospechaba haber visto hacía solo unos minutos.

—A mi me parece que tiene cierto interés —dijo en tono intrigante doña Isabel, que se las daba de ser una excelente catadora de hombres solteros, a pesar de que en su vida particular ese don no le había dado buenos resultados.

—Habla del alférez —dilucidó la prima.

—No creo —respondió Beatriz entre sorbos de tilo, deseosa de que las otras cambiasen de tema.

—Interesado no. Enamorado —acotó Evangelina, dando una puntada en el tejido.

Doña Isabel volvió a la carga.

—Enamorado o sin enamorar, el problema es que carece de casta —dijo, entornando los ojos—. He oído que se crió en un hospicio.

—Ni que el mundo se fuese a caer por eso —objetó la hija.

La doña suspiró hondo y estiró el cuello.

—Tampoco tiene fortuna —remató.

—Pero tiene porte, mamá —Evangelina paró de tejer y puso en blanco los ojos—. Mucho porte.

—El porte se lo lleva el tiempo —replicó la señora, que ahora bebía del vino con que solía embriagarse para no desmayar pensando en aventuras conyugales que desde hacía mucho tiempo no tenía. Así le pagaba de mal el marido, que sin la fortuna de ella jamás hubiese podido comprar el puesto de regidor vitalicio que tenía—. Lo único que perdura es el dinero.

Beatriz parecía ahora divertida con el parloteo de madre e hija.

—Total, ¿de qué me ha servido a mí el dinero? —deploró Evangelina, en sus treinta, solterona y con el cuerpo plagado de lozanas verrugas que se medicaba con agua de ángeles, una loción a la que reputados alquimistas del Viejo Mundo le conferían propiedades curativas.

Doña Isabel paseó la mirada por las curvas corporales de Beatriz, el escote que insinuaba pechos resueltos, el pelo negro, ensortijado y sensual, la tersura de su piel. Y el semblante se le sonrojó de envidia.

—El vuestro vendrá en camino, hija mía. Pero lo que es tu prima merece mejor pretendiente —insistió.

Beatriz veía venir el porrazo, y para refrenarse apretó los labios y bajó la cabeza.

—¿Dónde? —refutó Evangelina—. ¿En esta ciudad donde todos se jactan de ser influyentes o ricos y no son ninguna de las dos cosas?

—No será rico —deslizó con lengua de áspid la señora—. Pero el capitán Villafranca es un militar que en todo el sentido de la palabra infunde seguridad.

Evangelina se salió de sus casillas y tiró a un lado las agujas.

—¡Quién? ¡Ese patán?

La madre quiso hacerle ver que don Alonso Caso tenía en alta estima a Villafranca, pero lo único que consiguió fue encolerizarla más. Aquello era lo último que esperaba oír. Doña Isabel de la Folla insistía en el punto, y Evangelina en que no, hasta que la señora, que se abanicaba mirando a la hija con desaprobación, soltó que el aprecio personal de su marido por el capitán era tanto que había decidido vindicarlo.

—¿Vindicarlo? —inquirieron Evangelina y Beatriz casi a la vez.

Y era cierto. El regidor echaba chispas y pensaba dar una gran batida en toda la ciudad. Estuvo toda la tarde dando paseítos intranquilos de un lado al otro del despacho, con palpitaciones agudas y cierta dificultad de traslación, después de que uno de sus múltiples soplones le informó que su secuaz preferido, el Matón, no aparecía por ningún lado. Y que el infausto motivo de su desaparición consistía en que el esbirro había sido contratado a título personal por el capitán Villafranca con el peregrino propósito de matar a dos cadáveres, lo que no podía ser a juicio del regidor. «Pues sí —le contrarió el soplón—, porque los dos fugitivos que usted daba por muertos en realidad siguen vivos, y al parecer son de muchos y peligrosos recursos».

Don Alonso Caso ardía de ira cuando Villafranca y el teniente Jiménez se presentaron para rendirle parte, cariacontecidos, de cómo se desarrollaron los acontecimientos. El teniente en persona había ido a casa del difunto Rojas a ver en que fase se hallaba el encargo letal, y cuando inquirió por el Matón la respuesta recibida fue otra pregunta: «¿Quién es ese?». Dadas las enormes orejas del ocupante de la vivienda, que decía haber sido el cochero de la familia, no era lógico pensar que el hombre oía mal. De todas maneras, el teniente repitió la pregunta, obteniendo esta vez una contestación corroborativa: «No sé quién es». La descripción física del susodicho tampoco aportó mayor luz. El hombre juraba que el tal Matón no había pasado por allí. De manera que, viendo el cariz tomado por el asunto, al teniente no le quedó más opción que entrar por la fuerza y registrar la vivienda, donde nada fue hallado fuera de lugar. Todo ordenado, limpio, sin huellas de violencia ni manchas de sangre. «Y algo muy importante —dijo Villafranca—, tampoco encontramos restos de chicharrón». Habida cuenta de lo cual su deducción era que el asesino a sueldo nunca estuvo en el sitio. Le molestaba que además del tiempo perdido el individuo le hubiese estafado un doblón. Hacerle eso a él, que por cicatero no daba ni las gracias cuando debía, era una ofensa imperdonable. Al regidor le que le indignaba era que el capitán le hubiese asegurado que aquellos dos intrusos, que sabían más de lo que debían saber, eran ya cadáveres cuando en verdad seguían vivos.

—¡Me mintió usted en mis propias narices! —chilló don Alonso, que se bebió un vaso de agua a borbollones para aplacarse el furor.

La peculiar arrogancia del capitán Villafranca le corría licuada por todo el cuerpo, fría, hecha sudor.

—Mi deseo e-era e-evitarle preocupaciones —tartamudeó.

El teniente Jiménez nunca lo había visto tan despachurrado.

—Yo le aseguro señor regidor —intercedió—, que el capitán lo hizo de muy buena voluntad.

—No lo dudo. —Todavía a don Alonso Caso se le veía alterado.

—Yo le juro —redundó el teniente — que fue con las mejores intenciones.

El regidor resoplaba, mesándose el mostacho.

—Las mismas intenciones —dijo— que abren tumbas en los cementerios. Y también puertas en los calabozos. —Ahora miraba al techo.

Don Alonso Caso estaba desaliñado, en mangas de camisa desabrochada. Las gotas de sudor le corrían por los mofletes. Exhausto por el acceso de ira se sentó en su silla con gran estrépito de maderas crujientes; sirvió vino de una frasca, una sola copa, y la bebió de un tirón, sediento. Había algo nuevo en su actitud que a ambos les inquietaba. El teniente se encogía en su asiento y Villafranca, más pálido que de costumbre y las ojeras cenicientas, tenía el bigote desengomado. El regidor hizo ademán de llamar a alguien pero no fue necesario. Uno de sus amanuenses ya abría la puerta por la que desfilaron tres oficiales, el coronel que fungía como jefe militar de la plaza y dos ayudantes. La orden que recibieron de don Alonso Caso fue precisa: capturar a los dos fugitivos a como diese lugar, actuando con severidad y sin contemplaciones. «Son peligrosos enemigos de la Corona —dijo—, que ya me tienen cagado el bazo». De modo que todos los soldados asignados a la defensa de la ciudad irían casa por casa, taberna por taberna, hostería por hostería, buscándolos hasta dar con ellos. Los oficiales partieron a cumplir la orden. El regidor se viró para Villafranca.

—Cuando mi sobrina sepa todo esto, no le va a gustar —dijo.

Por supuesto que aquella información no la iba a compartir con la joven, pero en ese momento le complacía pensar lo desolado que iba a sentirse el capitán tras el comentario.

—Es usted una calamidad —añadió—. Los problemas caminan con vuestros pies.

Seguidamente, se abrió una puerta privada en un costado de la habitación y por ella entraron siete sujetos de casi todos los colores y tallas: trigueños, rubios, mestizos, corpulentos, enjutos, larguiruchos, pequeños, todos con la facha típica de su oficio, mirada torva, ademanes de matasiete y mucho instrumento afilado arriba. El más fornido del grupo, que parecía ser el jefe, tomó la palabra.

—¿Qué y dónde? —preguntó, lacónico.

Una vez dadas las mismas explicaciones que a los militares, más una adicional: no los quería vivos, sin más palabras los guapetones dieron media vuelta y desalojaron esparrancados el despacho, con igual retumbo acerado de espadas, estiletes y dagas con el que habían entrado. Cuando todos se retiraron, el regidor volvió a jurar que movería cielo y tierra con tal de atraparlos. En el cielo no se movía ni una nube, pero la tierra ya la estaba meneando.

El próximo paso era enviar a la antigua casa del comerciante Rojas a otro de sus adláteres con cara de patibulario, que ya lo escuchaba, disciplinado. Debía secuestrar al carretonero y traerlo a escondidas a la cárcel, donde aguardaba la herramienta que lo haría hablar hasta por las orejas. Villafranca y Jiménez tenían diferente opinión, pero el regidor creía que el sujeto ocultaba mucha más información de la que había confesado. La herramienta aludida era un potro, donde el infeliz sería sometido al suplicio de la mancuerda hasta que hablase. Lo único que después de todo tranquilizaba un poco al regidor era que cualquier pitazo de que ellos andaban en malos pasos sería espinoso de comprobar. El tabaco de contrabando ya surcaba la mar, rumbo a su destino. Y lo del oro sustraído a la Corona era una operación casi consumada. En el castillo solo quedaban un par de cajas marcadas con cruces negras para separarlas de las que pertenecían al rey. El resto ya estaba a bordo del galeón. Se suponía que no hubiera nadie más en toda la ciudad que el regidor, el oficial de la Real Hacienda que escamoteó los lingotes y ellos dos que supiese de la componenda. Aunque eso era difícil aseverarlo en una ciudad en la que las trapacerías y las delaciones pululaban como un medio de vida más, recurrente y muy lucrativo. De cualquier modo, si querían descubrirlos tendrían que registrar el Santa María del Rosario. Y mientras él fuese el amo y señor en su barco, Villafranca garantizaba que eso no ocurriría.

La luz menguaba con rapidez cuando salieron a la plaza. En muchas casas encendían candiles, y la humedad confinaba en aros de niebla las luces de los hachones que ardían en las esquinas. Los tendales habían cerrado. Las tabernas y las mancebías empezaban a animarse. Las calles se vaciaban de viandantes y se llenaban de peligros. En medio del puerto comenzaban a brillar como luciérnagas los fanales en los barcos. Por fortuna los dos salían indemnes de la hecatombe. Al menos eso parecía. Pero al teniente aún lo consumía un desasosiego. En un par de ocasiones estuvo a punto de compartirlo con su jefe. Y las dos veces dudó. Pero había llegado el momento de soltárselo.

—Debo deciros que el alférez está metiendo el hocico en todo esto.

Villafranca frunció bruscamente el seño y una pincelada sombría le nubló la mirada. El resto del camino ninguno de los dos dijo nada.

CAPÍTULO XI

BRINDIS POR EL REENCUENTRO

Nunca está uno más solo que en el instante que le llega la muerte. En eso pensaba el orejudo, atado de pies y de manos al potro. El verdugo, muy recomendado por su pericia entre los inquisidores, daba vueltas al torno tensando las cuerdas que mordían la carne en el torso, los brazos y las piernas del carretonero. Con cada giro de la rueda los maderos del cabrestante crujían, y el escribano, sentado en un banco, copiaba concienzudamente sobre una angosta mesa cada detalle del interrogatorio, gestos, palabras, desmayos, todo; anotaba los desgarradores gritos del infeliz interpretándolos como mejor entendía. A cada rato, el operario de la indagación paraba de torturar para inquirir, mojando las sogas de esparto con el propósito de que se encogiesen y el dolor arreciara. «¿Dónde están?». El escribano aprovechaba el momento de la pregunta para dar una mordida a la empanada. «No sé», respondía el otro cada vez con menos fuerzas y la mirada perdida. Entonces el tipo con cara de patibulario se escupía las manos y daba otra vuelta de tuerca al aparato, así hasta que cambiaba de lugar las cuerdas y comenzaba de nuevo. El potro no conseguía arrancar al prisionero ninguno de los secretos que él no había oído y que por tanto no sabía. En cuanto a lo demás, el orejudo tenía instrucciones tajantes de no hablar. Y las cumplió.

El tormento duraba ya seis horas, las mismas que Doiteadiós y Puñales estuvieron luchando en el Parnaso contra los mosquitos, el vocerío de la soldadesca de orgía con las putas, y el estruendo parecido al de regimientos marchando sobre adoquines que producía el tropel de cangrejos moros que en esa época del año invadía las calles de la ciudad, por las que de madrugada no se podía caminar sin pisarlos. En suma, que durmieron poco y mal.

Al amanecer Doiteadiós abrió el postigo de la ventana y contempló el panorama. Mantuvo un rato los ojos fijos en el mar, a lo lejos. La ciudad despertaba. A la izquierda descollaba el castillo que si se cumplían sus designios muy pronto los tendría de huéspedes inesperados, y a un lado la Plaza de Armas; al frente, la espadaña sobre el techo de dos aguas de la Iglesia Parroquial Mayor y al fondo el canal de acceso a la bahía, a esa hora desierto; arriba, el cielo clareaba de azules tenues y amarillos, y abajo, la gente empezaba a colmar las calles: un hombre corriendo tras una chiva, otro con una pata de cerdo al hombro, un tercero con un cesto lleno de pescados, un harapiento, y dos mujeres con canastos de mano, sirvientas que iban bien temprano de compras. Después de lavarse el rostro y el torso en una jofaina, el capitán se vistió despacio. Iba a ser un día importante y había que tomarse las cosas sin apresuramientos, que por lo común solían terminar en descalabros. Con la espada ceñida al lado izquierdo, la vizcaína trabada detrás y los dos pistoletes a los costados en el cinto, se acariciaba la perilla terminando de dar orden a todo lo que iban a hacer, perfilando prioridades, mientras Puñales, con el cráneo rasurado y aseada la cara, repetía el ritual: calzón ajustado, camisa abrochada, botas atadas, cinto y aceros en su lugar. «Nada de pañuelo en la cabeza esta vez —le dijo Doiteadiós—, al enemigo hay que despistarlo siempre». Sin embargo, a él nada lo hacía renunciar al chambergo, la casaca y sus botas a medio muslo. Primero pasarían por el sitio desde donde partirían esa madrugada para el asalto, la casa de Rojas, a fin de dejarlo todo arreglado. Luego irían a La Jutía para husmear con el Chifle cómo estaba el ambiente, tantear si había alguna señal de peligro. Y si todo estaba en orden, Puñales regresaría ya tarde en la noche al lugar de la cita para esperar a que él viniese de Cojímar con el resto de los hombres.

Esta vez la puerta que hallaron entreabierta fue la de la casa. El portalón estaba cerrado. Franquearon la entrada de la habitación en la que se habían batido con los guapetones y al fondo se toparon con un cuartucho que olía a moho, pobremente amueblado. Solo había una silla y una mesa, sobre la que reconocieron el sombrero de yarey del carretonero. Nada parecía fuera de lugar. El capitán se acuclilló junto al jergón en un rincón de la pieza, y tomó del piso un par de alpargatas. «Qué raro», pensó. Salvo ese indicio, no se veía ninguna huella de forcejeo que delatara que los soldados habían estado de nuevo en la casa. Tampoco manchas de sangre. Sin embargo, algo le decía que ese era el caso. No creía que el orejudo hubiese huido por miedo. Su intuición nunca lo defraudaba. La pregunta que se hacían ambos ahora era si el carretonero los traicionaría, si terminaría revelando a los soldados que ellos iban a regresar. Era posible. Pero a lo mejor todavía estaban a tiempo de actuar antes de que fuese tarde. No tenían más alternativa que jugarse el todo por el todo. Por lo que instantes después regresaban al centro de la ciudad.

Una ronda de corchetes les pasó por el lado, echándoles una ojeada que ellos correspondieron con un ladino saludo, y de ahí no pasó el asunto. Los agentes de la justicia siguieron su camino muy conversadores. Pero más adelante una patrulla militar venía en actitud autoritaria parando a cada transeúnte con el que se cruzaba, exigiendo identificación. Aquello no era algo usual, de modo que se guarecieron al punto. Entraron por una puerta lateral en una capilla contigua al Convento de San Francisco, y sus apurados pasos sobre la loza retumbaron en las paredes. Olía a incienso, a cera y a madera vieja. Unos pocos feligreses, en su mayoría mujeres, oraban arrodillados en la nave y ellos se sumaron al rezo con disimulo. La escasa luz de las velas encendidas no dejaba distinguir ningún rostro en la penumbra. De modo que si aquello era una redada allí estarían a salvo. Ningún soldado iba a atreverse a profanar aquel santuario y exponerse a la ira del más temible y poderoso de todos los comandantes, la Iglesia. Desaparecido el peligro, reanudaron el recorrido hasta la taberna.

—Por aquí estuvo uno de los vuestros —dijo el Chifle en tono esotérico, y empezó a silbar para reponerse de la desagradable impresión que le daba el cráneo rapado del vasco, que él seguía asociando con los turcos.

Doiteadiós y Puñales cruzaron miradas de asombro. Después de haber tenido que refugiarse en la capilla por lo que vieron en la calle aquello daba que pensar. El tono del capitán fue de fingida despreocupación.

—¿Uno de los nuestros?

El Chifle dejó de silbar la tonadilla andaluza.

—El Piolo, otro de vuestros legionarios —abundó muy seguro de sí, poniendo una garrafa de vino en la mesa.

Asintió el capitán, guardando las apariencias. El nombre de Piolo no dejaba en claro nada. Y podía decir mucho si como cabía pensar se trataba de una encerrona. La descripción del individuo tampoco inducía a la calma: soldado, cejijunto y con una fea cicatriz en uno de los temporales. Eso unido al aviso de que por orden del regidor la tropa del tercio estaba virando al revés la ciudad, registrando bajo cada piedra en busca de dos tipos que al tabernero se le ocurría podían ser vuestras mercedes, eran motivos suficientes para que ellos redoblasen las precauciones.

Doiteadiós lo vio llegar y lo estudió de arriba abajo en menos de un parpadeo. Puñales hizo ademán de ponerse en pie y él lo sujetó, frío, por el antebrazo. Nuño Garrote había venido en silencio, de civil, y se les sentó en la mesa con una destemplanza que en sitios mejores que aquel hubiese sido reembolsada al menos con una cuchillada. «Tal vez mi aventura termine aquí», se dijo el capitán, que desenvainó la daga que traía atrás y la colocó despacio al lado de la jarra, dispuesto a vender la vida bien cara. Destapó la garrafa, se sirvió, y bebió un sorbo de vino, tranquilo como un lince al acecho, sin quitarle un ojo de encima al recién llegado.

—Todo el mundo acaba buscándose lo que quiere —dijo sin aspavientos, la mano muy cerca del acero.

—Y a veces lo que no quiere —añadió el otro.

Ambos intercambiaron miradas matemáticas, midiendo probabilidades. Si una mosca hubiese zumbado frente a ellos en ese momento habría terminado sus días tajada en dos por una daga.

—Vengo de parte del alférez Duarte —dijo el Piolo, que de pronto sentía los labios muy secos. Los segundos le parecían horas.

—¿Hijo de quién? —escrutó el capitán.

—De la Mallorquina.

Se produjo un largo silencio. Todavía en guardia Puñales observaba al desconocido, que había pasado en un tris la primera prueba. Faltaba la segunda.

—¿Y qué pinto yo en todo eso? —inquirió Doiteadiós.

—El alférez sospecha que vos sois su hermano —dijo el Piolo—. Y yo he apostado una oreja a que sí.

El capitán le miró primero una y luego la otra, sin alejar la mano de la daga.

—Veréis que no las tienes muy grandes. ¿Tan bien escucháis de una que estáis dispuesto a perder la otra?

Ninguno de los tres rió. El tono de la pregunta no era aún de alborozo.

—El deseo de no equivocarme es mucho —repuso el Piolo—. Como os he dicho, de estar errado daría una de las dos.

Doiteadiós seguía mirándolo de hito en hito, pero estaba más distendido tras escrutarle a fondo las pupilas. Había metido maquinalmente una mano en el bolsillo.

—¿Por qué os arriesgáis? —preguntó.

Más relajado, el Piolo recostó la espalda en la silla.

—Por aprecio de amigo a Duarte —repuso—. Y por malquerencia contra Villafranca.

El capitán pidió detalles y él se los dio. Su nombre de pila, el mote, su ascendencia extremeña, su amistad con Jaime Expósito Duarte desde el día que este se enroló en el barco, interesado por saber cuál había sido la suerte real del hermano. Doiteadiós lo miraba absorto, sorprendido de que años después persistieran los comentarios que atribuían su muerte a una canallada de Villafranca, y de cómo este había silenciado la última voz que se atrevió a propalar esa verdad entre la marinería, la del artillero Meñique. Se bebieron la garrafa de vino y Puñales ordenó traer otra. Esta vez fue el Piolo quien llenó las jarras y explicó al capitán lo que este seguía sin entender. Duarte nunca había estado tan cerca de la verdad como ahora, después de haber sido engatusado durante años por Villafranca con prebendas rastreras. El joven llegó a creer que su capitán le tenía estima. Pero ya no era así. La noche de la celada el mundo le dio un vuelco. «El duelo con vos —le dijo el Piolo—, vuestra negativa a batirse, la alusión a la madre, y todo lo sucedido después con Villafranca y el teniente Jiménez, incluida la carta secreta, le cambiaron la vida».

En ese punto entró en la taberna una pareja de soldados que fue directamente a la mesa. Sin exagerar gestos, en previsión de un mal lance, el capitán y Puñales adoptaron las precauciones aconsejables, mano adyacente a la espada, músculos en guardia, y todo lo demás.

—¿Qué queréis? —inquirió el Piolo, poniéndose de pie.

—La identidad de estos dos sujetos —demandó con premura el más hosco.

—Este es mi primo —dijo él, señalando hacia Doiteadiós.

—Así todo —indicó, intransigente, el otro soldado.

—Vos me conocéis, Sobaco —procuró el Piolo, apelando ahora al mote del más ceñudo, a quien era obvio que conocía no solo por el tufo de sus axilas—. A fe de quien soy os pido respeto. Yo respondo por estos dos caballeros.

Los soldados canjearon miradas de consulta, lo pensaron unos segundos y aprobaron.

—Ahora decidme —inquirió el Piolo al amigo—, ¿a qué se debe toda esta batida?

—Andan buscando a dos individuos —dijo Sobaco—. Por lo que veo muy parecidos a vuestros parientes.

Dicho esto los soldados enfilaron hacia otra mesa. Doiteadiós retomó el tema que habían dejado inconcluso y pidió al Piolo que le explicara lo de la carta.

Le contó que les faltaba información, puesto que Duarte no tuvo tiempo de examinar el texto de la misiva ante la inminencia de que lo sorprendiesen. Pero la fecha de escrita, la introducción y el remitente decían bastante como para inferir que había que leerla, lo que conseguirían muy pronto porque ya él tenía quien se apoderara de la carta a escondidas, sin que el alférez se viera nuevamente obligado a correr riesgos. Su negra Dolores la sacaría de la cámara de Villafranca mientras este durmiese, y tan pronto supiesen el contenido esa misma madrugada ella la pondría otra vez en su lugar.

—¿Quién es Dolores? —preguntó Doiteadiós, deleitado con lo que escuchaba y masticando el último trozo de jutía asada.

—Mi mujer.

A partir de ahí la narración del Piolo fue más lenta y penosa. Escogía de manera lastimosa las palabras, como quien se lacera las entrañas. Ensimismado en abismos de horror y con la mirada velada le relató las desdichas, humillaciones y abusos sufridos por Dolores a manos de Villafranca. Los gritos y sollozos que su compañeros oían proferir a la negra cuando aquel la forzaba. Y él sin poder hacer otra cosa que tragarse las iras, soportando aquellas injurias y las mofas de quienes se burlaban de sus amores con una esclava. Pero por fortuna ya veía cerca el día en que podría hacerle pagar en sangre a ese canalla todos esos atropellos y vejámenes, con su propia mano, aseguró cerrando la diestra, lo que le pareció lógico y merecido a Doiteadiós, pero no legítimo.

—No os dejaría hacerlo —dijo—. Ese muerto es mío.

Hubo una breve pausa que el Piolo quebró cuando se repuso de la interrupción.

—Pero no me habéis dicho —reclamó—. ¿Sois o no sois el hermano?

La pausa fue ahora más larga y expectante. Las seis manos estaban sobre la mesa. El capitán retiró las suyas para cruzarse de brazos.

—Soy —dijo como si en vez de quitarse estuviese echándose un peso encima.

La conversación tomó luego otro rumbo, porque en lo que se refería a la factura que debía pagar Villafranca no había ninguna posibilidad de discusión. Estaba claro que Doiteadiós era quien iba a cobrársela.

—Supongo que os buscan por la celada —dio por entendido el Piolo.

—Más bien por lo que sabemos —clareó Puñales.

Lo del alijo de tabaco en el que ellos figuraban como testigos de primera mano fue una primicia para el Piolo, pero esa era una menudencia comparada con la que este iba a revelarles.

—Eso es poco —dijo—. Están robando al rey toda una fortuna.

Y para que se hicieran una mejor idea del asunto podía contarles pormenores, quizás no todos porque desconocía si además de Villafranca y el teniente había otros inmiscuidos en el hurto del oro, pero en lo que concernía a dónde, cuándo y cómo, sí podía dejar constancia. Y en primera persona.

Doiteadiós se sobaba la barba y sonreía. A él también, como al hermano, el mundo le daba un vuelco.

Alrededor de una hora antes de la medianoche, cuatro soldados liderados por uno al que llamaban Serrucho partían del Santa María del Rosario en una tartana que arrimaban a un pequeño embarcadero situado al fondo de la Aduana. Allí se subían a un carretón que estaba esperándolos custodiado por un centinela. El trayecto seguido no llegaba a la media milla a lo largo de la calle de los Oficios, la más céntrica de la ciudad pero a esa hora desierta. Todo muy quieto como si fuesen de paseo o a visitar a la abuela. En la puerta del Castillo de la Real Fuerza un centinela les salía al paso en el levadizo sobre el foso, pidiéndoles una contraseña que siempre era la misma. El rastrillo se alzaba, las sombras se los tragaban y al cabo de una media hora reaparecían. El camino de vuelta era el mismo, con la salvedad de que hacían un alto ya cerca de las doce, antes de pasar frente a la taberna donde el teniente perdía todas las noches las calzas a la baraja, igual con buenas cartas que con malas. A veces este demoraba diez o quince minutos en llegar. Pero siempre venía, inspeccionaba los cajones para cerciorarse de que estuviesen marcados con una cruz negra, se subía al pescante y concluían el trayecto en el mismo embarcadero, donde el vigilante, apostado de forma permanente, quedaba otra vez al cuidado de la carreta. Desamarraban la tartana y regresaban al galeón con la preciosa carga. Siempre eran dos los cajones, al parecer para no llamar demasiado la atención. El viaje lo hacían solo los lunes y viernes. Desde que él vigilaba, habían dado tres.

—Mañana toca —dijo.

«En buen momento», pensó el capitán. Aquello les facilitaba las cosas. Puñales lo miraba, estudiándolo, conocedor del brillo de aquellos ojos.

—¿Qué pensáis hacer? —se interesó Doiteadiós.

—¿Con la vigilancia?

—No. Con la información.

—El alférez quiere preparar un anónimo —dijo el Piolo—, y denunciarlos a la Real Hacienda.

El capitán objetó, moviendo la cabeza. Los tres bebían.

—Eso es alertar al zorro de que hay otro matándole las gallinas—refutó—. Toda esa gente cojea de la misma pata.

—El más honesto —agregó Puñales— no paga ni con cien años de purgatorio.

Lo mejor que podía hacer el Piolo era convencer a Duarte de que aquello era perder el tiempo, cosa a la que aquel no se comprometió porque el alférez era bien testarudo.

—Herencia de sangre —apostilló Puñales por lo bajini.

Doiteadiós se reclinó acercándose más a su interlocutor; maquinaba ahora sus propios planes.

—Tampoco creo prudente —dijo— que sigáis espiando a Villafranca. Ya ustedes dos saben más de la cuenta.

El Piolo movió la cabeza, entre sorbo y sorbo.

—Curiosidad de soldado —se interesó—, ¿cómo habéis dado con el alférez?

El capitán se secó los labios con el dorso de la mano.

—Eso es querer saber mucho —dijo—. Ya os enteraréis.

—¿Es cierto que trabajáis para el Santo Oficio? —inquirió el Piolo.

Los dos tuvieron que hacer un esfuerzo enorme para no desacreditar la mentira. Puñales mucho más.

—El nuestro es un oficio endiablado —respondió Doiteadiós, con gesto enigmático—. Y no preguntéis más.

Quedaron en verse de nuevo al anochecer del día siguiente para tener respuesta de Duarte. Pero no en La Jutía sino en la Plaza de la Ciénaga, que a esa hora era frecuentada solo por vecinos que iban a proveerse de agua. No había por qué estar exhibiéndose de forma innecesaria, haciéndole demasiadas cosquillas al demonio. El horno no estaba para pasteles dulces. La última petición de Doiteadiós fue que le transmitiera al hermano que ardía en deseos de abrazarlo pero que no era sensato verse de inmediato, mientras la vigilancia en la ciudad fuese severa.

Puñales estaba tan gratamente impresionado con el nuevo giro de los acontecimientos que, dando por hecho que el Piolo era madrileño, entonó una cancioncilla muy al uso en aquel tiempo.

Es Madrid ciudad bravía,
que entre antiguas y modernas,
tiene trescientas tabernas,
y una sola librería.

El capitán la escuchó con un suspiro interno.

—Te equivocas —repuso con suavidad—, Nuño ha dicho que es extremeño, no madrileño.

—Lo mismo y lo parecido —dijo Puñales, el aire conciliador—. Igual da una misa que un responso.

No se fueron de la taberna sin antes arreglar con el Chifle un asunto vital para lo que Doiteadiós estaba fraguando. Necesitaban usar la trastienda del establecimiento en secreto. No más de dos días, en la más absoluta reserva. El pago en casos extremos y trascendentales como ese la Iglesia solía hacerlo en oro, para que las buenas almas, beatas y obedientes, se viesen recompensadas en su tránsito al cielo o adonde fuere con gozos terrenales bien merecidos. Puñales a duras penas podía contener la risa.

—Ya os dijimos lo del tribunal —recapituló el capitán—, y todo el rollo que hay armado. Más el que se avecina.

—Me habéis dicho —convalidó el Chifle.

Doiteadiós hacía círculos con el dedo sobre un rodal de vino.

—Os amplío la idea —dijo, mirándolo fijo—. Solo hay dos salidas.

—Esa parte no me la habíais dicho —objetó el tabernero, que algo inquieto ahora hacía pliegues en el mandil.

—Solo dos —reiteró Doiteadiós—. O estáis con nosotros o estáis contra nosotros. Así que es hora de ajustarse las calzas.

El Chifle tragó en seco, pensando en Torquemada, el hábito blanco y negro de los dominicos, el potro, las mancuernas y el siniestro rostro del verdugo. Por último, santiguándose, respondió con un hilo de voz.

—Estoy con vosotros.

La puerta de atrás de la taberna daba a un terreno baldío colindante con la bahía. A un lado la calle de la Obrapía y al otro la de San Juan morían en el agua. Doiteadiós estudió el acceso al sitio con detenimiento. Ninguna de las casas contiguas a La Jutía tenía salida a la parte posterior. Tampoco había más bodegones en la cuadra, cosa rara en una ciudad donde apenas se podía caminar sin toparse con uno, lo que era una ventaja suplementaria. De noche podrían entrar o salir sin que hubiese moros en la costa. Un perro flaco echado cerca de la puerta los miró con cara de aburrimiento y bostezó. Doiteadiós apartó con la bota una rata muerta en el umbral y entró a la trastienda. La primera pieza no era muy grande pero tampoco reducida, bastaba para esconder a ocho hombres y algo más. Del techo colgaban jamones y lonchas de cecina. Una de las paredes estaba recubierta por toneles de vino, y en un rincón, hacinadas, había tres sillas rotas. Un tabique con puerta lateral daba a la pieza intermedia, adyacente al mesón, donde estaba la cocina a un extremo de estanterías llenas de loza.

Anduvo el capitán unos pasos por la trastienda, dando vueltas con los brazos cruzados a la espalda. Cuando se detuvo junto al contramaestre y le puso una mano en el hombro ya tenía desmenuzado el cambio de plan.

—¿Podéis decirme de una vez lo que tramas? —Puñales se había sentado sobre uno de los toneles.

Parecía arriesgado. Y lo era. Como todas sus empresas. Pero la componenda de Villafranca y el teniente les simplificaba la movida. Como decía el refrán, no hay mal que por bien no venga. Ya no asaltarían la fortaleza. Los otros lo harían por ellos. En su mente lo veía claro. La carreta saliendo del castillo con los cajones de oro, los cuatro soldados y el teniente de regreso al embarcadero, confiados. Ellos teniendo la sorpresa y la noche de aliadas. Ocho contra seis. No estaba nada mal. Y eso era solo el comienzo. La maniobra siguiente, la que más importaba al capitán, era la que Puñales no veía muy clara. Le parecía demasiado aventurado quedarse unas horas más en la ciudad tras haberse apoderado del oro. Las cosas podían salir mal, virárseles la suerte y de repente verse perdidos.

Doiteadiós negó con la cabeza, desenvainó la daga, pasó un dedo por el filo de la hoja y la volvió a enfundar.

—Aquí nada va a salir mal —dijo—. Ni nadie se verá perdido.

Caminaban en silencio, dando un rodeo para llegar al Parnaso. No pasarían allí la noche, de manera que iban a recoger lo poco que aún tenían en la habitación: un talego y las capas. La tarde moría y la claridad se marchitaba con ligereza. Al doblar una esquina, vigilando por el rabo del ojo vieron que una silueta tomaba el mismo rumbo que ellos. Parecía seguirlos y por la forma de andar dedujeron que el extraño no traía buenas intenciones. De manera que amparándose en la poca luz que iba quedando torcieron de pronto a la derecha, metiéndose en un callejón.

—¿Se le perdió alguien? —preguntó a rajatabla el capitán cuando lo tuvo cerca.

El sicario de rostro cetrino dio un paso al lado, sorprendido infraganti.

—Quizá —respondió, con el puño en el sable.

—Si este es como los otros, poco va a durar —dijo de pronto Puñales, que tirando el primer tajo y revés se robaba la pelea.

Doiteadiós, respetuoso del código que aconsejaba no meterse en broncas de amigos siempre que estuviesen niveladas, se apartó. Puñales intentó confundir un par de veces al contrario con la treta del tentado, pero este era corto de iniciativas o ducho en esgrima, y no acometió. Así que ahora daba vueltas para cansarlo. A los pocos segundos el tipo no había enseñado con el sable nada que preocupase. Pero el vasco se batía en exceso confiado, lo que con un extraño como aquel con pinta de marrullero a sueldo no era muy recomendable. Y en efecto, cuando el fulano se vio perdido se agachó con agilidad de pantera y arrojó a los ojos de Puñales un puñado de tierra que lo cegó.

—¡Rata! —maldijo el capitán, que en un santiamén se interpuso, arremetió dos veces, a izquierda y derecha, y a la tercera lo derribó—. ¿Quién te paga! —demandó, con la punta de la espada en el gaznate del fulano.

—El regidor —dijo el sicario sin pensarlo mucho. Pero cuando sintió que le apartaban la espada del garguero tiró un sablazo a la pierna del capitán que este eludió, y antes de que el sicario pudiera incorporarse le propinó un estoque fulminante.

Dolores se alejó luego de insistir un poco más en que aquello era demasiado atrevido. Y viéndola irse el Piolo pensó que tal vez no debería habérselo pedido. Pero al rato regresaba ella con el manojo de cartas dentro de un envoltorio de ropa sucia. Villafranca estaba fuera del barco y tenían que aprovechar ese tiempo para leerlas y devolver cuanto antes el fajo a su sitio. El alférez lo esperaba ansioso en su camarote. El acta del Hospicio de Niños Expósitos de Sevilla con su nombre no aportaba nada que él no supiese, salvo aquella frase que le metía el dedo bien hondo en la herida: *de padre desconocido*. En cuanto a la otra, alusiva al bastardo y fechada el año de su nacimiento, no había duda. El ilegítimo era él. Jiménez hacía referencia directa al hijo de la Mallorquina sin mencionar la paternidad. Luego enumeraba las gestiones hechas con propósitos que no podían ser más nebulosos tras haber ensebado las manos al obispo, a la prioresa de la casa cuna y a una monja que *se sentían muy honrados por la confianza depositada en ellos*. ¿Qué era lo que había que ocultar? Más bien ¿a quién? Porque tan desconcertante como lo anterior era la cita de despedida de la carta: *Espero que con estas, mis humildes diligencias, la encomienda del padre quede satisfecha a plenitud*.

Duarte tenía un nudo en la garganta. Entonces su padre no era un desconocido como atestiguaba el acta de registro de la inclusa. Y los dos, Villafranca y Jiménez, actuaban por encargo. De súbito un estremecimiento le sacudió la espalda desde el encéfalo hasta la rabadilla. ¿Y si él era hijo del capitán? No había en el fajo ninguna misiva o documento que esclareciera esa interrogante. El deseo de cumplir con el encargo del padre, explícito en el párrafo final de la carta, no permitía diferenciar si el firmante se refería de manera tácita a la segunda persona, el destinatario, o aludía a una tercera, alguien anónimo encubierto por ambos. El Piolo infería que esta última variante era la más verosímil. En algún asunto oscuro, fraude, corruptela o trance de dinero estarían envueltos los tres. Sin embargo, con un villano nunca hay ninguna clara que no sea turbia. Y el alférez no sabía qué pensar. De cualquier modo, lo que sí quedaba claro era que Villafranca y Jiménez estaban asociados en un tenebroso complot para que él no supiese quién era su padre, que el hermano estaba vivo y que por segunda vez lo pretendían matar. Tenía que averiguar por qué.

El teniente fue incluido en el anónimo, que Duarte redactó apretados los dientes y la frente sudorosa, a conciencia de que ninguno de sus dos jefes contaban con el decoro requerido para continuar al mando del galeón. Robarle al rey era el más impío de los delitos. Además, la maquinación para ocultar la identidad de su padre, el hecho de que hubiese sobornos de por medio, y el ocultamiento sobre su hermano lo tenían muy irritado. De modo que no vaciló ni un segundo en sentarse y escribir la nota que de alguna forma haría llegar a un alto funcionario de la Real Hacienda para denunciar el desfalco. El papel ofrecía pormenores de cómo y quiénes hurtaban los lingotes del castillo, y dónde los tenían ocultos.

—No es buena idea que nos veamos —repitió al alférez—. ¿Eso fue lo que dijo?

Nuño Garrote insistía, obstinado, en secundar el argumento del hermano. No era prudente con lo revueltas que andaban las cosas que ambos se diesen cita de forma precipitada.

—Lo que importa es que ya cada cual sabe quién es quién —dijo.

¿Acaso conocía él cómo se ganaba la vida Álvaro? La pregunta cogió desprevenido al Piolo, que solo pudo decirle lo poco que sabía gracias al tabernero, insinuándole que el hermano trabajaba para el Santo Oficio.

Duarte lo miró perplejo.

—¿La Inquisición?

—Parece —repuso el otro, también extrañado—. Aunque para mí no tiene pinta.

Convinieron en que el Piolo le transmitiría el siguiente mensaje a su hermano: con objeciones o sin ellas, no estaba dispuesto a dilatar más aquella cita que durante tanto tiempo había idealizado, y si no fijaba una fecha temprana, él por su cuenta correría los riesgos que fuesen necesarios e iría a su encuentro, dondequiera. De momento, a primera hora del día vería la forma de hacer llegar el anónimo con la denuncia a quien tuviese autoridad para proceder.

—Por el reencuentro —dijo el alférez, alzando la copa. Y los dos brindaron.

La luz del fanal hacía danzar sombras en el rostro barbilampiño del Lobo, deformándole todavía más la cicatriz del mentón.

—Espero que el *bellacó* esté *mort* —dijo, en buen gabacho que no llegaba a ser tan mal español.

—Todavía no, mesié Ducrot —sonrió el capitán—. Pronto.

—Ah —repuso el condestable, fatalista, arqueando una ceja.

El patache San Gabriel estaba en buenas condiciones marineras. Otra cosa era su dotación artillera. Cuatro medias culebrinas y dos falconetes no eran suficientes para intimidar a ningún galeón de la Armada española erizado de bocas negras que escupían fuego como dragones por las dos bandas. Pero sumados a las catorce culebrinas y seis falconetes de la Centella tenían que dar la talla. El capitán quería los mejores artilleros en el patache para sacar todo el provecho que se pudiera de la desventaja numérica. Siendo ese el barco que usarían de señuelo, en teoría le tocaba soportar la mayor presión inicial del combate. Había que suplir la falta de otros diez o doce cañones con destreza y cojones.

—Confío en su buen tacto para la pólvora —dijo el capitán.

El condestable ladeó la cabeza, ufano. Sabía de primera mano la confianza que le tenía Doiteadiós porque estuvo con él en más de una decena de duras batallas, donde el fragor de los cañones hacía temblar las tracas de la cubierta, el aire se volvía irrespirable, las jarcias y velas se teñían de sangre, y a un lado y otro los proyectiles astillaban maderas y arrancaban brazos y piernas. Como ocurrió en cayo Paredón Grande, cuando un galeón enemigo que los excedía en todo, menos en coraje, les dio caza y los arrinconó en una caleta, acribillándolos con un poder de fuego insuperable durante todo un día y una noche, antes de abordarlos al amanecer con el triple de hombres. Extenuados y malheridos, él y tres de sus artilleros se batían acorralados bajo la mesana sin ninguna esperanza de salvación cuando Doiteadiós se interpuso entre ellos y los atacantes, y allí estuvo luchando como un lince y alentando a sus hombres más de una hora hasta que todo acabó, ellos diezmados y a punto de desfallecer, con la fatiga en el rostro de quien ha librado un combate difícil, pero victoriosos. De entonces databa su amistad. Y también la cicatriz de su barbilla, y otra que le surcaba en diagonal la mitad del pecho. Desde ese día, el capitán era su patria, su bandera, su religión, un dios que no reclamaba oraciones ni ofrendas, pero por quien él —y también sus muchachos— estaba dispuesto a dar lo que hubiese que dar, incluso la vida.

—La gente está reunida, capitán —dijo Hawkins, que llegó rascándose la barba, de la que extrajo una sabandija que si no murió aplastada entre los dedos feneció por la ira de la mirada del maestre.

Doiteadiós cargó a Perseo, que ronroneaba trepado a su regazo, y lo puso en el piso acariciándole la cola.

—Vayamos a lo nuestro —dijo, y sin más palabras echó a andar rumbo al combés.

El cirujano estaba en un extremo del corro formado en cubierta para escucharlo. Sentado sobre un barril golpeaba rítmicamente las duelas con los talones, la mirada ausente. Llevaba demasiados días sobrio. Es decir, enfermo. La modificación del plan tenía intrigada a la tripulación. El capitán no era de los que cambiaba de ideas como quien se quita una camisa y se pone otra. Tenía buen ojo para el oficio, ecuanimidad, rectitud y valentía apartes. También por eso lo respetaban. Todos estaban allí. El vigía se inclinaba en la cofa, casi descolgado para poderlo oír. Polvorilla y Puñales se le situaron a un lado. Hawkins, el Lobo y el Holandés, al otro. La enorme nariz del calafate descollaba, inconfundible, en la penumbra. Doiteadiós los había visto pelear y confiaba en ellos. Eran hombres fogueados e incondicionales. La escasa luz del creciente de luna no dejaba ver la expresión de todos los rostros, pero el aire que se respiraba era tan reposado como la quietud de la noche. No soplaba ni gota de brisa.

El capitán se tocó distraídamente la barba antes de hablar. Aspiró el aire tibio, reflexionando. Hacía ya dieciséis años que estaba envuelto en aquellos trajines, contemplando el mundo desde el bando de los proscritos, que por ilícito no era el más tenebroso ni el más repulsivo. Había visto todo lo que se puede ver: hombres morir con honor o implorando que les perdonasen la vida, heroicidades, cobardías, traiciones, misericordias, crueldades, y todas las vilezas y virtudes que decoran el género humano. De combates no andaba corto. Los tuvo buenos, malos, merecidos e inmerecidos, por intereses comunes y hasta por beneficio ajeno. Pero este era personal. Se jugaba mucho en el lance. Su plana mayor ya estaba advertida. De manera que fue prolijo, enfático y minucioso. Desde el número de tripulantes que quería en cada barco hasta la misión de cada cual, hombre por hombre. Hawkins y el Lobo permanecerían a bordo de la Centella en Cojímar, desancorados y prestos a navegar a todo trapo en el instante preciso. El Holandés y el segundo contramaestre quedaban al mando del San Gabriel, que la mañana convenida amanecería enarbolando emblema pirata frente a La Habana y su misión, más que disparar, sería huir. Repetido y subrayado: prohibido acercarse a menos de dos millas de la costa, para no ser blanco de las baterías enemigas del Morro y de la Punta. La misión del patache era la de una ramera.

—Mostrará sus encantos —interpoló con eufemismo el Holandés —. Y dará lo que no dan otras.

El bocado era seductor. Los españoles no resistirían la tentación. ¿Pirata, pequeño y mal artillado? Presa segura. Soberbia como de costumbre, la Armada echaría a pelear uno de sus galeones. Tal vez ni el más grande. Para qué un tigre si hay que perseguir a un ratón. La barahúnda les permitiría a ellos escapar. Tan pronto el buque español asomara el bauprés saliendo de la bahía muy confiado en el éxito de la cacería, el Mozo con su notable ojo de águila daría la voz de aviso. Seducido por el patache mar afuera y cazando a levante, cuando estuviesen a la altura de Cojímar el galeón descubriría que de persecutor se convertía en perseguido. De súbito se viraban los naipes. Tendría la banda de estribor a merced de las culebrinas de la Centella. Y sorpresa: el San Gabriel, que instantes antes huía, ahora vuelto de costado descargándoles contra la proa una nube de cañonazos. Eso sin contar un regalo adicional que les tenía reservado, puesto que personalmente se encargaría de cerrar el cerco a los adversarios por tres lados, como si Neptuno los embistiera con su tridente.

—¡Cómo? —preguntó alguien en el alcázar.

—Nadando no va a ser —clareó Doiteadiós, colgándose los pulgares del cinto sin soltar prenda. Todos rieron. El capitán se reservaba por ahora ese detalle. Entonces hizo una pausa y cada cual interpretó aquello a su manera.

—¡Y el oro? —quiso saber otro.

—Vendrá conmigo.

—¡Cuánto? —preguntó ahora un tercero.

—Más de lo que esperáis.

Se disponía el capitán a partir con sus hombres tras poner una mano afectuosa en el hombro a Polvorilla, rogándole que se guardara de los riesgos superfluos y no descuidara a Perseo, cuando el cirujano entró a la cámara con expresión desconsolada.

—No tiene que decir a qué viene —aventuró Doiteadiós—. Puede darse un trago. Uno solo, en mi nombre. Motivos hay.

A míster Blood le cambió la faz, de angustiada a festiva. La luz de la llama de un candil le bailaba en el rostro.

—Brindaré por la vida— dijo, eufórico.

Ceñíase el capitán el cinto con la espada.

—¿Tanto le preocupa la muerte que hará un brindis por la vida? —preguntó.

Hizo ademán de suspirar el cirujano, arqueando las cejas.

—La muerte es un misterio.

—¿Que usted respeta o teme? —quiso saber Doiteadiós, poniéndose la casaca.

—La dos cosas —admitió Míster Blood, estirándose con un dedo el cuello de lechuguilla, como si le apretara.

El capitán lo miró con cara de presagio.

—Yo usted ni pensaba en eso —dijo—. Nadie se muere a deshora. Ni la víspera, ni un día después.

CAPÍTULO XII

DELITO DE ALTA TRAICIÓN

No hacía falta que le diera el sol en el rostro para iluminar su sonrisa. Beatriz brillaba con luz propia, un fulgor cálido y encantador. Ella se pasó la mano por el cabello y él comprobó cuán blanca y limpia era su piel. Hubiese dado cualquier cosa solo por tocarla. Era inusual que un caballero visitase a una señorita en hora tan temprana. Pero allí estaba. Ella había accedido sin objeciones a recibirlo, más que intrigada. El anónimo era corto, y Beatriz lo leyó con rapidez y la boca a medio abrir. Después, sin apartar la vista del papel, quedó tan absorta que no podía darse cuenta de la manera en que el alférez observaba, ávido, todos sus movimientos. Él guardaba silencio por temor a interrumpirla, hasta que de súbito ella alzó los ojos como si hubiese recordado que no estaba sola.

—Nunca pensé que llegase tan lejos —dijo.

El alférez no supo a quién se refería.

—¿El capitán? —preguntó.

—No. Usted.

Duarte tuvo un momento de debilidad. Se sintió confundido.

—¿Cree que hago mal?

—Todo lo contrario —dijo ella, dulcemente—. Su actitud me place.

Aquella reacción lo tomó por sorpresa. «Me place» era una frase peligrosa en boca de una mujer tan bella. Pero él se limitó a sonreír, enmudecido de deleite. Ella lo miró un rato en silencio, como si todavía no quisiese dar crédito a lo que ocurría.

—De ese tipejo —añadió— puede esperarse cualquier cosa. En cambio, usted cada día me resulta más impredecible.

—¿Para mal? —inquirió él en tono ingenuo—. ¿O para bien?

La respuesta a esa pregunta podía ser mucho más peligrosa que el «me place». De manera que ella calló. Pero no podía dejar de sentirse gratamente sorprendida. «Qué misteriosos giros da la mente», pensó. Y no solo la imaginación. También su corazón daba tantos vuelcos diferentes que por momentos se sintió ofuscada. No sabía qué más decir al alférez. O se lo impedía el pudor. En cambio, sí sabía a quién entregar el anónimo. Nadie mejor que ella, con acceso al cabildo, para dejar el papel sobre el escritorio del factor de la Real Hacienda, un hombre de poder en la ciudad, y desaparecer sin que nadie se extrañara de verla por aquellos pasillos.

—Entonces —dijo el alférez, saliendo del éxtasis—, ¿me puede ayudar?

—Sin demora —aseveró ella, entrelazando las manos, nerviosa, aunque dispuesta a ponerle sus propios clavos al féretro de Villafranca a la mayor brevedad—. Regrese sin falta más tarde y le cuento.

En el patio revoloteaban las mariposas hechizadas por la fragancia de los jazmines y azucenas, invitando a la calma y la contemplación. Pero ella ardía en deseos de salir corriendo con aquel papel y que estallara la bomba. Algo de repente le turbó el rostro, como una premonición.

—Tenga usted mucho cuidado —le tomó por segunda vez las manos y él se hubiese quedado allí una eternidad—. No se fíe ni un minuto de ese canalla.

Luego se levantó y caminaron juntos hasta el umbral.

Cuando Beatriz Caso salió de la casa eran poco más de las nueve. Las palomas ya se adueñaban de la plaza y casi no dejaban caminar, bajo un cielo despejado y de intensísimo azul, rara coincidencia a tan temprana hora de aquella también insólita mañana. Las aves iban abriéndole camino mientras avanzaba, hasta que ascendió los peldaños y traspuso el pórtico de la iglesia, donde un menesteroso sin piernas echado en el piso pedía limosna. Ella le dio una moneda y entró, cubriéndose la cabeza con la mantilla de blonda blanca que llevaba sobre los hombros. La nave estaba vacía. Se santiguó flexionando las rodillas de cara al altar mayor, y luego encendió un cirio. Entonces se arrodilló en un reclinatorio al pie de la Virgen María, juntó las palmas de las manos y con la cabeza gacha imploró. No pedía mucho. Solo que los hechos posteriores le demostrasen que había un Dios en algún sitio, presto a salvar en cuerpo y alma al alférez Duarte, y a condenar al castigo eterno al capitán Villafranca.

Minutos después, Beatriz dejaba el anónimo sobre el escritorio del factor, el oficial de la Real Hacienda de mayor rango en la isla. Las manos le sudaban y el corazón quería escapársele por la boca. Apuraba el paso por el corredor de salida del despacho cuando oyó a su espalda una voz.

—¿Puedo servir en algo a vuestra merced?

Rodrigo de Alcántara era un tipo de baja estatura, anatomía redonda, pelos grises y escasos, bigote fino, manos de amanuense y rostro inexpresivo, como correspondía a su profesión.

Ella dio vuelta en redondo con una sonrisa que apenas disimulaba su alteración y el delicado engorro de que la descubriesen. Para solucionarlo dijo lo primero que se le ocurrió, sacando el abanico del bolso.

—Qué calurosa mañana, ¿verdad?

El otro esbozó una mueca que no era de desacuerdo ni de aprobación.

—¿Se puede saber a qué debo la deferencia de su visita? —El amanuense le reclamaba ahora una mano para besuquearla.

Lo que en ese momento importaba más no era lo que ella hiciese sino lo que el otro estaba pensando. Y lo que pensaría una vez que descubriese el papel sobre su buró, de modo que no se la dio.

—Curiosidad de mujer —dijo con un guiño lisonjero—. Todas somos fisgonas por naturaleza.

Luego dio media vuelta y sin decir más se marchó. La jugada no salió perfecta como ella aspiraba. Pero el asunto ya era codorniz en la olla. Lo peor que podía suceder era que el oficial la asociara —como era de esperar— con el anónimo sobre el buró, en cuyo caso si la interrogaban alegaría que un extraño, embozado y mudo, le dio el papel en la calle. Nadie podría reprocharle la buena intención de que se investigara un delito de tamaña importancia. Ni el tío, a quien no quería agregar con aquel anónimo un dolor de cabeza más. Eso diría.

Otra cosa muy diferente pensaba don Alonso Caso media hora después con el papel en la mano. En aquella Habana, encrucijada de insospechados actores, cafres o eminencias, todo era posible, incluso que el funcionario de la Real Hacienda de más rango en la isla fuese uno de sus paniaguados. Ante los ojos del señor Alcántara desfilaban de oficio las profusas riquezas de la Corona, y por sus manos pasaban los legajos de extensos guarismos que numeraban el oro y las joyas remitidas a Su Majestad. Sin embargo, nada de eso era suyo. Y mientras más veía y más contaba, más codiciaba y más urgido se sentía de numerario, un apremio que ahora saciaba con el socorro del regidor, que al igual que él era de la clase de hombres para los que las posibilidades de éxito en la vida solo dependen de cuánto robas y cuánto dejas.

—¿Cómo lo veis? —preguntó el factor.

Don Alonso Caso hizo un gesto vago con la siniestra como para restarle gravedad al anónimo, aunque por dentro se recomía el hígado.

—Con letras minúsculas —dijo, todavía mirando el papel.

El amanuense real esbozó una mueca de cólera contenida.

—Alguien sabe. No debería saber. ¿Y usted lo ve en minúsculas?

—Eso creo —repuso el regidor, secándose con el dorso de la mano el sudor que le corría por la frente.

—Yo no estaría tan tranquilo —dijo el otro, deambulando por el despacho como rata enjaulada.

El regidor se había sentado con las manos entrecruzadas sobre el vientre y daba vueltas a los pulgares cual carrusel. Internamente seguía en ebullición; por fuera infundía serenidad, muy bien fingida.

—Sé quién puede haberlo escrito —recalcó.

El argumento no pareció tranquilizar en lo más mínimo al paniaguado, que se aventuró a pensar en voz alta.

—Eso no cambia nada —dijo.

Don Alonso Caso empezó a dar señales de perder la paciencia.

—Yo diría que cambia mucho.

—Además —añadió el otro, reflexivo—, ¿qué pinta su sobrina en todo esto?

Detuvo el regidor el tiovivo de los dedos y se puso de pie, con una ligereza que incluso a él le resultó extraña.

—Resumiendo, señor Alcántara. Eso también lo sé —remató, dándole palmaditas en la espalda con una mano y empujándolo con la otra hacia la puerta—. En menos de lo que canta el gallo este asunto estará resuelto. Ahora vaya con Dios.

No tenía duda. Estaba seguro de que aquello era obra del alférez, por dos poderosas razones: el jovenzuelo era un protegido de Villafranca y podía haberse enterado de la componenda de igual manera que estaba al tanto del contrabando de tabaco. Y la otra, era el único del círculo del capitán con acceso a su sobrina, un trato que dicho sea de paso últimamente iba siendo excesivo. Todavía no sabía de la visita a deshora esa mañana. Pero pronto lo supo. La sobrina, traída a su casa como cordera, de súbito cambiaba de piel y se vestía de fiera. Lo único que faltaba, el anzuelo pinchando al pescador. Sin embargo, no iba a dejarse arrastrar por la cólera. Esa pelea no la iba a echar. Con mandarla al día siguiente de vuelta a Matanzas, sin siquiera mencionar el incidente, tenía. Las guerras contra las mujeres siempre se pierden. Esa fue su salomónica conclusión. En cuanto al otro, se merecía un correctivo ejemplar por chismoso y delator. No era igual saber que robaban al fisco unos cuantos fardos de mercancía a que metían la mano en los bolsillos del rey.

—¿Qué ha sucedido? —inquirió Villafranca tembloroso por la urgencia con que lo convocaba el regidor. Había llegado al despacho con la lengua afuera en compañía del teniente, no menos agitado y nervioso.

—¡Lo peor! —exclamó don Alonso Caso manoteando, sentado en el escritorio—. Hay que desparecerlo de las dos geografías.

—¿A quién? —preguntó el capitán, que se mesaba el bigote y miraba de reojo al teniente sin entender muy bien la alusión cartográfica.

—¡A su maldito alférez! —vociferó el regidor, poniéndose de pie.

Ahora fue el teniente quien echó una ojeada compasiva al capitán. Por falta de aviso no había sido. Advertido estaba. Lo que ninguno calculó fue que se verían ante aquel anónimo que ahora les sacudía en las narices el regidor, a quien poco importaban las razones que tuviese el alférez para hacerlo, solo las consecuencias. Y esta vez no iba a dejar el asunto enteramente en manos del capitán. Si era preciso haría subir al galeón a uno de sus secuaces.

—No es necesario —suplicó Villafranca con el bigote deshecho, sin gota ya de engomado.

Don Alonso Caso quería que quedara claro. La vía más expedita de silenciar una lengua resbaladiza era amordazándola, y la más infalible, callándola a perpetuidad. No mencionó para nada a la sobrina. Pero exigió mano dura con el transgresor. Villafranca lo miraba calibrando lo que acababa de oír. Su semblante cambiaba de color como el arcoíris, tirando más al violáceo. Después, atando cabos asintió mientras respondía a sus propias preguntas. Dijo que había sido demasiado benévolo con aquel bastardo, que al fin y al cabo ni lo merecía. El único inconveniente era que de acuerdo con el reglamento cualquier oficial, incluso en caso de alta traición, debía ser llevado ante un tribunal militar. Quebrantar la ordenanza podía costarle a Villafranca el puesto.

—¡El tribunal me importa un comino! —espetó resoplando el regidor—. ¡Esto es asunto particular, suyo y mío!

El teniente, que observaba tieso como una esfinge, se lanzó al ruedo con una sonrisa servil.

—Yo me ocupo de aprisionarlo en el barco —arbitró—. Y antes de llegar a España dejamos que el mar se trague el problema. Eso no es nada nuevo ni complicado para nosotros.

Villafranca trató de decir algo, pero alzando una mano se lo impidió el regidor, cuyo ritmo cardíaco y respiración volvían a la normalidad.

—Esa es una buena decisión —dijo aún de pie, sonriendo al teniente—. Veo que al fin nos entendemos.

—¿Cuándo lo hacemos? ¿Antes de llegar a Sanlúcar o saliendo de aquí? —indagó el capitán, diligente.

—El sitio de desaparición me tiene sin cuidado —resolló finalmente don Alonso Caso, precipitando su corpulenta armazón en una silla—. Que lo evapore usted en el Viejo Mundo o en el Nuevo me da igual. Con tal de que lo haga.

Lo inusitado del golpe en plena madriguera del león tenía a todos los hombres de Doiteadiós en zafarrancho cuando llegaron a la taberna. Salvo él y Puñales ninguno conocía la ciudad. Y sin mar bajo los pies cualquier pirata se hubiese sentido igual, como pez fuera del agua. La trastienda no resultó ser tan grande como figuraban, pero bastó para acogerlos con todo aquel arsenal y estruendo de hierros que traían encima. Patilludos, sudorosos, con el atuendo militar desaliñado daban la impresión de ser la tropa a la desbandada que no eran. Bromeaban unos y otros se mantenían serios, todos siempre peligrosos, con los rostros curtidos por el mar y los torsos, muslos y brazos cosidos de cicatrices, seguros de que el jefe no los llevaba nunca por ningún camino de ida sin que pudieran procurarse otro de vuelta. El Chifle servía vino. Luego descolgó uno de los jamones que pendían del techo y lo cortó en lonchas. Estaba advertido de que podían venir soldados haciendo preguntas incómodas. Su misión era ver, oír y callar.

—El uniforme no les sienta —dijo el tabernero, guasón—. No veo ni un arma reglamentaria. ¿Todos rezan?

—Casi nunca —ironizó Puñales—. Somos alérgicos a los excesos de fe.

La chanza arrancó una risotada colectiva. El Chifle los miraba diciéndose qué insospechados y caprichosos eran los caminos que le abre a uno la vida. Las insólitas vueltas del destino. Él, un simple mesonero, un humilde devoto, un insignificante andaluz erigido en guardián de aquellos guerreros de Dios. «Qué derroche de suerte», se dijo. Y convencido de que su papel era decisivo en la misión apostólica que tenían por delante aquellos hombres, terminó de repartir las tajadas orgulloso de sí mismo, y se fue silbando una conocida tonadilla flamenca. La otra parte de la clientela, la que consumía a la vista pública y no necesitaba ocultarse reclamaba su atención.

Hombre de muy pocas palabras, callaba Paco Finura sentado en una esquina sorbiendo vino y comiendo jamón, la espalda contra la pared, cuando el capitán le preguntó por las rayas azules tatuadas en los antebrazos.

—Son mis escabechados —dijo, haciendo una pausa para eructar—. Los que tengo hasta ahora.

El primero le había dado mucha guerra en aguas de La Española. Abordaron una pinaza de filibusteros que bebían profusamente tras saquear un poblado. Todo parecía indicar que arrebatarles el botín iba a ser fácil porque los fulanos no eran muchos. Y lo fue, salvo para él. Porque cuando ya nadie combatía, su merced seguía enfrascado a espadazos con un endemoniado holandés que le sacaba un pie de alto y cien libras de peso, empleándose a fondo en el ataque y el contra-ataque; daga en la zurda y ropera en la diestra. La espada adversaria zurraba tan cerca que en una ocasión le cercenó un mechón sobre la frente. Tajos iban y venían, por fortuna para su salud todos superficiales. El neerlandés era una mole blindada. Pero todo lo que comienza termina. Incluso la ad-versidad.

—Es el que más me ha durado —dijo Finura, eructando otra vez.

El otro lance, tiempo después en la isla de Mayaguana, fue fruto de cuatro palabras mal empleadas. El inglés que sí. Él que no. Tras el *sonofabitch* vino un "la puta de la tuya». Y los dos se fueron a los aceros. La cosa parecía sencilla porque el corsario, a diferencia del anterior, era peso pluma y escasa-mente le llegaba al cuello. Pero con tan mala pata que además de enjuto, lo que le reducía a él la zona de ataque, el tipo era contorsionista, un as en la esquiva que se batió como una lie-bre. Incluso llegó a herirlo en la espalda luego de una cabriola, mañosa e impropia de espadachines decentes. Pero así es la vida. Y lo tuvo bien ajetreado un buen rato, a él que era todo un consagrado, girando como un trompo, parando hurgonazos hasta que en un descuido del otro pudo neutralizarlo con un palmo de acero que le encajó en las costillas. Lo demás vino rápido.

Los otros, que en total sumaban veintidós, también dieron quehacer. Pero no eran dignos del mismo mérito.

—No jodieron tanto —precisó el asturiano, dándose un trago de vino.

—¿Y qué vais a hacer cuando no os alcancen los brazos para los tatuajes? —se interesó el capitán.

Paco Finura se levantó las boquillas de las calzas. La pierna derecha la tenía virgen. La izquierda ostentaba una procesión de rayas.

—No me queda mucho —dijo, indiferente—. Pero aún hay espacio.

Algunos de sus compañeros mataban el tiempo jugando a las barajas sobre un barril tomado de mesa; otros, tirando los dados en el suelo, haciéndose trampas. El capitán les aconsejó que durmiesen ahora porque la noche sería larga. Pero ninguno tenía sueño. Más bien estaban impacientes, con ese atropellado entusiasmo mezcla de miedo y valor que suele preceder el combate. A ratos Doiteadiós los alentaba con una fraterna sonrisa o alguna frase de arenga, lo que debió de traerle buenos recuerdos a Berrinche, que sonreía retrotrayendo la memoria tres años atrás. Había sido un día memorable, todos exudando fuego y el capitán increpándolos, los ojos centelleantes. «¡Candela con ellos!». Hasta el último aliento resistieron el empuje de un enemigo muy superior en número. Y cuando se agotaron las municiones, entre imprecaciones y blasfemias —era su índole—, se defendieron arcabuz en mano a garrotazo limpio, aferrados al propósito de que si perdían al menos dejarían bien en alto la reputación. Y no perdieron. Ahora se ocultaban en aquella trastienda en espera de la noche, y aunque la situación era diferente el malagueño seguía viéndola de la misma manera. Los que estaban con él eran hombres duros de roer. Reacios a darse por vencidos. Empezando por el jefe. «Pase lo que pase todo será igual», se dijo.

Una escolta de cuatro soldados lo condujo hasta su propio camarote, despojado de espada y en plan de arresto. Solo luego de mucha insistencia, el cabo que lo llevaba del brazo se limitó a responderle que eran órdenes del capitán. No había nada que hacer. Resistirse hubiera sido inútil, y deshonroso tratándose de un alférez. «Algo salió mal. Alguien dio el chivatazo», pensó. Y no era Beatriz. Si de algo estaba seguro era de eso. Por ella era capaz de ir al cadalso sin el menor rastro de miedo en el rostro, como quien va a presenciar la ejecución de otro. Pero ese otro en las actuales circunstancias podía ser él. Al menos así sonaba el interrogatorio que le hacía el teniente, tamborileando sus amaricados dedos sobre la mesa.

—¿Quién más lo sabe?

Emparedado entre dos soldados, el alférez no albergaba muchas esperanzas de salir bien parado de aquello.

—Nadie más —respondió.

El rostro del teniente se torció con una sonrisa siniestra.

—Déme el nombre de los cómplices o la pasará muy mal.

—No tengo cómplices.

—Será mejor que confiese.

—No tengo nada que confesar.

Jiménez sonreía ahora mostrándole el anónimo, que alzó en la punta de los dedos.

—Tal vez no hace falta que ponga usted las cosas en claro —dijo—. Este papel habla por vos.

Duarte apeló al único recurso que le restaba: engallarse.

—¡Esto es un desafuero!

El teniente se destocó el chapeo de pluma y se contempló las uñas. Sus delicadas facciones le parecieron a Duarte más femeninas que de costumbre.

—Desafuero es el suyo, alférez —dijo, regodeándose—. Difamar a los superiores es un delito de alta traición. ¿Sabía?

Duarte guardó silencio con la cabeza erguida, el gesto resignado. Pero para sus adentros tragó en seco. El teniente se guardó el anónimo en el jubón, y le dedicó otra malévola sonrisa antes de irse. Hasta ahí llegó el interrogatorio, que era un mero formalismo para justificar el encierro. «La suerte me traiciona», pensó el alférez. Con el anónimo en poder de Villafranca y Jiménez, él desarmado, confinado en su propio dormitorio y aquellos dos cancerberos apostados las veinticuatro horas en su puerta con instrucciones de matar si era preciso para impedirle escapar, el panorama era negro. A menos que alarmada porque él no regresase a verla como habían quedado, Beatriz intercediera con su tío, lo que —él ignoraba— era pedirle absolución al mismo diablo. Probablemente su amigo Nuño y el hermano intentasen acudir en su auxilio. Pero no veía factible que lo consiguieran.

La noticia de que Duarte estaba preso se propagó veloz como viento de tormenta. Uno de los primeros en saberlo fue el Piolo, que encaró a los dos centinelas haciéndose el desentendido, en un intento porque lo dejaran pasar al camarote. Pero las picas que estos cruzaron en sus narices decían que si lo ensayaba de nuevo lo iban a cascar. El alférez estaba acusado de alta traición, y solo el capitán y el teniente tenían acceso al prisionero. Si algún loco se obstinaba en violentar el procedimiento, los centinelas tenían licencia para expedirlo con boleto de ida y equipaje completo al vecindario de los difuntos.

El sol se deslizaba despacio sobre La Habana, preludiando una tarde muy atropellada. Dolores quiso calmarlo tomándole una mano, pero no lo conseguió. El Piolo insistía en sacar al alférez, fuese como fuese, de aquel camarote convertido en celda, seguro de que no le esperaba un buen final. Pero no tenía cómo. Cuál de sus amigos, y a cambio de qué, iba a correr el riesgo de ayudarlo en semejante empresa. Y qué sería luego de ellos si lograban liberarlo. La ingénita sabiduría femenina, ese don tan propio de ellas de predecir lo que los hombres no ven, le decía a Dolores que todos acabarían corriendo la misma fortuna. En otras palabras, viéndolo con sentido común el Santa María del Rosario era un calabozo flotante del que solo podían escapar quienes tuviesen la llave. Y los carceleros eran el capitán Villafranca y el teniente Jiménez. En cuanto a ella, no había por qué alarmarse. Todo decía que no sospechaban. De lo contrario, a esas alturas su situación habría sido peor que la del alférez. Ya estaría en el cepo. Por lo que resumió su parecer con una sugerencia que hizo alzar la cabeza al Piolo, iluminado. Tenían que advertir a

Beatriz. Quizás la buena química de la joven con el alférez pudiese ayudarlo.

Los dos toques de nudillos en la puerta de la habitación le cortaron la siesta.

—Señorita Beatriz...

Sonaron otros dos golpes, más fuertes y apremiantes.

—Señorita Beatriz...

La criada venía con el aviso de que alguien aguardaba abajo en el zaguán con un recado del alférez Duarte. Instantes después, con un mal pálpito a flor de piel, Beatriz escuchaba abatida y boquiabierta el relato de Dolores. Trató de respirar con calma, pero no pudo; intentó sofrenar la inquietud que la dominaba, y tampoco. Preso. Lo más horrible era que a esas horas nadie tenía noticia de lo que harían con él, confinado y a merced de aquel viejo baboso, con ojos de rata y aire de cuervo que se hacía llamar capitán. Se imaginó al alférez en grilletes, lo vio ya en manos de un verdugo, sangrando y gimiendo de dolor, y eso la derrumbó. Tuvo deseos de salir corriendo y gritar. Se sentía culpable y también víctima. Era un estremecimiento raro. Algo extraño se debatía en su interior. Era más que una pena. Sufría por lo que podía sucederle al alférez. Lo supo cuando estalló en lágrimas.

Transcurridos los primeros segundos de debilidad, agotado el lamento, se dijo que había que hacer algo. Lo primero era poner orden en el torbellino de ideas que se agolpaban en su cabeza. Su conciencia estaba limpia. Y la del alférez debía estarlo más. Denunciar a ladrones no era ningún sacrilegio; a traidores a Su Majestad, mucho menos. Pero más allá de eso veía zonas oscuras. ¿Cómo pudo Villafranca enterarse de la denuncia? ¿Cómo supo con tanta rapidez quién era el autor? Debía tener un cómplice bien situado. Alguien que por supuesto pudo asociarla a ella con el alférez y por carambola a este con el anónimo; un asociado con poder e influencia capaz de encubrirlo impunemente. Sin duda alguien en las alturas con suficiente potestad, también involucrado en el robo. Y ese bien arriba solo tenía dos nombres: el regidor, a quien por supuesto ella descartaba, y el único delator admisible, el ruin de Alcántara actuando a espaldas del tío. Cuando este supiese lo que ella había descubierto no lo iba a creer. De cualquier forma debía planteárselo con mucho tacto. Don Alonso Caso consideraba al factor de la Real Hacienda un hombre de su entera confianza. Y los tejemanejes de la política y el gobierno, tan propios de hombres, le parecían muy embrollados y propicios para toparse uno con los peores ciegos, los que no quieren ver. Pero por qué no. Se atrevería. Daría el salto tratando de no caer en el charco.

Caminó en silencio hasta el cabildo, pero deprisa, recriminándose a lo largo de todo el trayecto cómo había podido ser tan tonta. El regidor estaba parado junto al escritorio, pensativo, dando nariz a una pizca de rapé.

—¡Mi bella sobrina! —exclamó, delineando una desagradable sonrisa.

Beatriz se mordía los labios. No sabía por dónde empezar.

—¿Os dijo algo el señor Alcántara?

La pregunta no sorprendió a don Alonso Caso. La veía venir.

—¿A mí? —ladeaba la cabeza, simulador—. No. ¿Por qué?

«Esta es la mía», pensó ella, alisándose el vestido en busca de las palabras que no le venían a la boca.

—Creo que algo sucio se traen entre manos esos dos.

—¿Qué dos? —preguntó él en tono displicente.

Por un instante Beatriz pareció vacilar, pero se llenó de valor.

—El señor del bigote fino —puntualizó—, y el capitán Villafranca.

El gesto del tío se endureció.

—¿Y vos cómo lo sabéis? —inquirió, apoyándose con las dos manos sobre el escritorio, sin ninguna intención de sentarse.

Ella también se mantuvo de pie.

—El alférez me debía una visita esta tarde... —trató de explicar pero él la cortó.

—¡Ah!, el alférez —dijo, engolando la voz—. Oí decir que está preso.

—Es muy misterioso lo que sucede —quiso esclarecer ella pero fue imposible.

—¡Aquí no hay nada misterioso! —bramó abruptamente el regidor, alzando una mano para golpear el escritorio, pero no pudo. Perdió el equilibrio y estuvo a punto de caer. Aquel exceso de manteca iba a acabar con él. Carraspeó dos veces para desatascarse la garganta y luego prosiguió, ya sosegado—. No hay nada oscuro. Todo está muy claro.

Beatriz enmudecía, debatiéndose entre la perplejidad y la desolación. El tío la miró de soslayo, dio unos pasos hasta la ventana y se paró de cara a la bahía. Las luces de la tarde ya se extinguían en retirada. Se atusó el espeso bigote y no pudo contener el sarcasmo.

—Parece que el alférez se lo buscó.

Fue entonces que a ella la piel se le puso de gallina. Quién era él cómplice. Su tío; el otro. O los dos.

—No te había dicho —prosiguió, contemplando el paisaje—. Mañana te vas. Vuestro padre os necesita.

Beatriz estuvo a punto de perder la compostura, pero logró refrenarse. Apretó el puño, llevándolo atrás para esconderlo. Por lo visto había sido muy ingenua al confiar en su tío. Pero si don Alonso Caso Toledo, Regidor del Cabildo de La Habana y Caballero de la Orden de Santiago creía poder deshacerse tan fácilmente de ella se equivocaba. Contó hasta tres, y mordiéndose los labios para no decir palabra dio la espalda y se fue.

Los últimos rayos de sol se extinguían sobre las fachadas de las casas y los muros del Castillo de la Real Fuerza cuando Doiteadiós y Puñales salían a la calle de los Oficios en dirección a la Plaza de la Ciénaga. Un corto tramo adelante divisaron al cabo Suárez Muria bajando de la plaza con una pareja de soldados, con toda seguridad el cambio de guardia. Pero ya no pensaban asaltar la fortaleza, y detenerse a conversar con el cabo en ese momento además de innecesario resultaba inconveniente, por lo que se refugiaron bajo el alero de una vivienda donde la claridad remanente era aún más pobre. Todo quedaba endiabladamente cerca en esa ciudad. «Para bien y para mal», pensó el capitán, calándose más el chambergo. Lo dejaron pasar, y cuando los tres se perdieron de vista reemprendieron la marcha. Nuño Garrote los esperaba, impaciente.

—Está preso —dijo.

Doiteadiós tenía previsto apoderarse del oro y luego reencontrarse con Duarte en el jabeque, una vez que él y sus hombres hubiesen asegurado el botín en el barco. Ahora se alteraban sus planes. Más bien se precipitaban. No iba a abandonar indefenso al hermano. Y mucho menos en manos de quiénes lo tenían cautivo.

—Quieren asesinarlo —dio por sentado el capitán, sobándose la barba.

—Eso temo —dijo Nuño, que tenía más preguntas que respuestas.

El capitán estaba inmóvil, como si vigilase, mientras escuchaba el relato del Piolo sobre la carta, el bastardo, el acta de registro en la inclusa y la confirmación de que Villafranca y el teniente sabían quién era el padre de Duarte, pero lo ocultaban. Y lo que era tácito, que desoyendo su consejo el alférez había dado curso al anónimo. Llegados a ese punto, Doiteadiós se quitó el sombrero y cual si demandara tiempo para reflexionar se pasó la mano por el pelo. Luego se caló otra vez el chambergo. Soplaba un vientecillo fresco, como anunciando lluvia. El nuevo plan de acción que fluyó de su mente tomó por sorpresa a Nuño. Con ayuda suya interceptarían el carretón de los lingotes. El ataque sería relampagueante. Viéndolos a ellos también de uniforme, los soldados quedarían aturdidos, lo que facilitaba la acción. Una vez que tuviesen en su poder el oro y al teniente prisionero en el Constanza, todos sus hombres irían al rescate del alférez. Lo demás que sucediese esa noche a bordo del Santa María del Rosario, si Nuño se quedaba o se iba con ellos, era decisión suya.

—¿De qué hombres habláis? —Nuño no entendía.

—De mi gente —reafirmó él, imperturbable.

El Piolo bajó un poco el tono de voz para suavizar el matiz. Un chispazo de suspicacia le asomó a la mirada.

—Realmente ¿quién sois? —preguntó.

Puñales lanzaba ojeadas a todos lados para cerciorarse de que seguían solos. El capitán tenía ahora fijos los ojos en el peludo entrecejo del Piolo.

—Me dicen Doiteadiós.

Nuño Garrote se precavió, reculando con disimulo. Sabía de aquel nombre. Hizo ademán de llevarse la mano a la espada, pero viendo a los otros dos tranquilos y con el gesto afable cambió de parecer. Trances difíciles menudeaban en la vida del soldado, pero trascendentales, esos que te cambian zozobras, reveses, juramentos y hasta te modifican el rumbo y la tumba, ocurrían solo una vez. En ese instante se preguntaba si aquel era el suyo.

—Me va la cabeza en esto —dijo.

La de Nuño todavía no corría peligro, pero la del alférez Duarte sí.

—También la de vuestro amigo —puntualizó el capitán.

Se hizo un silencio significativo que el Piolo rompió relatando todo lo que se decía de Doiteadiós entre la soldadesca. El capitán lo oía callado, dejándolo hablar de saqueos y atrocidades, masacres y abusos, barbaridades inauditas, incluida la afrenta de que un español manchara de sangre su propia bandera. Fue aquí que, haciendo un leve gesto negativo con la cabeza, el capitán preguntó.

—¿Podéis dar fe de todo eso?

El Piolo enmudeció. Nadie podía dar fe de lo que no había visto.

— ¿Conocéis a alguien que pueda atestiguarlo? —insistió.

Hubo otro largo silencio. Eran solo murmuraciones.

—Infamias —abrevió Doiteadiós.

Hombres como Nuño Garrote sabían de sobra que quienes presumían de defender al país y a su gente con una mano los saqueaban, embozados, con la otra. Y mientras los de su clase seguían disputándose los mendrugos en escudilla, los otros comían a sus anchas en vajilla de plata. El capitán le dijo que nunca había matado por matar sino por obligación, que en su caso era sinónimo de necesidad. Y que todo lo que hizo tras ser abandonado a una muerte segura en el mar, perseguía un solo fin: cobrarle caro algún día todas las fechorías al capitán Villafranca. Tras esas dos confidencias, los pocos reparos que le quedaban al Piolo se desvanecieron de golpe.

Lloviznaba cuando se marcharon de la plaza. Los tres por el mismo rumbo.

Poco antes de la hora convenida, al otro lado del tabique de la trastienda, ignorando que los tenía tan cerca, el teniente Jiménez se jugaba a las cartas como cada noche lo que tenía y lo que no tenía.

—¡Atentos! —demandó el capitán, y los que hablaban callaron.

Estaba sentado sobre un tonel, casaca y chambergo a un lado y la camisa desabrochada. La escasa luz de la luna que se filtraba por una estrecha claraboya enrejada lo iluminaba de costado, enmarcando su perfil. La lumbre de un farol, parpadeante, ayudaba a moderar la penumbra que reinaba en la trastienda. Se acercaba el momento y no estaba con ánimo de tolerar descuidos ni equivocaciones. Un piquete tan numeroso —nueve hombres ahora con el Piolo— caminando cerca de la medianoche en una ciudad a esa hora usualmente vacía era un convite al desastre, por lo que irían divididos en tres grupos hasta la caleta. Sería en ese sitio, no antes, donde atacarían al teniente, los cuatro soldados y el centinela que solía aguardarlos en la orilla.

—Nosotros iremos delante —dijo, señalando a Bocamuerta y a Nuño.

Luego apuntó a otros tres con el índice, entre ellos Berrinche, que no parecía muy conforme con ir de segundo y movía la cabeza, discrepando.

—¿Algún problema? —preguntó a quemarropa el capitán.

Efecto mágico. Desaparecieron en el acto los malos gestos del malagueño, que se cosió la boca.

—Tú, Puñales —dispuso—, irás detrás con Paco Finura y el hombre restante.

—Es mala cosa ir en la cola —murmuró el contramaestre, supersticioso. Pero Doiteadiós lo ignoró.

—Cada cual sabe lo que tiene que hacer —dijo el capitán, paseando la mirada de un lado a otro—. El teniente es mío —Ahora fue enfático—. No quiero que nadie me lo toque.

En eso alguien alzó la voz para preguntar.

—¿Y después? ¿Qué haremos?

—Después —dijo él—, viene lo bueno.

CAPÍTULO XIII

UN MUERTO VIVO

Un búho cantó dos veces, y el capitán y sus hombres echaron a andar hundiendo los pies en el lodo. Caminaban despacio, con tiempo sobrado pues todavía faltaba una hora para la medianoche, pero recelando de su propia sombra, ojo alerta y mente avizora. Llovía otra vez y las gotas golpeaban el rostro de los que no iban guarnecidos con chapeo. Doiteadiós se arrebujó bien con la capa y se tocó el bolsillo para estar seguro de que no olvidaba las cuerdas. Llevaba cebados los dos pistoletes, aunque con aquella humedad no había pólvora que valiese. Además, la gracia de la encerrona era que transcurriese en silencio. No habían caminado cien yardas cuando oyó un ruido como de gente armada corriendo, y alzo el brazo para alertar al grupo. Pero no. Eran otra vez los cangrejos, que invadían la ciudad avanzando desde la bahía como cadetes en formación, marciales, tenazas en alto. Había tantos que era imposible dar un paso sin pisarlos. De modo que aminoraron la marcha, cuidándose de que el estrépito de las botas aplastando los carapachos fuese a delatarlos. Ni el mismo Nuño lo podía creer. «Si el alférez supiese que estoy complotado con ocho piratas para atacar a los míos...», pensó el Piolo, pero enseguida volvió a enfocarse en la misión, advertido de que acercarse demasiado al aliento de Bocamuerta, que avanzaba a su lado, era correr el albur —con suerte— de lesionarse un pulmón.

Los del segundo grupo se enzarzaban a codazos con Berrinche para que se moviera en silencio y dejara de rezongar. «Estos cangrejos de mierda». «Estamos jodidos». «No para de llover». «Veréis que alguien nos va a oír». La letanía del malagueño era infinita, y tuvo que hacer un alto el capitán para callarlo. Atrás, separados a unas veinte yardas, Puñales y el otro acompañante seguían en fila india a Paco Finura, que iba ensartando cangrejos con el estoque en previsión de que si los despachurraba podían perforarle la suelas de las botas, ya muy ajadas. La lluvia era sin duda una contrariedad, pero también les servía de amparo. Nadie con ese tiempo y a esa hora, excepto aquellos tercos crustáceos o algún beodo extraviado, iba a entorpecerles el paso. Ellos eran los dueños y señores del camino.

Solo el Constanza y una balandra de pesca estaban arrimados al muelle. La luz era exigua, por lo que anduvieron con mucho celo sobre las tablas mojadas del atracadero para no caer al agua, sorteando pilas de fardos y toneles. El dueño de la embarcación, el piloto y un marinero dormían en el pañol de popa y fue pan comido inmovilizarlos, atándolos y amordazándolos en su propio lecho. El patrón temblaba, y no era de frío, cuando Doiteadiós se agachó a su lado.

—Sus cincuenta escudos —dijo— vienen después, multiplicados. Tiene mi palabra.

Bocamuerta cuidaría del barco y de los tres tripulantes hasta que ellos regresaran. El capitán inspeccionó con su gente arboladura, velas, amarras, falconetes, municiones y pólvora. Todo estaba en orden en el jabeque, pequeño para los de su clase pero de tamaño apropiado para el uso que pensaba darle. Efectuado el reconocimiento, partieron. Seguía lloviznando y el suelo era un lodazal. El embarcadero se hallaba cerca del sitio de la emboscada, y a despecho de la lluvia el recorrido fue llevadero. Cuidando de no aproximarse más de lo aconsejable al cobertizo donde se guarecía el centinela, el capitán distribuyó a sus hombres en círculo alrededor de la caleta, ocultos entre jagüeyes y uveros. Lo engorroso era ahora la espera, a escondidas, a oscuras y pasados por agua. Volvió a sacar la cuenta. Ocho contra seis. Si no acaecía ningún contratiempo, el lance estaba servido. Oyó un crepitar de hojas y se palpó el mango de la espada. Falsa alarma. Resultó ser algún animal. Al rato escampó y se despejó la noche. La luna se movía despacio detrás de las nubes. No pasó mucho tiempo y el chirrido del carretón les avisó. Doiteadiós surgió de las sombras.

—¡Entreguen las armas! —demandó—. ¡Y les irá mejor!

El teniente reconoció en el acto la voz, vislumbró la silueta y tragó en seco. Los otros se miraron un instante, confundidos, viéndose rodeados de militares uniformados igual que ellos. De cualquier manera aquello era lo más parecido que había a un asalto, y sin esperar por el jefe, que seguía sin dar señal de vida en el pescante, los cuatro soldados se apearon veloces. El quinto, que salía del tinglado, acometió con la pica al capitán, que esquivó el golpe con la espada. Jiménez se lanzó finalmente del carruaje y trató de escapar, pero Paco Finura le cortó el paso con ademán de acá dice peligro, dibujando con el estoque una cruz en el aire como si le ungiera por anticipado la extremaunción. El del cobertizo blandió el arma con mucho aspaviento. Dos veces metió el brazo para herir al capitán y ninguna pudo. A la tercera cayó exánime sobre la pica que no le había bastado para salvar la vida. Al mismo tiempo, Berrinche despachaba con el alma bien empaquetada al último de los guardias, protestando porque el rival, a quien alguien llamó Serrucho en medio de la pelea, le melló la espada. Mientras tanto, Finura y Puñales tenían acorralado al teniente, que no se atrevió a desenfundar el arma.

Doiteadiós dio a Puñales el par de cuerdas que traía en el bolsillo para que maniatara al teniente, al que también hubo que amordazar porque al verse solo y perdido empezó a gritar implorando auxilio a lágrimas como una Magdalena. Bajaron los dos cajones del carretón, los colocaron en la tartana y bogaron hasta el Constanza, donde una vez puesto a buen recaudo el oro condujeron el prisionero al pañol de víveres, pobremente iluminado por un farol. Puñales lo ató por la cintura a un tonel, y Nuño le destocó el chapeo de pluma para que el claro de luna que se colaba por una escotilla le iluminara mejor el rostro.

El haz de luz, tenue y plateado, acentuaba los rasgos femeninos de Jiménez. El capitán lo miraba sin ninguna simpatía.

—¿Sabe por qué está aquí?

El teniente descolgó la cabeza.

—Hugo Valdés de Villafranca —balbució, abatido.

—Esa es una de las razones.

—Y vuestro hermano —añadió Jiménez al punto, con más pavor que desmayo.

—Esa es la otra —dijo el capitán, alzándole el mentón con la mano—. Pero hay una tercera.

El teniente compuso una mueca de duda. Una cucaracha le subió por el jubón y se le aparcó en la nuca. De miedo o de asco, parecía condenado a morir de una de las dos maneras.

—Vas a decirme quién es el padre del alférez.

Por segunda vez en la noche, Francisco Jiménez Albear tragaba sin saliva.

—El p-padre... d-del... —tartamudeó.

Hubo un silencio fugaz, que Doiteadiós remató.

—O me lo dices o te guindamos.

Comentario que Puñales matizó con la mímica debida, agarrándose la garganta como un ahorcado. Lo que surtió efecto, porque viéndose ya con el dogal al cuello, el estremecimiento que le heló el espinazo al teniente sirvió para aligerarle la lengua.

—Juan Sebastián Tancredo —dijo—, marqués de Solodiestra.

La confesión fue de carrerilla, haciendo un paréntesis para rogar que le quitasen de encima la cucaracha, que se le había corrido al mentón. Villafranca adeudaba mucho dinero al noble, un pariente lejano. Según sus palabras, una suma catastrófica. El acreedor le propuso saldar la deuda a cambio de que le echara tierra al asunto de un hijo suyo bastardo, cosa que por razones de abolengo él no podía hacer. En resumen, desembolsando una cantidad de reales infinitamente menor de la que debía, Villafranca compró conciencias y lenguas, silenciando a todo el que sabía algo. Así consiguió librarse del oneroso gravamen. Después, el escándalo terminó llevándoselo el marqués a la tumba, fulminado por un ataque de gota.

—¿Y la madre? —inquirió Doiteadiós, sin mover una ceja—. ¿Qué hicieron con ella?

Otro silencio. Esta vez más largo.

—Sobre... e-ese p-particular... —tartamudeó otra vez.

Un relámpago de miedo sacudió al teniente, que miraba de reojo el cañón del pistolete que el capitán le puso en la sien. Sabía, pero no debía saber. Espesas gotas de sudor le corrieron por el rostro. Ese fue el preámbulo de la evasión. Llegaba el momento de huir a la desbandada, como cuando un buque hace aguas y es preciso abandonarlo. A partir de ahí su jefe perdió la condición de audaz capitán de mar y de amo a quien él había guardado durante años lealtad de piojo. Ahora era ese señor desalmado, despreciable y con mil pecados a cuestas que el infortunio le deparó como superior. Trabajo le había costado, pero en virtud de sus buenos oficios como teniente, y solo gracias a él, el joven alférez había podido escalar de graduación. Eso adujo en su defensa. Reprobaba que lo hubiesen arrestado. También desaprobaba, dentro de sus posibilidades —que de cualquier modo eran muy constreñidas por cuestiones de jerarquía—, que Villafranca hubiese amenazado a aquella pobre y decente mujer con arrebatarle su otro hijo si no hacia dejación del bastardo. Todo eso debía ahora pagarlo Villafranca, para lo que por supuesto podían contar con su ayuda, que precipitadamente ofreció. «Gustoso», dijo.

Dilatadas hasta entonces por la escasa luz, las pupilas de Doiteadiós se achicaron y fulguraron con un destello vidrioso. Faltó poco para que allí mismo cascara al teniente como un huevo. Pero lo inaplazable, lo que más urgía en ese momento era salvar al hermano.

—El gusto será mío —precisó el capitán, impávido.

Mascullaba blasfemias contra Villafranca y Jiménez cuando subió a cubierta para aprestar a sus hombres, que hambrientos y con las ropas caladas por la lluvia prendían una hornilla para calentarse detrás de un mamparo en la proa. Comían pan duro, los restos de un puchero y algo de queso. Uno de ellos alcanzó al capitán una jarra de vino que este bebió a largos sorbos. El asueto duró poco. Apenas embucharon el magro condumio se pusieron en marcha. El más fatigado de sus hombres, que se batió duro en la caleta y estaba herido en un brazo, asumió la custodia del jabeque. Esta vez Bocamuerta partía con ellos. Puñales se santiguó, y mirándose unos a otros de reojo los demás lo imitaron. El capitán iba delante, agarrando de un brazo al teniente, que otra vez llevaba puesta mordaza. Embarcaron de vuelta en la tartana. Nuño, conocedor del fondeadero del Santa María del Rosario y el único capaz de identificar el barco a distancia, tomó el timón.

—En silencio —dijo el capitán, escudriñando las luces de los fanales en la bahía—. No hay apuro.

Las nubes cubrían de tiempo en tiempo la luna, y ellos se deslizaban como un espectro sobre las tranquilas aguas. Una brisa leve y ocasional soplaba de tierra. La luz de popa del galeón se iba acercando y el capitán, de pie en la proa de la tartana, echó una ojeada atrás para comprobar que todos estuviesen prestos a la hora del abordaje. No se veía a nadie en el galeón. Estaban a unas quinces varas del barco cuando Berrinche estornudó. El capitán le echó una mirada glacial. El malagueño se encogió de hombros y se sopló la nariz. Se arrimaron suavemente a la banda de babor y el encontronazo de los maderos fue leve, aunque pudo haberlo oído alguien, por lo que Doiteadiós ordenó que nadie se moviera. Pero no, solo lo escucharon ellos. Aguardaron unos segundos, cautelosos, en espera además de que una nube desvelara la luna y los dejara distinguir donde se hallaba la escala.

—Ahora —susurró el capitán.

El primero en ascender por las cuerdas fue él, seguido de Nuño con el prisionero y luego los demás. Hubo prisa por trepar, aprovechando que el adversario estaba desprevenido. Un centinela dormía echado sobre un montón de cabos adujados en la popa, y para precaverse, cuando ya estaban todos a bordo, Puñales lo privó de voto y voz. Cada cual ocupó la posición que el capitán les indicó cuchicheando. Paco Finura, guardando el acceso al alcázar, donde se hallaban la cámara de Villafranca y el camarote del alférez. Berrinche junto a la escotilla mayor del combés, donde hubo que despachar a otro vigilante que venía de proa y salió al paso con ojos de haber visto un aparecido. Bocamuerta, con prohibición de hablar, bajaría con otros tres piratas al pañol donde se ocultaba el oro para trasladarlo a la tartana con ayuda de Nuño, que ya regresaba con tres marineros de su confianza, también incondicionales del alférez. «Nada de tiros, acero discreto» fue la orden de Doiteadiós. Puñales y él irían primero a rescatar al hermano, contando con los buenos oficios del rehén en caso de que se vieran en apuros.

—No me deis motivos de callaros para siempre —dijo el capitán al teniente Jiménez, adosándole la daga a mitad de espalda mientras le zafaba la mordaza.

En ese momento asomó en el alcázar una mecha prendida por un soldado que empuñaba una pica y trataba de comprobar si el ruido que oía era de gente o era solo idea suya. Dos pasos alcanzó a dar antes de ver truncadas sus intenciones.

—Muy lento, carnal —dijo Paco Finura, hendiéndole el pecho como un rayo salido de las sombras.

—¡Andando! —apremió Doiteadiós al teniente, que apuraba el paso persuadido por la punta de la daga.

Cruzaron todo lo deprisa que pudieron bajo el palo de mesana hacia el otro lado de cubierta con el teniente de guía, que más que encaminarlos parecía huir de su propio miedo. Si alguien los escuchaba y daba el aviso, las cosas se iban a poner difíciles. Pero no, llegaron al camarote sin contratiempos. Allí estaban los dos guardianes, sin envidiar nada al centinela de popa en materia de sopor. La patada que dio el capitán a la puerta despertó al más grande, que hizo un gesto agresivo con la pica.

—Este no le quita a nadie más el hambre ni la hartera —dijo Puñales, reponiéndole de una estocada el sueño, ahora de manera perpetua.

El otro cancerbero no tuvo tiempo siquiera de reaccionar y prosiguió el viaje onírico con un puñal clavado en el pecho. El capitán entró en el camarote con la espada en la diestra, pensando hallar a otro enemigo. Pero no. Entonces vio en la penumbra al alférez, sentado y mirándolo como quien no sabe si está al principio o al final de un sueño. Fue a su encuentro y se abrazaron con vigor, regalándose una sonrisa, breve y cálida. Luego, sin más dilación, Doiteadiós amordazó de nuevo al teniente, que ya no les hacía falta.

—¡Ligero! —dijo—. ¡No hay mucho tiempo!

Doiteadiós y Puñales volvieron sobre sus pasos. El alférez tenía el corazón desbocado. Cada dos o tres zancadas intercambiaba fugaces miradas con el hermano. Eran demasiadas conmociones en tan poco tiempo. El teniente Jiménez cautivo, Álvaro rescatándolo. Y ahora iban en pos de Villafranca. Regresaban al otro lado del alcázar para acceder a la cámara de este cuando el capitán tropezó con un soldado, ya cadáver, le quitó la espada y se la dio a Duarte. «Te va a hacer falta», dijo. Entonces ordenó a Puñales que bajara a la tartana con el teniente, convertido ya en una impedimenta. El grupo del oro tenía embarcados ocho cajones. Bocamuerta y los amigos de Nuño traían otro par.

—Quedan dos más —dijo el extremeño, que por la forma en que saludó al alférez, el capitán dedujo que aquella amistad era en efecto auténtica.

Después, cerca ya de la cámara, un crujido de maderos despertó a un soldado que dormía en el piso y al reconocer al alférez se incorporó velozmente. Doiteadiós apartó con un brazo al hermano, cerrándole cualquier escapatoria al adversario. Hizo dos fintas que no lograron su objetivo. El fulano conocía la ocupación y se defendía como un demonio. El único temor suyo era que el ruido de metal contra metal despertase al resto del barco. Con tan buen tino que en un tercer lance logró mojarle un costado al soldado, que tocándose el corte para ver cuán profunda era la herida perdió medio segundo. En conclusión, ese fue su último gesto consciente en este mundo. Al instante sobrevino la embestida recia de la toledana, y el te doy adiós fulminante. Luego el capitán tiró firme hacia atrás la espada y con el pie la arrancó del torso del soldado. Sintió dolor en un codo y se tocó. Estaba herido. Pero solo media docena de pasos los separaban de la meta. En eso apareció Nuño con Dolores, que traía la llave de la cámara en la mano. Un vuelta a la cerradura, y eureka. El estruendo de espadas lo había espabilado. Villafranca estaba en camisón, mirándolos aterrorizado. Quiso gritar pero había perdido el habla.

—¡Te tengo, cabrón! —dijo Doiteadiós, rompiéndole la boca de un golpetazo con la guarnición de la espada.

Aquello era cosa hecha aunque sin concluir. Se largaban del galeón dejando atrás como media docena de muertos y un reguero de sangre. Sin mayor novedad para ellos. Solo tres cortaduras intrascendentes, incluida la herida leve en el codo del capitán. El galeón seguía dormido, y cuando despertase ya sería tarde. Descendieron con habilidad de arañas por la escala. Y partieron con igual sigilo que a la llegada. Atravesaron el tramo de rada que los separaba del Constanza en zozobra, navegando con poca brisa y sin olas. La borda de la tartana iba casi tocando el agua por el exceso de peso. De ida habían sido nueve, ahora eran quince, contando al alférez, el nuevo prisionero, los amigos del Piolo y Dolores, más el oro. Doiteadiós contempló la silueta del mayor guardián de la ciudad, el Castillo de la Real Fuerza, perfilándose bajo un cielo tachonado de nubes, ajeno a lo que sucedía, sumido en el letargo de una noche crispada de cañones que resultaban inofensivos, ignorando que a esa hora tenían dentro de la bahía su caballo de Troya. Llegados al jabeque encapucharon a Villafranca, que aún sangraba de la boca y tiritaba de pánico. Lo ataron de espaldas al teniente por la cintura y los hombros. El capitán movía con dificultad el brazo izquierdo y cuando el hermano se dio cuenta rasgó un trozo de lienzo de su camisa y le vendó el codo. Se miraban en silencio, de manera elocuente. Estaban sentados juntos bajo la arboladura de proa. Doiteadiós con la mitad del rostro ensombrecido bajo el ala del chambergo.

—¿Nuño te contó? —preguntó a Duarte.

—Todo.

—Lo de tu padre.

—También.

Por un momento, Álvaro se sintió derivar hacia la melancolía. No tenía nada de qué arrepentirse. Había querido, odiado, matado y también perdonado. Jamás hizo algo que lo desviase del concepto que tenía de sí mismo y de la vida. Solo lamentaba no haber estado más cerca del hermano los últimos dieciséis años, tras la muerte de la madre.

—Nunca más supe de ti —deploró, evocador.

Duarte tardó una eternidad en responder. Todavía le parecía asombroso que estuviesen los dos allí. Buscó una frase. Una palabra que sellase definitivamente su suerte con la del hermano.

—Pero ya todo acabó.

El alférez lo dijo como saliendo al fin de una larga pesadilla.

—Quizás no sepas aún... —Doiteadiós hizo un gesto de acercamiento, casi torpe. Las palabras se le cortaron.

—Lo sé todo —insistió Duarte—. Y no me importa.

Si alguna lección sacaba el alférez de los años que habían estado separados era que la vida no siempre depara a los hombres el destino que se merecen, y raramente el que quieren.

Hubo un silencio íntimo. Los minutos transcurrían con la velocidad de segundos en fuga. Los dos pensaban en la madre cuando el capitán se volvió hacia el alférez y sus miradas se fundieron en una sola. Eso fue todo. Luego Doiteadiós estuvo un rato más junto al hermano, observando tranquilo la boca de la bahía. Levantaba la brisa de levante. Entonces dio a Duarte una palmada en la espalda y se puso en pie. Abría el alba. Ya era hora.

A bordo del patache San Gabriel el Holandés miraba con ojos entornados el sol, que ya salía por el horizonte. Recostado sobre el coronamiento, fuera del alcance de las baterías enemigas, vio surgir de la penumbra a lo lejos la silueta de la ciudad. El pendón pirata flameaba en el palo mayor, y el barco, al pairo, se mecía suavemente con la brisa. El condestable de la embarcación, Rufo Candela, uno de los muchachos del Lobo, acababa de comprobar con el humor avinagrado que todo estuviese a punto. Trabajo les costó a él y a Theo poner en orden con la tripulación reducida —solo doce hombres donde debía haber veinte— aquel patache que era un desastre, corto de baldes, tacos, barras de apalancar y otras artes de guerra. Toda la madrugada les llevó cerciorarse de que los afustes de los falconetes estuviesen firmes y las culebrinas bien trincadas, con bragueros y palanquines; y que no faltasen cartuchos de pólvora, atacadores, botafuegos ni proyectiles. Con cuatro medias culebrinas y dos falconetes podían hacer mucho ruido, pero solo eso. Los consolaba el hecho de que los artilleros que los acompañaban eran todos veteranos. Rufo Candela comía con placidez un trozo de cecina porque no era bueno, al menos no acostumbraba, entrar en combate con la barriga vacía. Ya tendría tiempo de desaguar la vejiga antes de que la cosa se pusiese caliente. El Holandés mantenía el barco rolando para seducir a la presa.

A tres millas de allí, en la fortaleza de la Punta, un vigía daba el alerta con el catalejo enfocado en la silueta del patache, recortada en el contraluz difuso del amanecer. Minutos después, con la luz ya más clara, aguzó la vista y divisó el pendón rojo. La voz ahora fue de alarma. Un disparo de mosquete al aire puso sobre aviso a la vecina guarnición del Morro, cuyo centinela movilizaba a la tropa con alaridos de

«¡Ya vienen!». En las baterías a ambos lados del canal de la bahía reinaba el desconcierto. Durante la siguiente hora se escucharon gritos de mando, reprimendas de oficiales a soldados indisciplinados, y los rezongos de quienes interrumpiendo el sueño se sumaban al zafarrancho. Del Castillo de la Real Fuerza llegaban refuerzos, artilleros que se desnudaban el torso junto a los cañones, otros que aún se vestían desordenados, servidores trasladando balas y trincando las piezas para asegurar el tiro cuando llegase el momento. Atacadores, botafuegos y artesas de arena fueron situados al alcance. Una manga de escopeteros se alineó a lo largo del canal de entrada de la rada portando arcabuces y los doce apóstoles. Llevaban las cargas en bandolera, vociferando y gesticulando, aparatosos, como si el mundo estuviese a punto de acabar. Alguien identificó el patache y la noticia de que era el San Gabriel, el barco capturado por los piratas, voló por las calles con tintes de angustia: «¡Es Doiteadiós!». La gente corría huyendo al campo o tapiaba con muebles, tablas o lo que podía puertas y ventanas. El pavor era generalizado. Muchos temían ser testigos de atroces escenas como las de casi medio siglo atrás, cuando el francés De Sores asoló la ciudad.

—Esta vez no será igual —insistía el gobernador y capitán general de la isla, Ambrosio Machuca Traña, reclinado sobre un mapa de La Habana y rodeado de altos oficiales de la Armada en su puesto de mando en el Castillo de la Real Fuerza—. Si se atreven, los pulverizamos.

Artífice principalísimo de las fortificaciones que bajo su gobierno progresaban en la capital, el gobernador daba por sentado que ni cinco barcos juntos y mejor artillados que el San Gabriel podían franquear la barrera defensiva que protegía la entrada de la bahía. Pero no iba a esperar a demostrárselos, por lo que estaba dando órdenes de zarpar de inmediato a un galeón de la flota para que diera caza a aquellos insolentes piratas. Y a partir de ese instante desautorizaba y castigaría sin miramientos cualquier comentario alarmista que minara el sosiego de la ciudadanía. Lo de alarmista era una alusión indirecta al regidor de la ciudad, que media hora antes había entrado desmadejado al despacho de uno de los edecanes de la capitanía general rogando que le asignasen una escolta personal de al menos veinte soldados.

Don Alonso Caso Toledo padecía un acceso de espanto desde que supo que Doiteadiós se hallaba a las puertas de su ciudad, que ni el capitán Villafranca ni el teniente Jiménez aparecían por ningún lado, que el alférez se había evadido, y que el Santa María del Rosario había sido asaltado y al parecer desvalijado de madrugada, cosa que no se atrevía a informar a sus superiores hasta estar seguro de borrar todas las huellas que pudiesen inculparlo en un crimen de lesa majestad por el hurto a la Corona, un delito atroz que se pagaba en el cadalso o con muerte en vida, bogando a perpetuidad en una galera del rey. Estaba convencido de que todo aquello era obra de los dos malditos fugitivos que no había podido capturar. Y con el carretonero muerto en el potro por un exceso de profesionalismo del verdugo, el único testigo capaz de dar fe del paradero de los intrusos ya no podía hablar. De suerte que si no actuaba pronto, se vería metido en un aprieto colosal.

La primera cabeza en rodar a resultas de los acontecimientos fue la del factor Rodrigo de Alcántara, al precio puesto por un esbirro ducho en limpiar de inconveniencias el buen desarrollo de cualquier negocio sucio. El encargo discurrió a puerta cerrada en la casa de don Alonso Caso.

—Dos doblones ahora —dijo el regidor al esbirro—. Los otros dos cuando acabes. Y la cosa apura.

El bravucón chasqueó ruidosamente la lengua con los brazos cruzados al pecho.

—Si apura —exigió— son cuatro y cuatro. No dos y dos.

El regidor daba pasos cortos, nerviosos, de un lado al otro de la saleta, secándose el sudor que le bajaba por el cogote. No tenía muchas opciones si quería sobrevivir a la catástrofe. Si el sujeto le hubiese pedido más lo habría pagado. Así que aceptó.

—Se ahorcó él mismo —despejó, por si quedaban dudas— ¿Entendido?

El otro asintió con los primeros cuatro doblones ya en la mano. Asunto finiquitado. De lo demás se ocuparía él en persona. Una nota de adiós en el despacho del amanuense de la Real Hacienda, falseada la firma, revelaría de forma sucinta las causas del suicidio. Hondamente atribulado y arrepentido de sus actos, impropios de un alto funcionario del rey, Rodrigo de Alcántara decidía quitarse la vida a cambio de salvar el nombre de su familia, asumiendo la autoría del robo del oro y otros valores de la Corona, y denunciando a sus únicos cómplices, igualmente culpables de aquella villanía: el capitán de mar Hugo Valdés de Villafranca, y el teniente Francisco Jiménez. En situaciones como aquella, cuando la candela estaba a punto de quemarle las suelas, don Alonso Caso tenía fama de ser la perfidia institucionalizada. De manera que al colocar el papel sobre el escritorio de Alcántara, calzándolo con un libro de inventarios, la sonrisa que asomó a su rostro no tenía ni la más remota sombra de remordimiento. Faltaba solo una diligencia. Su sobrina.

Beatriz desgranaba un rosario postrada a los pies de una imagen de la Virgen María en su habitación cuando el regidor tocó a la puerta.

—Merecéis un disculpa —dijo, ladino.

Ella esbozó una sonrisa incrédula, que fue transfigurándose en extrañeza a medida que el tío prodigaba elogios al alférez. Lo llamó de todo. Educado, decente, elegante, valiente, distinguido, en contraste con el mal nacido, indigno y alevoso capitán Villafranca. Ella no lo podía creer. Pero lo estaba oyendo. Lo que más intrigaba a Beatriz no era la repentina simpatía del tío con el alférez sino la enemistad con Villafranca.

—¿No sois amigo del capitán? —preguntó con marcado estupor, esperando ávida el veredicto.

Don Alonso hizo un gesto de desprecio con el rostro, y también con la mano para realzar más las palabras.

—No fui amigo de ese miserable ni lo seré —repuso.

Sin duda algo gordo sucedía. Y Beatriz estaba segura de que ese algo no era solo el barco pirata que tenía temblando a La Habana.

—Ah... —dijo ella, mordaz—. Creía lo contrario.

—Pues creías mal —impugnó él, evasivo, apoyándose en la ventana en busca de un poco de la brisa que soplaba fuera.

El tío le dijo con lágrimas de cocodrilo sentirse abochornado por no haberse dado cuenta de algunas cosas. Esas cosas eran que en su propia cara el señor Alcántara había estado robando el oro de la Corona con ayuda de Villafranca y el teniente Jiménez. A continuación farfulló un par de excusas que de ninguna manera ella creyó, pero que pasó por alto ansiosa de ver cómo terminaba el cuento, que concluyó con un «gracias a Dios ya todo está solucionado». Mientras más vueltas le daba en la cabeza, menos se creía lo de la confesión por escrito dejada por el factor antes de quitarse la vida. Lo que más gratificante le pareció a Beatriz fue la orden de arresto dictada contra los dos infames militares, quienes a esas alturas, remató el regidor, eran desertores.

—¿Qué os parece? —don Alonso Caso se pasaba por los mofletes sudorosos un pañuelo que podía escurrirse.

Si antes sospechaba, Beatriz daba ahora por seguro que el tío estaba implicado en aquello. «Tendría que ser muy tonta para no darme cuenta», pensó.

—Estupendo —repuso ella, aprobadora pero insatisfecha—. ¿Y el alférez?

El regidor unió las palmas, complacido.

—Al parecer escapó —dijo con una sonrisita marrullera—. Ardo en deseos de que ustedes dos vuelvan a verse.

El asomo de miedo que Beatriz leyó en el gesto decía que aquellos halagos eran falsos. Pero el tío era el poder. En la familia y en la ciudad. Y contra el poder no siempre se puede.

Atemorizado, lisonjero y calculador, todo a la vez, don Alonso Caso lograba sacudirse el peligro de encima. Al menos en lo que incumbía a la sobrina.

La ciudad era un hervidero de gente corriendo de un lado a otro, enterrando cofres y bolsas de monedas en los patios; soldados comprobando el estado de sus armas; curas ocultando en criptas cálices, patenas y copones de oro; negocios cerrando puertas y ventanas, y monjas y fieles orando en los altares y en las esquinas. Las campanas de las iglesias de San Francisco y la Parroquial Mayor tocaban a rebato. Y el gobernador se recomía los hígados, culpando al clero de estar sembrando en la población, en beneficio de los piratas, un pánico infundado. Los sucesos se desencadenaban con tanta rapidez que paradójicamente el tiempo parecía detenerse para dar paso al tropel de acontecimientos. El galeón Remedios, de dos puentes y artillado con treinta y seis cañones, zarpaba con viento a favor a la caza del patache. Eran las diez de la mañana. Un rosario de fogonazos retumbó en la costa. Las baterías de la Punta disparaban una andanada que el capitán del navío interpretó como un saludo de honor a su barco. Pero no lo era. Había sido solo un alarde de fuerza para amedrentar piratas, que sin embargo estaban fuera de alcance de los proyectiles y veían salir el galeón por la boca de la rada. El Holandés los divisó desde el San Gabriel. Un minuto después, tras la estela del Remedios, el Constanza pasaba frente a la Punta acuartelando velas. Esta vez no hubo disparos. Solo saludos de manos. En el timón iban el alférez y el Piolo; en cubierta tres marineros de la Armada de completo uniforme, y seis piratas disfrazados de soldados que también devolvieron el saludo. En el sollado se ocultaban Doiteadiós, Puñales, Dolores y los dos prisioneros.

A unas cinco millas de allí, encaramado en la cofa de la Centella, el Mozo columbraba el Remedios y el Constanza y dio el aviso a Hawkins, que ordenó a sus hombres partir a todo trapo de Cojímar. Ni él ni el Holandés, cada cual en su barco, dieron por seguro que aquel jabeque fuese una embarcación amiga, puesto que navegaba con enseña roja y amarilla. Había que esperar. Se suponía que fuese una treta de Doiteadiós. Pero si no lo era la cosa se les complicaba. Juan Ortiz, que capitaneaba el Remedios, vio venir en la cola al Constanza, que los seguía a unas mil yardas, e hizo un mohín de fastidio creyendo que sus superiores le asignaban un matalote de popa. «¿Para qué el refuerzo?», se preguntó. Y él mismo se respondió, resignado. «Quién no tiene jefes ineptos». Entonces miró por encima del hombro al maestre y lo mandó acuartelar velas, para poner de por medio menos mar y apresurar la persecución del patache.

Transcurrió una hora y ya nadie veía la costa. Con todos los trapos arriba, el galeón español hacía avanzar impetuosos sus treinta y seis cañones en pos de la presa, ya muy cerca, que en lugar de dar batalla seguía jugando a gato y ratón, huyendo mar afuera. La fogosidad del acoso y una buena dosis de altanería impidieron al capitán Ortiz y a sus oficiales ver lo que cualquier militar conocedor de que en la guerra no hay enemigo pequeño hubiese visto antes. Fue un marinero quien se percató de lo que se les acercaba por estribor y dio la voz. El Remedios tenía compañía inesperada. Un vistazo con el catalejo y en efecto, allí estaba la Centella, que advertida de que la descubrían rompió fuego con sus culebrinas de proa. Las dos balas hicieron blanco. Una entró por una porta, llevándose en la golilla a dos artilleros e inutilizó un cañón; la otra pegó unas pulgadas arriba de la lumbre del agua. Molesto, Ortiz giró la lente a barlovento sin despegarse del ocular para verificar si el jabeque, cuya presencia ahora agradecía, botaba a estribor para reforzarles esa banda. Pero no. El Constanza seguía montado sobre su estela, cada vez más cerca y ya no ondeaba bandera española sino pirata. Ortiz Bajó el catalejo y compuso una mueca de ira. Estaba metido en un cepo. El persecutor ahora era el perseguido. Entonces oyó una voz a su espalda.

—¿Qué hacemos, capitán?

—¡Dadles duro! —respondió, osado—. ¡Hasta que se meen!

Pero sus palabras se las llevó el humo que subía de las portas. Comandaba una tripulación valiente, pero de bisoños. Ni él ni ellos pudieron calcular que su derrotero los conducía a un abismo. Los españoles se veían de pronto atrapados entre tres fuegos. El campo de batalla era un triángulo de mar azul añil bordeado de fogonazos y volutas de humo blancas, y en el centro se defendía el Remedios. El San Gabriel había dejado de huir, ladeándose, y sus dos solitarias culebrinas de babor disparaban contra la proa del enemigo, que no dejaba de arrojarles andanada tras andanada de furia moldeada en esferas de hierro colado. Al rato, con la pelea en su punto de ebullición, el patache se batía con el palo de mesana desmochado, la mitad de las velas agujereadas, la arboladura hecha un embrollo de jarcias y vergas truncadas, el castillo de popa desfigurado y casi la mitad de la tripulación de baja. Un artillero se acercó apremiado al Holandés, el rostro tiznado de negro, a pedir órdenes porque se agotaban las municiones.

¡Tírenles con todo lo que tengan! —dijo el piloto, encabronado.

En la Centella no estaban menos deseosos de hacer papilla al adversario. Preparados a matar y a que los matasen. Pero aquel endemoniado galeón español casi los duplicaba en poder de fuego y pertrechos, y por más vías de agua que le abriesen —ya tenía dos— aún flotaba como si fuese de corcho. La mayor parte de las dieciocho portas de estribor del Remedios apuntaban y vomitaban fuego contra ellos. «Afortunados somos de que los tiradores españoles sean tan novatos y más de la mitad de sus disparos no den en el blanco», se decía el maestre Hawkins. No obstante, fiel a las órdenes de su capitán, dio una vez más la voz de que se olvidaran de cubierta y las portas, y que siguiesen apuntando a la obra viva del Remedios para echarlos a pique. La repetía cuando una bala de veinticuatro libras trozó la borda, barrió el pasamanos y cercenó la pierna a uno de los artilleros. Otra rasgó una vela que quedó colgando media suelta sobre cubierta. La verga desgajada de la mesana fue a dar contra uno de los servidores que tomaba balas de la chillera, destrozándole un brazo al que no cabían más tatuajes, azules como ornamentos de porcelana.

—¡Cordura, maestre! ¡Cordura! —protestó el Lobo, que perdía a su tercer hombre.

Sin procurarse consentimiento de Hawkins, mesié Ducrot urgió a dos de sus muchachos a que abrieran fuego contra el velamen y el combés del Remedios para desarbolarlo y además vengar alguna sangre. «Desplumarles las alas», fue la expresión que empleó. Y con resultados, porque en la primera andanada que les endiñó a los adversarios cuatro de ellos cayeron exangües, y otros tantos mal heridos, unos con trozos de metralla incrustados en piernas y brazos, los demás con el torso hecho un amasijo de costillas quebradas y guiñapos de carne. El caso era que de un lado y otro se disparaba con rabia, en medio del ensordecedor estruendo de los cañonazos. Era poca la brisa y no alcanzaba a menguar la quemazón del infierno en que los cuatro barcos estaban metidos. La humareda no dejaba ver. El mar no olía a mar sino a pólvora y sangre. Todos sudaban como si estuviesen bajo un aguacero. Y lo estaban. La lluvia era de balas. El Remedios se batía como gato bocarriba, con un pundonor y una audacia que tenía asombrados a los piratas. Pero pronto empezó a ceder, viéndose en el vórtice de una tormenta de fuego de la que no lo salvaba su mayor poderío artillero. Los maderos del galeón español crujían quebrados por la metralla. Las tracas de roble saltaban hechas pedazos, y toda la cubierta se estremecía. El Lobo sintió que se le erizaba la piel viendo a los otros y a los suyos moverse sin respiro, soplando los botafuegos para mantener viva la brasa, metiendo en los cañones los cartuchos, después las balas, luego los tacos, atacadores, seguidos por gritos de «¡Fuego!», el estrépito, la lanada mojada para extinguir cualquier residuo de ascua, refrescando el ánima entre disparo y disparo. De nuevo carga, tiro y recarga. Así, sin pausa, hasta vencer o ser derrotados.

Enardecido en el Constanza por la bravura del combate, Doiteadiós cedió al hermano y a Nuño el timón del jabeque y fue con Puñales y dos de sus hombres a los cañones de proa. El galeón español seguía escupiéndoles proyectiles por uno de sus guardatimones, y aunque muy pocos lograban dar en el blanco aquello ya se prolongaba demasiado. El patache San Gabriel se defendía como un tigre, tratando de que los españoles no lo hundiesen, y la Centella combatía a sangre y fuego, infligiendo severos daños al adversario. Pero ya era hora de bajarle los humos de la cabeza al capitán del Remedios. Pidió cartucho, bala, taco, apuntó y acertó el tiro en la popa del navío, justo en la superficie del agua.

—¡Carajonudo! —exclamó Puñales, viendo cómo el capitán se movía deprisa hacia el otro falconete que ya estaba listo.

El segundo disparo de Doiteadiós ayudó a ensanchar el boquete, que no era el único pero sí fue el último, porque instantes después una chispa o el certero disparo de una culebrina de la Centella hizo volar una barrica de pólvora en el entrepuente del galeón, y el estallido desató un incendio devorador. La mitad del barco ardía mientras la marinería se lanzaba despavorida al agua. El combate había terminado. El Remedios se iba a pique.

El Constanza regresó con el pabellón español ondeando en lo alto del palo mayor, y la tropa que aguardaba expectante en el Morro y la Punta no sabía si aplaudir el retorno o afligirse por los destrozos ocasionados al jabeque, con parte de la arboladura hecha un amasijo de vergas y lonas, y un trozo de proa despedazado. ¿Dónde estaba el Remedios? Lo que oyeron de boca del alférez fue un relato épico. La tripulación del galeón había peleado con un heroísmo nunca visto ni en los libros. Fueron más de tres horas infernales de un coraje indescriptible. Hasta que al final, acribillado por todas partes, el Remedios zozobraba; no sin antes llevarse al fondo del mar con todos sus hombres tres barcos enemigos que lo atacaban, y viendo a un cuarto que huía maltrecho.

—Corsarios ingleses — dijo— con bandera pirata.

La heroicidad de los marinos enardeció más a la multitud, que ya se agolpaba en el puerto para escuchar al alférez. En cuanto a ellos, hicieron lo que pudieron dadas sus menguadas fuerzas. El Constanza no era un barco de guerra. Pero se sentían satisfechos, porque la razón por la que ellos se habían hecho a la mar tras el Remedios tenía un ángulo todavía más siniestro, el de dos militares traidores que complotados con los corsarios robaban a Su Majestad y trataban de fugarse.

—¡Este es uno de ellos! —dijo, agarrando por el cuello al teniente Jiménez, maniatado y perplejo, con el rostro blanco como una hoja de papel.

Un acólito del regidor le abría paso con los brazos en alto entre la muchedumbre, ahora más exacerbada. Don Alonso Caso llegaba exudando copiosamente y luchando con gran esfuerzo gravitacional contra su gordura. El teniente lo vio venir y creyó abiertas las puertas del cielo.

—Excelencia —dijo.

El regidor lo miró con repugnancia y le escupió el rostro.

—¡Llévense a este abyecto ladrón! —increpó.

El gentío se abalanzó con intenciones de linchar al teniente, que pudo ser rescatado a tiempo por los soldados. Se lo llevaron casi en andas con la cabeza vuelta hacia don Alonso Caso y la mirada lánguida, todavía desconcertado, viendo como se esfumaba su última esperanza de salvación. Pero aquel era un trofeo menor para el regidor. Faltaba el compinche mayor, el capitán Villafranca.

—Está muerto —dijo el alférez, con una certeza de la que él mismo quedó sorprendido. Ninguno de los otros que venían en el barco iba a desmentirlo. El oro que Doiteadiós les dio al patrón, al timonel y al marinero del jabeque sobraba para que se tragaran la lengua y compraran diez barcos como el Constanza. Estaba seguro de que vendría una investigación. Su leal Nuño, que a esa hora iba con Dolores rumbo al palenque de los cimarrones, estaba a salvo. En cuanto a él cuando llegase ese momento ya estaría muy lejos de allí. Pero primero tenía que jugarse el todo por el todo, cara o cruz, lanzando al aire la moneda del amor.

Con la sangre ya de vuelta en el cuerpo y viendo que se llevaban al teniente, don Alonso Caso dio unos pasos inseguros y abrazó al alférez.

—Bien hecho, muchacho —dijo.

Entre vítores y aplausos, con el pretexto de que iba a congratularlo como nuevo paladín de la ciudad se lo llevó a la casa. El acólito del cabildo dio media vuelta para despejarles el camino entre la multitud.

—¡Ladrones! —oyó decir el regidor a su espalda y se volvió con expresión sonriente, pensando que el vituperio iba dirigido contra sus antiguos socios, Villafranca y Jiménez.

Pero no. El verdulero no se refería a los atracadores de la Corona sino a los funcionarios que como él escamoteaban otras riquezas, incluidos el pan y el sudor de mucha gente que a esa hora hubiese preferido ver entrar en La Habana a los piratas, convencida de que estos eran un mal menor. «Qué se puede hacer. Todo hombre exitoso tiene sus enemigos», se dijo don Alonso Caso. Y tras lanzarle una mirada de despreció al individuo se alejó con el alférez del brazo y la sonrisa encolada en el rostro.

Viéndolos venir, Beatriz abandonó la lectura y se llevó las dos manos al pecho. La respuesta a todas sus plegarias se acercaba. El canje de miradas entre Duarte y ella era sostenido. Sonreía el regidor, animado por la idea de que si aquellos dos sabían algo que pudiese incriminarlo, contentándolos podía neutralizarlos. También con lisonjas y prebendas se conquistan imperios.

—No hay angustias que sean vitalicias —teorizó don Alonso Caso, llevándolos de la mano hacia el patio de los jazmines y azucenas, donde añadió, baboso—. Las señoritas siempre se enamoran de los alférez.

Pero ninguno de los dos lo escuchaba. Duarte hacía un esfuerzo por dominar los sentimientos, mientras los ojos de Beatriz lo examinaban como redescubriéndolo.

—Me alegra veros —dijo ella y suspiró complacida—. Mucho.

—A mi más a vos —confesó él, casi sin aliento.

Se retorcía el regidor el mostacho plantado en medio de los dos como un mascarón, dudoso aún de si estaba haciendo bien el papel de alcahuete, cuando la sobrina le echó una ojeada incendiaria. «Mejor acato», se dijo. Y así, el aire taimado y la mirada más falsa todavía, hizo un guiño a los dos.

—El tío bueno se va —dijo, obsequiándoles una última sonrisa, venenosa, y alejándose con el sombrero negro de tres picos bajo el brazo.

Se había hecho un silencio que los dos agradecían. La pregunta de si había visto al hermano le puso al alférez otra vez los pies en la tierra. El destello de entusiasmo que Duarte vio en los ojos de la joven lo excitó. De suerte que el tono de su narración sobre lo sucedido en las últimas horas fue apasionado, sin omitir puntos ni comas. La pose de ella era íntima. Beatriz asentía sin despegar los labios. Pero estuvo a punto de comerse una uña cuando supo por qué Álvaro López Duarte se había convertido en Doiteadiós. Ya le decía su instinto que aquel hombre encerraba un enigma. Se sentía triplemente satisfecha de que Villafranca pagara sus vilezas y de que tanto él como el hermano estuviesen a salvo.

—¿Lo veréis de nuevo? —Se interesó ella.

—Pronto.

Beatriz calló un momento. Miraba las azucenas. El alférez reprimió una caricia que le cosquilleaba en la punta de los dedos.

—No quiero que todo termine aquí —dijo, tomándole las manos, enamorado hasta el último resquicio del corazón.

Ella lo volvió a mirar y sintió que le subía una ola de rubor. Pero no apartó las manos, cautiva y deseosa de mayores emociones.

—Yo tampoco —dijo con voz queda.

Luego se levantaron sin decir palabra y detrás de una columna, sin más testigos que ellos, se fundieron en promesas imperecederas.

El día despuntaba radiante, con nubes altas muy blancas, y el mar de un intenso azul turquí que en la línea del veril cambiaba a un brillante color aguamarina. La Centella orzaba a levante deslizándose grácilmente sobre las olas. Perseo estaba acurrucado en los brazos del amo para protegerse de la brisa, y de vez en cuando lo acariciaba con una pata guardando las garras. El capitán estaba echado en el castillo de proa de cara al viento, recostado al trinquete, hablando consigo mismo. Así estuvo rato. Con las últimas palabras se llevó la mano al corazón. Recorrió a todo lo largo el pasamanos de babor hasta su cámara en la popa, dejó a Perseo en el coy, tomó la daga y bajó al pañol de sangres.

—Desamárralo —ordenó a Míster Blood, que desató a Villafranca, lo miró con desprecio infinito y luego subió a cubierta.

Doiteadiós no movía un músculo de la cara.

—Espero no hagáis nada que os cueste caro —dijo Villafranca en un arrebato de altanería, alzando una mano en ademán autoritario, como el que acostumbra a que todo el mundo lo obedezca.

El capitán bebió de la jarra de vino, imperturbable.

—¿Debo recordaros donde estáis? —preguntó.

El silencio fue absoluto.

—¿Nunca pensasteis que un muerto os perseguiría?

—No sé de qué me habláis —dijo Villafranca, todavía con un destello de insolencia en los ojos, palpándose las marcas de las ataduras en las muñecas.

—Tampoco sabéis quién es el marqués de Solodiestra.

—Tampoco.

—O sea —dijo el capitán—, que amén de no tener huevos gozáis de muy mala memoria.

Villafranca enarcaba una ceja. No se perdía ningún movimiento que hiciese Doiteadiós con el cuerpo o con las manos.

—No sé nada —porfió.

—Que curioso. Vuestro teniente sabe más de vos que vos.

Le palideció a Villafranca el rostro huesudo, del que empezaba a borrarse la arrogancia. Sabía que Jiménez estaba prisionero igual que él, lo que lo tenía sin cuidado con tal de que no hablara más de la cuenta. Pero ese no parecía ser el caso. Intentó decir algo y solo consiguió hacerlo en un segundo intento.

—Alguna falsedad habrá dicho, supongo —replicó con la soberbia ya a la deriva.

En la vida que le había tocado vivir a Doiteadiós, bajezas y cobardías como la del sujeto que tenía delante se pagaban sin retardo y con sangre. Pero él había esperado mucho tiempo por aquel momento como para no disfrutarlo.

—Falsedad que os resulta muy familiar —dijo.

La cara de Villafranca ahora era la de un zorro en retirada.

—Espero que no deis crédito... a ninguna calumnia —casi tartamudeó.

Doiteadiós sintió deseos de rebanarle las entrañas. La sangre le corría veloz por las venas. Respiró hondo y se contuvo. La mueca que le asomó a la comisura de los labios presagiaba cualquier cosa menos compasión.

—A ninguna que no sea verdad —dijo, alcanzándole una jarra de vino—. Esta es la última que bebes.

Villafranca agarró la jarra pero no bebió. El camisón se le mojó entre la piernas. Una mancha amarillenta se extendió por las tablas del piso. Luego puso a un lado el vino e hizo un nuevo intento por salvar el pellejo.

—¡Voto a Dios! —imploró—. ¡Vuestra merced me toma por quien no soy!

Los ojos de Doiteadiós le apuntaron como dos pistolas.

—Sois un muerto —dijo— que por algún desproporcionado favor de la casualidad o de mi capricho sigue vivo.

Minutos después ordenó que lo subiesen a cubierta. Nunca había perdido las esperanzas de que llegase ese día.

Saboreando la venganza en los labios, el capitán se paró a dos pasos de él, que de pie en la serviola se esforzaba en no perder el equilibrio. Le apuntó al pecho con el pistolete para oírlo implorar una vez más. Seguro de que a último segundo no iba a sucumbir a la tentación de apretar el gatillo y echarlo todo a perder.

Lo había visto morir varias veces. Pero aquella era la definitiva.

—Piedad —suplicó Villafranca, lívido.

Si Doiteadiós hubiese podido habría eternizado el momento, uno de esos instantes de la vida en que ya no hay retroceso y cada quien es lo que es, prisionero absoluto de sus actos. Por última vez lo miró fijo a los ojos.

—Que el mar te mate —dijo con alivio y sin prisa.

Y como si lo obedeciese, el barco se columpió. Villafranca movió un pie en el aire buscando apoyarlo de nuevo.

El golpe de la caída en el agua acalló el alarido. Doiteadiós bajó el arma con la carga intacta.

Miró atrás un instante y allí estaban sus hombres, contemplando junto a él la estela que iba dejando el barco y una cabeza que se perdía en la distancia, borrosa como una rémora sobre las olas.

Entonces miró a lo alto. El sol estaba en el cenit.

Las velas blancas de la Centella se recortaban contra el cielo resplandeciente y azul, navegando a todo trapo hacia el horizonte.

www.ingramcontent.com/pod-product-compliance
Lightning Source LLC
Chambersburg PA
CBHW020918110726
47900CB00001B/197